D0924903

El barquero de almas

El barquero de almas

Claire McFall

Traducción de Nora Escoms

Argentina – Chile – Colombia – España
Estados Unidos – México – Perú – Uruguay

Título original: *Ferryman*
Editor original: Templar Publishing, un sello de The Templar Company Limited
Traducción: Nora Escoms

1.ª edición: febrero 2020

Todos los nombres, personajes, lugares y acontecimientos de esta novela son producto de la imaginación de la autora o son empleados como entes de ficción. Cualquier semejanza con personas vivas o fallecidas es mera coincidencia.

Plaza de los Reyes Magos, 8, piso 1.º C y D – 28007 Madrid
www.mundopuck.com

ISBN: 978-84-92918-74-4
E-ISBN: 978-84-17780-55-5
Depósito legal: B-25.649-2019

Fotocomposición: Ediciones Urano, S.A.U.
Impreso por: Rodesa, S.A. – Polígono Industrial San Miguel
Parcelas E7-E8 – 31132 Villatuerta (Navarra)

Impreso en España – *Printed in Spain*

Para Clare, por ser la primera, y para Chris,
por permitirme desaparecer dentro de mi cabeza.

Prólogo

Se sentó a esperar en la ladera de la colina.

Un día más, un trabajo más. Frente a él, las vías oxidadas se perdían en las profundidades de la entrada del túnel. En aquel día nublado y gris, la luz apenas llegaba más allá del arco de piedra. No apartaba los ojos de la entrada. Estaba expectante pero apático, a fuerza de costumbre.

No sentía entusiasmo ni interés alguno. Hacía ya tiempo que había perdido la curiosidad. Ahora lo único que le importaba era cumplir con su tarea. No había vida en sus ojos fríos e indiferentes.

Se levantó viento y lo envolvió una ráfaga helada, pero no sintió frío. Estaba concentrado, atento.

Sería en cualquier momento.

Capítulo uno

Las primeras gotas de lluvia se anunciaron con un golpeteo irregular en el techo de chapa del andén de la estación. Dylan suspiró y hundió más el rostro en su gruesa chaqueta de invierno, intentando calentarse la nariz helada. Sentía que se le entumecían los pies, y dio varios pisotones con las botas en el suelo de cemento agrietado para hacer circular la sangre. Observó con aire taciturno las vías negras y mojadas, donde había envoltorios de patatas fritas, latas de refresco oxidadas y restos de paraguas rotos. El tren llevaba quince minutos de retraso, y ella, con su ansiedad, había llegado diez minutos antes. No podía hacer otra cosa más que esperar, observar, y sentir cómo su cuerpo perdía poco a poco su calor.

Mientras la lluvia empezaba a arreciar, el desconocido que estaba junto a Dylan intentó en vano seguir leyendo su periódico gratuito, absorto en un artículo sobre una serie de asesinatos en el West End de Londres. El techo no brindaba mucho amparo, y sobre el periódico caían gotitas que estallaban y se expandían, y la tinta se iba corriendo, formando borrones. El hombre rezongó de modo audible, plegó el periódico y lo guardó bajo el brazo. Miró alrededor en busca de una nueva distracción, y Dylan apartó la mirada de inmediato. No quería tener que entablar una conversación por cortesía.

No había sido un buen día. Por razones que solo su despertador conocía, la alarma no había sonado, y a partir de eso todo había salido mal.

—¡Arriba! ¡Levántate! Vas a llegar tarde. ¿Otra vez te quedaste hasta tarde con ese ordenador? Si no eres capaz de organizarte, empezaré a tener un papel mucho más activo en tu vida, ¡y no te va a gustar!

La voz de su madre había irrumpido en un sueño en el que había un desconocido muy apuesto. Era una voz aguda que podía cortar el cristal, de modo que el subconsciente de Dylan oponía poca resistencia. Su madre siguió quejándose mientras regresaba por el largo pasillo del apartamento, pero Dylan ya no le prestaba atención. Intentaba recordar el sueño, aferrarse a algunos detalles para poder evocarlo más tarde. Una caminata tranquila… una mano tibia que tomaba la suya… el aire olía a follaje y a tierra húmeda. Dylan sonrió al sentir aquella calidez en su pecho, pero el frío de la mañana disolvió la imagen antes de que llegara a grabar en su mente el rostro del desconocido. Suspiró, se obligó a abrir los ojos y se desperezó, disfrutando de la tibieza de su grueso edredón; luego, con ojos entornados, miró a la izquierda, hacia su despertador.

Cielos.

Iba a llegar muy tarde. Se levantó a toda prisa y buscó suficiente ropa limpia para crear un uniforme escolar. Se cepilló el cabello castaño, que le llegaba hasta los hombros, pero solo logró peinarse como un erizo. Sin mirarse siquiera al espejo, tomó la cinta elástica con la que se recogería el cabello para disimular su estado. Para ella era un misterio cómo se las ingeniaban otras chicas para hacerse unos peinados perfectos y artísticos. Incluso cuando hacía el esfuerzo de secárselo y plancharlo, bastaban dos segundos fuera de casa para que su cabello rebelde volviera a su estado natural.

No podía salir sin ducharse, pero ese día había tenido que conformarse con una rápida incursión bajo el agua, que salía casi hirviendo aunque girara este grifo o pulsara aquel botón. Se secó con una toalla áspera y se puso la falda negra, la camiseta blanca y la corbata verde que conformaban su uniforme. Con tanta premura, su último par de pantimedias de nylon se le enganchó con una uña y se le corrieron muchos puntos. Apretó los dientes, las arrojó a la basura y, con las piernas desnudas, se dirigió a la cocina.

Tampoco era nada deseable salir sin desayunar, pero tras un vistazo a la nevera —y otro a la alacena, con un optimismo desesperado— no encontró nada que pudiera comer mientras corría. De haberse levantado más temprano, habría podido entrar a un café de camino a la escuela y comprar un emparedado de tocino, pero ya no había tiempo para eso. Tendría que quedarse con hambre. Al menos, en su tarjeta escolar le quedaba suficiente dinero para un buen almuerzo. Era viernes, o sea que habría pescado con patatas fritas… aunque, claro está, no habría sal ni vinagre, ni siquiera kétchup. *Eso nunca, en nuestra escuela taaan saludable*, pensó Dylan con exasperación.

—¿Ya has hecho el equipaje?

Dylan se dio la vuelta y vio a su madre, Joan, en la puerta de la cocina. Ya tenía puesto su uniforme para el agotador turno de doce horas en el hospital.

—No. Lo haré después de la escuela. El tren sale a las cinco y media, tengo tiempo de sobra.

Siempre metiéndose en mis cosas, pensó Dylan. A veces parecía que no podía evitarlo.

Joan alzó las cejas en señal de desaprobación, con lo cual se le marcaron más las arrugas que le atravesaban la frente a pesar de las lociones y cremas costosas que se aplicaba con esmero cada noche.

—Qué desorganizada eres —empezó Joan—. Deberías haber hecho eso anoche, en lugar de quedarte perdiendo el tiempo en Internet…

—¡Está bien! —la interrumpió Dylan—. Me las arreglaré.

Joan parecía tener más cosas que decir, pero se limitó a menear la cabeza y alejarse. Dylan escuchó sus pasos en el corredor. Era fácil adivinar la causa del mal humor de su madre. Ella no aprobaba en absoluto que Dylan se fuera a pasar el fin de semana con su padre, el hombre a quien alguna vez Joan se había unido, a quien había prometido amar y respetar hasta que la muerte —o, en este caso, la vida— los separara.

Segura de que Joan no se había dado por vencida, Dylan se calzó a toda prisa, tomó su mochila y salió por el pasillo, intentando hacer caso omiso de los gruñidos que ya llegaban desde su estómago. Iba a ser una mañana larga. Se detuvo en la puerta para gritar una despedida obligatoria, que obtuvo silencio como respuesta, y salió bajo la lluvia.

Al cabo de quince minutos de caminata hasta la escuela, la chaqueta invernal barata que se había puesto se había rendido ante la lluvia, y Dylan sentía que la humedad llegaba a su camiseta. De pronto, un pensamiento odioso la hizo detenerse en seco, a pesar del aguacero. Camiseta blanca. Lluvia. Camiseta mojada. Recordó que había hurgado en el cajón en el que guardaba la ropa interior en busca de un sujetador limpio, y había encontrado uno solo… de color azul marino.

Por entre sus dientes apretados escapó una palabra que sin duda le habría valido un castigo si su madre hubiera estado cerca. Un rápido vistazo a su reloj le indicó que no tenía tiempo para correr a casa. De hecho, a pesar de la prisa, iba a llegar tarde.

Genial.

Bajó la cabeza para cubrirse de la lluvia y siguió caminando por la calle principal, pasando por tiendas de artículos de segunda mano, sueños fallidos ahora tapiados, cafés con muebles baratos y pasteles a precios exorbitantes, y lo que no podía faltar: uno o dos locales de apuestas. Ya no tenía sentido tratar de esquivar los charcos, pues tenía los pies empapados; eran lo que menos le preocupaba.

Por un momento, pensó en cruzar la calle y esconderse en el parque hasta que Joan saliera para el trabajo, pero se conocía demasiado. No se atrevía a hacer eso. Mascullando una sarta de protestas salpicadas de palabrotas, dobló la esquina y cruzó las puertas de la Academia Kaithshall.

Con sus tres pisos de cubos uniformes en diverso grado de deterioro, la escuela —Dylan estaba segura— había sido diseñada con la intención de poner límites al entusiasmo, a la creatividad y, lo más importante, al espíritu. El registro de asistencia era en el último piso, en el aula de la señorita Parson: otro cubo aburrido que la profesora había intentado alegrar colgando carteles e imágenes en las paredes. Extrañamente, solo había logrado darle un aire más deprimente, especialmente ahora, que estaba invadida por treinta clones que parloteaban de cosas sin importancia como si fueran dramas capaces de cambiarles la vida.

La llegada tardía de Dylan le valió una mirada severa. Apenas se sentó, se oyó el chillido agudo de la profesora por encima del bullicio de la clase. Otra voz que podía cortar el cristal.

—Dylan. La chaqueta.

Es asombroso, pensó Dylan, *que los alumnos deban ser corteses con los profesores, pero no al revés.*

—Tengo frío. Fuera está helando.

Y aquí dentro, también, pensó, pero no lo dijo.

—No me importa. La chaqueta.

Dylan pensó en resistirse, pero sabía que sería inútil. Además, cualquier otra protesta atraería más la atención hacia ella, algo que, por lo general, intentaba evitar. Con un suspiro, forcejeó con la cremallera barata y se quitó la chaqueta. Le bastó un vistazo hacia abajo para confirmar sus temores. La blusa empapada estaba transparente, y debajo de ella, el sujetador parecía brillar como un faro. Se encorvó en su asiento y se preguntó cuánto tiempo podría permanecer invisible.

La respuesta se le reveló unos cuarenta y cinco segundos más tarde. Empezó con las chicas, por supuesto. Oyó unas risitas burlonas a su izquierda.

—¿Qué? ¿Qué pasa? —las interrumpió la voz áspera y sarcástica de David «Dove» MacMillan.

Dylan clavó la mirada en la pizarra, pero en su mente construyó una imagen muy clara de Cheryl y sus compinches sonriendo con regocijo mientras la señalaban con sus uñas perfectas. Dove era tan imbécil que tardaría unos segundos más en darse cuenta de que la señalaban a ella, y no entendería el chiste a menos que le dieran una pista del tamaño de una maza. Cheryl le haría ese favor y le diría, articulando las palabras pero sin pronunciarlas: «Mírale el sujetador», o quizás haría un gesto obsceno con las manos. El lenguaje de señas estaba más a la altura de la estupidez de los chicos de la clase.

—¡Ja!

Nuevamente, otra imagen mental de la saliva y los restos de refresco que volarían sobre el escritorio ahora que por fin había caído.

—¡Oye, Dylan, puedo verte las tetas!

Ella hizo una mueca y se encogió un poco más en la silla mientras las risas se elevaban a pleno. Hasta la profesora se estaba riendo. Maldita arpía.

Desde que Katie se había ido, en el instituto no quedaba nadie que diese siquiera la impresión de estar en el mismo planeta que Dylan, y ni hablar de que fuese de la misma especie. Eran ovejas, todos. Los chicos usaban ropa deportiva, escuchaban hip hop y pasaban las tardes en la pista para patinetas. No patinando, sino vandalizando cosas y bebiendo cualquier bebida de la que pudieran echar mano. Y las chicas eran peores. Cinco capas de maquillaje las dejaban anaranjadas, y sus voces gatunas, chillonas, parecían copiadas de las viejas series estadounidenses para adolescentes que pasaban por televisión. Era como si las doce latas de fijador para el pelo que exigía su *look* les hubieran hecho puré el cerebro, porque no podían hablar de nada que no fuera su bronceado, la música pop atroz que escuchaban o —lo más perturbador de todo— cuál de los Casanovas con ropa deportiva era más atractivo. Claro que había otros que escapaban de ese círculo, pero ellos también tendían a ser solitarios y solo intentaban hacer su vida sin que los demás los hostigaran.

La única amiga de Dylan había sido Katie. Se conocían desde la escuela primaria y pasaban el tiempo burlándose por lo bajo de sus compañeros y buscando una manera de escapar. El año anterior, todo eso había cambiado. Los padres de Katie habían decidido que, ya que se despreciaban, había llegado el momento de separarse. Se habían odiado desde que los conocía, de modo que Dylan no entendía por qué habían tenido que separarse justo entonces. Pero así había sido. Katie se había visto obligada a elegir entre vivir con su padre alcohólico en Glasgow o mudarse con su madre obsesiva. Dylan no le había envidiado la disyuntiva. Atrapada entre la espada y la pared, Katie había optado por ir con su madre a un pueblecito de Lanarkshire llamado Lesmahagow. Era como si se hubiese ido al otro lado del mundo. Desde entonces, la vida había sido mucho más difícil, más solitaria. Dylan echaba de menos a su amiga. Para empezar, ella no se habría reído de la transparencia de su camiseta.

Si bien para la mitad de la primera hora la camiseta ya se había secado, el daño estaba hecho. Fuese adonde fuese, los chicos de su clase (y también algunos a los que no conocía) la seguían y se reían, hacían comentarios sarcásticos e intentaban jalarle un tirante del sujetador, como para asegurarse de que aún lo tenía puesto. Cuando llegó la hora del almuerzo, Dylan ya había tenido suficiente. Estaba harta de que los chicos inmaduros se burlaran de ella, harta de las chicas estiradas con sus miradas burlonas, y harta de los profesores imbéciles que se hacían los sordos y ciegos. Cuando sonó el timbre al final de la cuarta hora, pasó de largo frente a la cafetería, sin hacer caso a los gruñidos de su estómago ni al aroma a pescado con patatas fritas que llegaba por las puertas dobles, y salió del instituto con los demás alumnos que se dirigían al local de comida rápida o a comprar un sándwich. Cuando llegó al final de la hilera de locales, siguió caminando.

Se le aceleró el corazón al tomar calles por las que los alumnos nunca se aventuraban a la hora del almuerzo… a menos, claro, que pensaran hacer precisamente lo que ella estaba haciendo. Nunca había faltado al instituto; en realidad, nunca se le había ocurrido. Ella era una alumna seria y tímida. Callada, aplicada, pero no particularmente inteligente. Para todo tenía que trabajar mucho, lo cual era fácil al no tener amigos en ninguna de las clases, ni en toda la escuela. Pero ese día se convirtió en rebelde. Cuando pasaran lista para la quinta hora, junto a su nombre habría una A de ausente. Aunque llamaran por teléfono a Joan al hospital, ella no podría hacer nada. Cuando terminara su turno, Dylan ya estaría a mitad de camino hacia Aberdeen. Hizo a un lado la inquietud que sentía. Tenía cosas más importantes en qué pensar.

Cuando llegó a su calle, tuvo un poco más de precaución, pero no se cruzó con nadie. Subió la escalera hasta el segundo piso y sacó sus llaves. Estas tintinearon con fuerza en el descansillo de la escalera, y Dylan contuvo el aliento. Lo último que necesitaba era que se asomara la señora Bailey, que vivía en el apartamento de enfrente. Le preguntaría qué estaba haciendo, o peor: querría que entrara a charlar. Averiguar las novedades. Dylan aguzó el oído, pero no oyó los pasos arrastrados de una persona mayor, de modo que abrió rápidamente las dos cerraduras —Joan era paranoica cuando se trataba de ladrones— y entró.

Lo primero que hizo fue quitarse la camiseta que le había causado tanta vergüenza. La dejó en el baño, en el cesto de la ropa para lavar; luego fue a su cuarto y se dirigió al ropero. Se quedó allí, examinando su ropa con detenimiento. ¿Qué atuendo era apropiado para conocer a su padre? Tenía que causarle una buena primera impresión. Nada revelador que resultara provocativo; nada que tuviera personajes de cómic que la hicieran parecer infantil. Algo bonito y adulto. Miró a la izquierda. Luego, a la derecha. Empujó a un lado algunas prendas y se acercó más para ver qué estaba escondido al fondo. Finalmente, tuvo que admitir que no tenía nada que encajara con esa descripción. Al final se puso una camiseta azul desteñida que tenía en la parte delantera el nombre de su banda preferida, y encima, un jersey gris con capucha. Se quitó la falda del instituto y la reemplazó por unos jeans cómodos. Completó el atuendo con unas Nike viejas.

Se examinó de cuerpo entero en el espejo que estaba en la habitación de su madre. Tendría que conformarse con eso. Luego tomó una mochila vieja del armario del vestíbulo y la puso sobre su cama. Guardó otros jeans y un par de camisetas, algo de ropa interior, y también sus zapatos negros del instituto y una falda verde, por si él quería llevarla a cenar o algo así. Guardó su teléfono, su reproductor de MP3 y su cartera en el bolsillo delantero, junto con algunos artículos de tocador. Por último, tomó otra cosa importante que estaba sobre la cama. Egbert. Su osito de peluche. Estaba grisáceo por el tiempo y bastante ajado, le faltaba un ojo y tenía un pequeño desgarro en la costura trasera, por el cual el relleno hacía un intento desesperado de escapar. Nunca ganaría un concurso de belleza, pero la acompañaba desde que era bebé, y al tenerlo consigo se sentía a salvo y reconfortada.

Quería llevarlo, pero si su padre veía a Egbert, la creería muy infantil. Lo abrazó con fuerza, indecisa. Luego lo dejó sobre la cama. Apartó la mano y lo miró. El osito parecía mirarla, con aspecto dolido y abandonado. De inmediato, Dylan se sintió culpable. Volvió a levantarlo y lo colocó con cuidado sobre su ropa. Cerró la mochila; luego la abrió hasta la mitad y volvió a sacar al osito. Esta vez cayó boca abajo y no podía mirarla con carita triste, con su único ojo acusador. Cerró nuevamente la mochila y salió de su cuarto con decisión. Egbert quedó abandonado en medio de la cama. Exactamente veinte segundos después, Dylan entró corriendo y lo levantó.

—Lo siento, Egbert —susurró, y le dio un beso rápido antes de guardarlo sin mucho cuidado en la mochila y salir a toda prisa.

Si se apresuraba, quizá podría tomar el tren anterior y darle una sorpresa a su padre. Con esa idea, bajó la escalera y salió a la calle. Había un café de camino a la estación de ferrocarril; tal vez podría entrar un momento y comer una hamburguesa para resistir hasta la cena. Dylan apretó el paso, ya se le hacía agua la boca al pensar en comer; pero al pasar frente a las altas puertas de metal del parque, algo la hizo detenerse en seco. Observó por entre los barrotes la extensión verde, sin saber muy bien qué estaba mirando.

Déjà vu.

Entornó los ojos, intentando descubrir qué le había provocado esa sensación. Bajo las ramas de un roble, pudo entrever una cabeza rubia despeinada. Por un segundo, Dylan tuvo una visión de aquel mismo halo de cabello, en torno a un rostro sin facciones salvo por aquellos ojos de un asombroso azul cobalto. El sueño.

Inhaló súbitamente y se le aceleró el pulso, pero una risa juvenil hizo añicos la ilusión. Ante sus ojos, la cabeza se dio la vuelta, y Dylan vio una boca con una sonrisa burlona que echaba una bocanada de humo; de los labios pendía un cigarrillo. MacMillan, con sus compinches. Dylan frunció la nariz con disgusto y se apartó antes de que pudiera verla.

Meneó la cabeza para despejar los últimos vestigios del sueño y cruzó la calle, con los ojos fijos en el cartel pintado a mano que estaba sobre el café de mala muerte.

CAPÍTULO DOS

—Es indignante. Un escándalo.

El extraño había decidido que, ya que la lluvia no lo dejaba leer, al menos podía concentrarse en lo que le parecía mejor después de eso: quejarse. Dylan le echó un vistazo, dubitativa. No quería entablar una conversación con aquel hombre de mediana edad cubierto de tweed y tener que seguir así hasta llegar a Aberdeen. Se encogió de hombros, un gesto que pasó casi inadvertido bajo su gruesa parka.

El hombre siguió hablando, sin inmutarse por la falta de entusiasmo de ella.

—Digo yo que, con lo que están cobrando, cualquiera pensaría que llegarían a tiempo. Pero no. Es indignante. Llevo veinte minutos esperando, y cuando llegue, no habrá dónde sentarse. Es un pésimo servicio.

Dylan miró alrededor. Aunque había un muestrario de la sociedad cobijándose bajo los diversos techos, no había tanta gente en el andén como para poder perderse de vista entre ellos.

El hombre de tweed se volvió hacia ella.

—¿No te parece?

Obligada a dar una respuesta directa, Dylan intentó comprometerse lo menos posible.

—Mmmm.

Por lo visto, el hombre tomó eso como una invitación a continuar con su diatriba.

—Era mejor cuando los ferrocarriles eran nacionales. Con ellos, uno sabía dónde estaba parado. Era gente buena, honesta. Ahora todo se ha ido al demonio. Son una sarta de embusteros. Es indignante.

Que llegue *ya* el tren, pensó Dylan, desesperada por librarse de aquella farsa social. Y apareció, como un caballero de armadura oxidada. Un destello de esperanza en un día lleno de vergüenza y tormento.

Recogió la mochila, que había dejado a sus pies. Estaba desteñida y gastada, como la mayoría de las cosas que tenía. Cuando la tomó por las dos asas y la levantó para cargársela al hombro, hubo un leve sonido de desgarro. Hizo una mueca. Tal como venía desarrollándose su día, no era de extrañar que la costura se abriera y, como por arte de magia, una ráfaga de viento esparciera su ropa interior por toda la estación. Por fortuna, resistió, y Dylan se adelantó junto a los demás pasajeros hacia el tren, que iba frenando lentamente. Por fin se detuvo con un siseo hidráulico, y ella quedó en un punto equidistante entre dos puertas. Observó rápidamente hacia cuál se dirigía el desconocido de tweed y luego, con toda la velocidad que le permitió su carga, se lanzó hacia la otra puerta.

Una vez en el vagón, miró a izquierda y derecha intentando identificar a los locos: borrachos, gente rara que quería contar la historia de su vida (que a menudo tenía que ver con extrañas abducciones extraterrestres) y filosofar sobre el significado de la vida y otras teorías. Ella parecía ejercer una atracción inexplicable sobre esas personas cuando tomaba un transporte público, y ese día, que tenía muchas cosas en qué pensar, estaba ansiosa por evitarlas. Divisó los asientos libres, y no tardó mucho en descubrir por qué seguían vacíos cuando el tren iba lleno. En un extremo, iba una madre con un bebé que chillaba, con su carita enrojecida, fruncida y enojada; a su lado estaba el carrito del bebé y varios bolsos con todo lo que una criatura podía necesitar, acomodados descuidadamente en torno a ellos. Al otro lado del pasillo, algunas filas más allá, había un asiento doble frente a un par de adolescentes borrachos con camisetas azules de los Rangers. Estaban bebiendo de algo que se parecía sospechosamente a una botella de vino escondida de manera inexperta en una bolsa de papel, y cantaban a voz en cuello y muy desafinados.

La única opción que quedaba era en mitad del vagón, apretada entre una mujer corpulenta que llevaba muchas bolsas de compras que había acomodado en el asiento contiguo y en el de enfrente de un modo que dejaba a las claras que no quería compañía. Sin embargo, cara de pocos amigos o no, era la opción más aceptable.

—Disculpe —murmuró Dylan, al acercarse a ella.

La mujer suspiró con fuerza para demostrar su disgusto, pero retiró sus bolsas, y Dylan se sentó, después de quitarse la chaqueta y acomodarla, junto con su mochila, en el portaequipajes. Mientras esperaba el tren en el andén, había hurgado rápidamente en su mochila y sacado su reproductor de MP3 y unos auriculares. Se los colocó sin mucho cuidado, cerró los ojos y subió el volumen, para que el ritmo pesado de su banda preferida de indie rock apagara el mundo a su alrededor. Imaginó a la mujer de las bolsas mirándola con fastidio por su horrible música, y la imagen la hizo sonreír. Dylan no alcanzó a oírlo, pero el tren arrancó con un rezongo y empezó a tomar velocidad rumbo a Aberdeen.

Con los ojos cerrados, pensó en el fin de semana que pasaría. Los nervios y el entusiasmo luchaban por controlar el aleteo que sentía en el estómago al pensar en bajar del tren y buscar al hombre que era prácticamente un extraño para ella. Había pasado meses intentando persuadir a Joan de que le diera el teléfono de un tal James Miller, su padre. Dylan recordaba cómo le había temblado la mano al marcar el número, cortar, marcar otra vez y volver a cortar. ¿Y si no quería hablar con ella? ¿Y si ahora tenía otra familia? ¿Y si, lo que era peor, resultaba ser una gran decepción? ¿Un borracho o un delincuente? Su madre no había podido darle más detalles. Ellos no hablaban jamás. James se había marchado cuando ella se lo había pedido y nunca había vuelto a molestarlas, también como ella le había pedido. Dylan tenía cinco años por entonces, y en la década transcurrida, el rostro de su padre había pasado a ser menos que un recuerdo.

Al cabo de dos días de indecisión, Dylan lo había llamado en mitad del día, en un lugar tranquilo del patio del instituto que no estaba ocupado por los fumadores, las parejas ni las pandillas. Había elegido ese momento con la esperanza de que él estuviera trabajando y nadie la atendiera. Y así fue. Tras seis timbrazos con un suspenso aterrador, el contestador arrancó, y de pronto Dylan cayó en la cuenta de que no había pensado qué le diría. Entró en pánico y dejó un mensaje dubitativo e inconexo.

«Hola, este mensaje es para James Miller. Soy Dylan. Tu hija». ¿Qué más podía decir? «Eh… Mamá me dio tu número. Digo, Joan. Se me ocurrió que, tal vez, podríamos encontrarnos… tal vez. Y charlar. Si quieres». Respiró. «Este es mi número…».

En cuanto cortó, hizo una mueca. ¡Qué idiota! No podía creer que no hubiera planeado el mensaje. Había quedado como una imbécil incapaz de decir algo coherente. Bueno, ya no cabía otra cosa más que esperar. Y esperó. Durante toda la tarde, se sintió descompuesta del estómago. Biología y Literatura pasaron sin que registrara mucho. En casa, miró un programa de cocina y uno de noticias, y ni siquiera cambió cuando empezaron las estúpidas telenovelas. ¿Y si no la llamaba? ¿Habría escuchado ya su mensaje? ¿Y si no lo había recibido? Dylan había imaginado que una mano femenina levantaba el auricular y escuchaba, y luego pulsaba la tecla de borrar con una uña pintada de rojo. La imagen la había hecho mirar el teléfono inalámbrico que estaba a su lado y mordisquearse el labio inferior con indecisión. Demasiado asustada para hacer un segundo intento, no podía hacer otra cosa más que cruzar los dedos y no alejarse mucho de su móvil.

Tardó dos días, pero la llamó. A las cuatro en punto, mientras volvía del instituto en otro día lluvioso, con los calcetines empapados y los hombros cada vez más mojados, el móvil vibró en su bolsillo y empezó a emitir los acordes de piano de la melodía de *Once Upon a Time*. Era él. Le pareció que se le detenía el corazón mientras arrancaba el teléfono del bolsillo. Un breve vistazo le confirmó la identidad de quien llamaba: aunque no reconoció el número, era el código del área de Aberdeen. Deslizó el dedo por la pantalla de vidrio y acercó el aparato al oído.

«¿Hola?», atendió, con voz áspera y ahogada. Carraspeó un poco por lo bajo.

«¿Dylan? Dylan, habla James. Miller. Es decir, tu padre».

Silencio. *Di algo, Dylan*, pensó. *Di algo, papá*. El silencio se prolongó entre ellos, pero en la tensión del momento, parecía atronador.

«Escucha». La voz de James rompió el silencio, lo derritió. «Me alegró mucho tu llamada. Hace mucho que quería ponerme en contacto contigo. Tenemos mucho de qué hablar».

Dylan cerró los ojos y sonrió. Respiró hondo y empezó a hablar.

A partir de ahí, había sido fácil. Se sentía muy cómoda hablando con él, como si lo conociera desde siempre. Hablaron hasta que al móvil de ella se le acabó la batería. James quería saberlo todo sobre ella: su instituto, sus pasatiempos, sus amigos, sus películas preferidas y los libros que le gustaba leer. Los chicos… aunque en ese aspecto no había mucho que contar, dadas las opciones que había en Kaithshall. A su vez, él le contó cómo era su vida en Aberdeen, donde vivía con Anna, su perra. No tenía esposa ni hijos. Nada de complicaciones. Y quería que fuera a visitarlo.

Eso había sido exactamente una semana atrás. Durante siete días, Dylan había lidiado con los nervios y el entusiasmo de conocerlo, y a la vez, intentaba no pelear con Joan, que expresaba abiertamente su desacuerdo con que ella intentara contactar con su padre. No había tenido a nadie con quien hablar, salvo alguna charla breve con Katie por chat cuando la loca madre de su amiga la dejaba en paz durante cinco minutos. La noche anterior habían podido charlar. La madre de Katie había tenido que ir a hacer la compra —detestaba ir cuando había mucha gente— y Katie había logrado convencerla de que tenía que acostarse temprano para ir a la escuela. Dylan había recibido su mensaje de texto, y dos minutos después estaban conectadas.

¡Dios, pensé que nunca se iría! ¡Por suerte existen los supermercados que abren las veinticuatro horas!

¡Sí! ¿Cómo va todo? ¿Tu nuevo instituto aún apesta?

Nuevo instituto, mismos imbéciles. Solo que estos son de campo. Qué bien que el próximo año empezamos la universidad, ¡no veo la hora de salir de aquí! ¿Y cómo van las cosas en la gloriosa Kaithshall?

Horrible. Pero ¡tengo novedades!

¡Aah, cuéntame!

Llamé a mi padre.

Dylan pulsó *Enviar* y esperó, con el corazón ridículamente acelerado. Quería que Katie le dijera algo agradable, que alguien le dijera que estaba haciendo lo correcto. Hubo una pausa que se hizo interminable, hasta que apareció la ventanita que decía: *Katie está escribiendo.*

¿Y? ¿Cómo te fue?

Una respuesta cauta. Su amiga no había querido meter la pata.

¡Genial, en realidad! ¡Quiere conocerme! Me cayó muy bien por teléfono. No sé por qué Joan lo odia tanto.

¿Quién sabe? Los padres son raros. ¡Fíjate en los míos, totalmente dementes! ¿Y va a ir a verte?

No, iré yo. Mañana.

¡¿Qué?! ¡Tan pronto! ¿Estás asustada?

No, loca de entusiasmo. ¿De qué podría tener miedo?

La respuesta llegó de inmediato.

Mentirosa. ¡Dime la verdad!

Dylan lanzó una carcajada, y enseguida se cubrió la boca con la mano. Joan se pondría loca si se enterara de que estaba en el ordenador tan tarde. Como siempre, Katie sabía cuándo le mentía.

Bueno, un poquito, puede ser. Pero intento no pensar mucho en eso... ¡Me preocupa que, si pienso en lo que estoy haciendo, vaya a acobardarme!

Todo va a salir bien. De todos modos, necesitas conocerlo. ¡Y si tu madre lo odia tanto, tal vez sea buena idea tenerlos en dos ciudades distintas! ¿Cómo vas? ¿En tren?

Sí, él me compró un billete. Dice que quiere compensarme por estos quince años perdidos.

Dylan tenía ese mismo billete en la mano en ese momento. Debía enviar un mensaje de texto a su padre para avisarle que estaba en camino. La había impresionado que él supiera enviar mensajes de texto; Joan ni siquiera era capaz de hacer una llamada con el móvil. Una vez se le había estropeado el coche y había tenido que pedirle a un desconocido que le enseñara cómo llamar al seguro.

Hundió la mano en el bolsillo, lo cual no fue fácil al estar rodeada por las bolsas de la mujer enfadada, y sacó su teléfono. Creó un nuevo mensaje de texto y empezó a escribir.

Papá, ya estoy en el tren. De momento va con poco retraso. Estoy ansiosa por conocerte ☺ Dylan

Justo cuando pulsaba *Enviar*, la ventanilla se puso negra. *Fabuloso*, pensó, *un túnel*. En la pantalla del móvil —un caro regalo de Navidad que Joan había pagado con varios turnos extra de trabajo— se veía pasar una sola palabra: *Enviando*. Pasó tres veces, hasta que el teléfono emitió un doble bip: *Mensaje no enviado*.

«Maldición», murmuró Dylan.

Irracionalmente, hizo la prueba de sostener el teléfono por encima de su cabeza, sabiendo que sería inútil. Aún estaban en el túnel; ninguna señal podía atravesar tanta roca. Estaba así, con el brazo en alto como una miniatura de la Estatua de la Libertad, cuando sucedió. Se apagó la luz, hubo un estallido de sonido, y el mundo terminó.

Capítulo tres

Silencio.

Debería haber gritos, llanto, *algo*, pensó Dylan.

Pero solo había silencio.

Había una oscuridad tan densa que era como estar cubierto por una manta gruesa.

Por un momento, llena de pánico, creyó estar ciega. Intentó con frenesí agitar una mano frente a su rostro. No vio nada, pero se las ingenió para meterse un dedo en el ojo. El dolor la hizo pensar. Estaban en un túnel, por eso estaba oscuro.

Sus ojos no divisaban siquiera un puntito de luz. Intentó levantarse, pues había caído de costado sobre el asiento contiguo, pero algo se lo impidió. Se retorció hacia la derecha y logró bajar al suelo, entre los asientos. Su mano izquierda se apoyó en algo tibio y pegajoso. Apartó la mano al instante y se la limpió en los jeans, tratando de no pensar en qué podía ser aquello pegajoso. Su mano derecha dio con un objeto pequeño: el móvil que tenía en la mano cuando el mundo se había vuelto del revés. Lo recogió con ansiedad y le dio la vuelta. Sintió un gran alivio, pero pronto este dio paso a la decepción. La pantalla estaba en blanco. Golpeó con los dedos la pantalla táctil, y su esperanza se desvaneció. No funcionaba.

Dylan salió al pasillo y logró ponerse de pie, y al hacerlo se golpeó la cabeza con algo.

«¡Mierda! ¡Ay!», exclamó, al tiempo que volvía a agacharse.

Se llevó la mano a la sien, donde sentía un dolor palpitante y feroz. No parecía estar sangrando, pero le dolía muchísimo. Esta vez con cuidado, volvió a enderezarse, utilizando las manos para guiar su cabeza a un lugar seguro. Estaba tan oscuro que ni siquiera pudo ver con qué se había golpeado.

«¿Hola?», llamó tímidamente.

Nadie le respondió, ni se oían movimientos de otros pasajeros. El vagón iba lleno, ¿dónde demonios estaban todos? Recordó el charco que había en el suelo junto a su asiento, pero lo apartó de su mente.

«¿Hola?», repitió, más fuerte esta vez. «¿Alguien puede oírme? ¡Hola!».

Se le quebró un poco la voz en la última palabra, mientras el pánico empezaba a invadirla. Su respiración se aceleró, y Dylan se esforzó por pensar en medio del miedo que la invadía. La oscuridad le resultaba claustrofóbica, y se llevó una mano a la garganta, como si algo estuviera estrangulándola. Estaba sola, rodeada por... por... No quería pensar en eso. Solo sabía que no soportaba quedarse en el vagón ni un segundo más.

Sin pensar, empezó a avanzar, tropezando y pasando por encima de los objetos que había en su camino. Apoyó el pie en algo blando y resbaladizo. La suela de su calzado no halló fricción y resbaló. Horrorizada, intentó volver a levantar la pierna para alejarla de aquel objeto sospechosamente esponjoso, pero su otro pie no encontró un punto seguro y firme en el que apoyarse. Como en cámara lenta, sintió que caía hacia el suelo y hacia las cosas horrendas que allí se escondían. *¡No!* Desesperada, bajó las manos para protegerse mientras se desplomaba. Sus brazos agitados dieron con un pasamanos, y sus dedos se aferraron a él, con lo cual se detuvo con un tirón abrupto que forzó los músculos de su hombro. El envión que llevaba la impulsó hacia adelante, y se golpeó dolorosamente el cuello contra el frío metal.

Haciendo caso omiso del dolor que sentía en el cuello, Dylan se aferró al pasamanos con ferocidad y con ambas manos, como si fuera lo único que la anclara a la realidad. *Pasamanos*, le dijo su cerebro. *El pasamanos está al lado de la puerta. Debes de estar al lado de la puerta*. Esa idea la llenó de alivio y le permitió pensar con un poco más de claridad. Por eso estaba sola. Seguramente todos los demás habían salido ya, y no la habían visto porque estaba debajo de las bolsas de aquella estúpida mujer. *Debería haberme sentado con los fanáticos de los Rangers*, pensó, con una risa débil.

Como no confiaba en sus pies en la oscuridad, extendió la mano a lo largo del tabique al que estaba adherido al pasamanos, esperando dar con la puerta abierta. Estiró los dedos, pero no encontró nada. Se acercó un poco más y por fin encontró la puerta. Estaba cerrada.

Qué raro, pensó, pero luego se encogió de hombros. Seguramente los demás habían salido por el otro extremo del vagón. Tenía que suceder así, con la suerte que tenía. Su razonamiento lógico la calmó y la ayudó a pensar con claridad. No quería volver a atravesar todo el vagón y arriesgarse a pisar más cosas inquietantemente blandas, de manera que buscó a tientas el botón para abrir la puerta. Sus dedos encontraron los bordes elevados del botón y presionaron, pero no se abrió.

«Maldición», murmuró.

Probablemente se había cortado la electricidad por el accidente. Miró por encima del hombro, algo inútil, ya que no se veía nada. Su imaginación dedujo lo que no veía y llenó el pasillo del vagón con asientos invertidos, equipaje, vidrios rotos de las ventanillas y cosas blandas y resbaladizas que, en su mente, empezaban a cobrar la forma de extremidades y torsos. No, no pensaba volver por allí.

Apoyó ambas manos en las puertas del tren y empujó con fuerza. Aunque no se abrieron, las sintió ceder un poco. Con suficiente esfuerzo, pensó, podría abrirlas. Retrocedió, respiró hondo y se lanzó hacia adelante, y pateó la puerta con todas sus fuerzas con el pie izquierdo. El golpe se oyó muy fuerte en aquel espacio cerrado y le hizo zumbar un poco los oídos, además de que la fuerza del impacto le produjo una fuerte punzada en la rodilla y en el tobillo. No obstante, sintió aire fresco en el rostro, y eso le dio esperanza. Sus manos lo confirmaron: una sección de la puerta se había salido de la guía. Si lograba hacer lo mismo con la otra puerta, se abriría una brecha por la cual podría salir. Esta vez retrocedió dos pasos y se lanzó contra la puerta con tanta fuerza como pudo. La puerta chirrió con el roce de metal contra metal, y por fin cedió.

La abertura no era muy grande, pero por suerte, Dylan tampoco. Giró de costado y logró pasar por la brecha. Oyó que algo se desgarraba cuando la cremallera de sus jeans se enganchó entre su cuerpo y la puerta, pero de pronto se soltó y Dylan cayó hacia las vías. Por un instante sintió miedo, pero enseguida sus pies se apoyaron en la gravilla, y la sensación de claustrofobia desapareció como si le hubieran quitado una cadena del cuello.

El túnel estaba tan oscuro como el tren. Seguramente el choque había ocurrido justo en el medio. Dylan miró primero hacia un lado, luego hacia el otro. No le sirvió de nada. No se veía nada de luz, y a excepción del sonido suave del aire que circulaba por el espacio cerrado, había silencio. *Ta, te, ti*, pensó. Con un suspiro, giró a la derecha y empezó a caminar. A alguna parte llegaría.

Sin luz para guiarse, tropezaba con frecuencia y el avance se hacía muy lento. De vez en cuando, algo junto a sus pies se alejaba rápidamente. Esperó que no hubiera ratas en el túnel. Cualquier cosa más pequeña que un conejo le provocaba ataques de miedo irracional. Una araña en el baño podía desatar media hora de histeria hasta que lograba persuadir a Joan de que fuera a rescatarla.

Sabía que, si algo pasaba allí por encima de su pie, su instinto entraría en acción. Pero en la oscuridad y en terreno irregular, lo más probable era que cayera de bruces.

El túnel seguía más y más. Estaba a punto de dar la vuelta y probar por el otro lado cuando vio más adelante lo que le pareció que era un punto de luz. Con la esperanza de hallar la salida, o de que fuera alguien del equipo de salvamento con una linterna, apretó el paso, desesperada por salir una vez más a la luz del día. Le llevó mucho tiempo, pero poco a poco el punto se convirtió en un arco. Más allá, solo pudo ver un poco de luz, pero eso le bastó.

Cuando al fin salió del túnel, lloviznaba. Dylan rio con deleite, con el rostro levantado hacia la lluvia. La oscuridad del túnel la había hecho sentir sucia, y sentía que las gotitas estaban lavándole algunos de los horrores. Inhaló profundamente, apoyó las manos en las caderas y observó los alrededores.

El paisaje estaba desolado, salvo por las vías, que se alejaban sinuosas en el entorno agreste. Se dio cuenta de que Glasgow había quedado atrás. En el horizonte había colinas grandes e imponentes, cuyos bordes se desdibujaban por las nubes que rozaban las colinas más altas. Era una paleta de colores apagados, en la que el brezo luchaba por ganar espacio entre grandes extensiones de helechos pardos. Había bosquecillos de árboles que crecían formando dibujos irregulares en las estribaciones de las colinas oscurecidas por pinos perennes. Las laderas más cercanas al túnel eran más suaves y ondulantes, y estaban cubiertas de hierba. No se veía ninguna ciudad ni ningún camino, ni siquiera una granja aislada. Dylan se mordisqueó el labio inferior mientras estudiaba la escena. Tenía un aspecto agreste y nada amigable.

Había esperado ver una gran cantidad de coches de policía y ambulancias estacionados en diversos ángulos por la prisa de llegar a la escena. Debería haber hordas de hombres y mujeres con uniformes de colores vivos, listos para recibirla y reconfortarla, revisar sus heridas y hacerle preguntas. La zona junto a la entrada del túnel debería haber estado repleta de supervivientes pálidos y apiñados, envueltos en mantas para protegerse del viento. Pero no había nada de eso. El rostro de Dylan era una máscara de confusión e inquietud. ¿Dónde estaban todos?

Se dio la vuelta y miró hacia la boca negra del túnel. No había otra explicación: debería haber salido por el otro lado. Seguramente estaban todos en la otra salida del túnel. Se le llenaron los ojos de lágrimas de frustración y agotamiento. Le resultaba insoportable la idea de volver a entrar en aquella oscuridad, de tener que caminar otra vez junto al tren lleno de los cadáveres fláccidos de quienes no habían tenido tanta suerte. Pero no había otra opción. Tallado en la base de una enorme hilera de colinas, el suelo cubierto de helechos pardos se alzaba a ambos lados, infranqueable como la pared vertical de un acantilado.

Alzó la vista como rogando a Dios que cambiara las cosas, pero no vio más que las nubes aceradas que surcaban lentamente el cielo. Con un sollozo callado, se volvió una vez más hacia el paisaje desolado, buscando con desesperación alguna señal de civilización que la salvara de tener que regresar al túnel oscuro. Se llevó la mano a la frente para protegerse los ojos del viento y la lluvia, y escudriñó el horizonte. Y entonces lo vio.

Capítulo cuatro

Estaba sentado en una colina, a la izquierda de la entrada del túnel, con las manos en torno a las rodillas, observándola. Desde tan lejos, Dylan solo pudo ver que se trataba de un chico, probablemente adolescente, de cabello rubio arena revuelto por el viento. Cuando la vio, no se puso de pie ni le sonrió; solo siguió mirándola.

Había algo extraño en el modo en que estaba allí sentado, una figura solitaria en aquel lugar aislado. Dylan no imaginaba cómo había llegado allí, a menos que también hubiese estado en el tren. Lo saludó de lejos, contenta de tener alguien con quien compartir aquel horror, pero él no le respondió. Le pareció ver que se erguía un poco más, pero estaba tan lejos que era difícil saberlo con certeza.

Sin apartar los ojos de él para no perderlo de vista, Dylan bajó resbalando y deslizándose por el terraplén de grava de las vías y cruzó de un salto una zanja pequeña llena de agua y malezas. Había una cerca de alambre de púas que separaba las vías del campo abierto. Con cuidado, Dylan sujetó el alambre más alto entre dos de los nudos de metal retorcido y lo empujó hacia abajo con todas sus fuerzas. Cedió apenas lo suficiente para que alcanzara a pasar las piernas por encima con dificultad. Mientras cruzaba la segunda pierna, se le enganchó el pie y estuvo a punto de caerse, pero logró aferrarse al alambre y conservar el equilibrio. Las púas se le clavaron en la mano, le atravesaron la piel e hicieron rezumar algunas gotitas de sangre. Examinó su mano por un instante y luego se la frotó contra la pierna. Una mancha oscura en sus jeans le hizo dar otro vistazo. Tenía una enorme mancha roja en la cara externa del muslo. La miró un momento, hasta que recordó que se había limpiado las manos en los pantalones para quitarse aquello pegajoso que había en el suelo del vagón. Al comprender de qué se trataba, palideció y se le revolvió el estómago.

Meneó la cabeza para quitarse de la mente las imágenes espeluznantes que por ella pululaban; luego se apartó de la cerca y volvió a fijar la mirada en el desconocido. Estaba sentado en la ladera de la colina, unos cincuenta metros más arriba que ella. Desde esa distancia, alcanzó a verle el rostro, y le sonrió a modo de saludo. Él no respondió. Un poco avergonzada por tan fría recepción, Dylan mantuvo los ojos en el suelo mientras subía hacia donde él estaba. Era una pendiente escarpada, y no pasó mucho tiempo hasta que empezó a jadear. La ladera era empinada, y la hierba crecida dificultaba andar por ella. El hecho de bajar la vista y concentrarse en sus pies le daba una excusa para no establecer contacto visual hasta que fuera necesario.

El chico que estaba sentado en la colina la observó acercarse con ojos fríos. La había observado desde que ella había salido de la oscuridad del túnel como un conejito asustado que sale de su madriguera. En lugar de gritar para llamar su atención, se había limitado a esperar a que ella lo viera. Por un momento, le había preocupado la posibilidad de que volviera a internarse en el túnel y había pensado en llamarla, pero ella había cambiado de idea, de modo que se había conformado con quedarse sentado en silencio. Ya lo vería.

Y así fue. Lo divisó, y él vio que sus ojos se llenaban de alivio mientras le hacía señas con mucha energía. Él no le respondió. Vio cierta vacilación en el rostro de la muchacha, pero luego la vio apartarse de las vías y empezar a caminar hacia él. Avanzaba con torpeza, aferrándose a la cerca de alambre de púas y tropezando con manojos de hierba mojada. Cuando la chica se acercó lo suficiente para descifrar la expresión de él, apartó la mirada y siguió escuchando el sonido de los pasos de ella que se acercaban.

Había establecido contacto.

Por fin, Dylan llegó hasta el sitio donde él estaba sentado y pudo mirarlo mucho mejor. Había estado en lo cierto con respecto a su edad: tendría, como mucho, un año más que ella. Llevaba puestos unos jeans, calzado deportivo y un jersey azul marino con la palabra *Broncos* escrita en letras anaranjadas. Por el modo en el que estaba sentado, era difícil adivinar su constitución física, pero no parecía bajo ni flacucho. Estaba bastante bronceado y tenía bastantes pecas que cruzaban por encima de su nariz. Su rostro tenía una expresión dura, indiferente, y apenas Dylan empezó a acercarse, apartó la mirada hacia el paisaje desolado. Ni siquiera cuando se detuvo justo frente a él cambió su expresión ni la dirección de su mirada. Era muy desconcertante, y ella vaciló, sin saber muy bien qué decir.

—Hola, soy Dylan —mascculló por fin, mirando al suelo. Mientras esperaba una respuesta, trasladó el peso de su cuerpo de un pie al otro y miró en la misma dirección que él, preguntándose qué estaría mirando.

—Tristan —respondió después de un momento. La miró brevemente y luego volvió a apartar la mirada.

Aliviada porque al menos le había respondido, Dylan hizo otro intento de conversar.

—Supongo que tú también ibas en el tren. ¡Qué bien que no soy la única! Seguramente me desmayé en el vagón y, cuando desperté, estaba sola. —Dijo todo esto muy rápido, pues la actitud fría de él la ponía nerviosa—. Todos los demás pasajeros ya habían bajado y parece que nadie reparó en mí. Había una mujer estúpida con muchas bolsas y cosas… quedé debajo de ellas. Cuando salí, no supe por dónde había salido todo el mundo, pero seguramente habremos salido por el lado que no era. Te apuesto a que los bomberos, la policía y todos los demás están del otro lado del túnel.

—¿Tren? —Se volvió hacia ella y al fin Dylan pudo verle los ojos. Eran fríos, de un azul hielo. Azul cobalto. Tuvo la impresión de que podían llegar a helarle la sangre si él se enfadaba, pero por ahora, solo expresaban curiosidad. La observaron durante medio segundo y luego se desviaron por un instante hacia la boca del túnel—. Ah, cierto. El tren.

Dylan lo miró, esperando que prosiguiera, pero no parecía dispuesto a decir nada más. Se mordisqueó el labio inferior y maldijo su suerte de que la única persona que estuviera allí aparte de ella fuera un adolescente. Un adulto habría sabido qué hacer. Además, aunque detestara admitirlo, los chicos como él la ponían nerviosa. Le parecían muy seguros de sí mismos, y ella siempre acababa por sentirse como una imbécil, incapaz de articular una palabra.

—Tal vez deberíamos volver por el túnel —sugirió. Aunque eso implicaría pasar de nuevo junto al tren, no le parecía una propuesta tan horrible ahora que no estaba sola. Así podrían reunirse con todos los demás pasajeros y con los servicios de emergencia, y quizás aún pudiera tener su fin de semana con su padre.

El muchacho volcó en ella toda la fuerza de su mirada, y Dylan tuvo que contenerse para no dar un involuntario paso atrás. Sus ojos eran magnéticos y parecían ver hasta lo más profundo de ella.

Se sentía expuesta, casi desnuda, ante su mirada fija. Inconscientemente, cruzó los brazos sobre el pecho.

—No, no podemos pasar por allí —respondió él.

Habló sin interés, como si no le preocupara en absoluto la situación en la que se encontraban. Como si pudiera quedarse felizmente sentado en aquella colina para siempre. *Pues bien*, pensó Dylan, *yo no puedo*. Después de mirarla un largo rato, Tristan volvió a concentrarse en las colinas. Dylan se mordisqueó el labio inferior mientras pensaba qué otra cosa podía decir.

—Bueno, entonces, ¿tienes un teléfono? Así podremos llamar a alguien, a la policía, o algo. El mío se rompió en el accidente. Y probablemente debería llamar a mi madre; cuando se entere de lo que pasó, se va a asustar mucho. Es sobreprotectora, y querrá saber que estoy bien para poder decirme «Te lo dije»…

Dylan no completó la frase. Esta vez él ni siquiera la miró.

—Aquí no funcionan los teléfonos.

—Ah. —Ya empezaba a impacientarse. Estaban varados allí, en el lado incorrecto del túnel, sin adultos y sin modo alguno de contactar con nadie, y él no colaboraba. Sin embargo, no había nadie más—. Pues entonces, ¿qué hacemos?

En lugar de responder, Tristan se puso de pie de pronto. Erguido, era más alto que ella, mucho más de lo que había supuesto. La miró con una semisonrisa burlona en los labios y empezó a alejarse.

Dylan abrió la boca y la cerró varias veces, pero no emitió ningún sonido. Estaba atónita, paralizada y muda, conmocionada e intimidada por aquel muchacho extraño. ¿Acaso pensaba dejarla allí? Pronto tuvo su respuesta. Tristan caminó unos diez metros y se detuvo, se dio la vuelta y la miró.

—¿Vienes?

—¿A dónde? —preguntó Dylan.

No quería abandonar el lugar del accidente. Sin duda, lo más sensato era quedarse allí. ¿Cómo iban a encontrarlos si se alejaban?

Además, ¿cómo sabía él a dónde ir? Ya era tarde y pronto oscurecería. Se estaba levantando viento y hacía frío; no quería perderse y tener que pasar la noche a la intemperie.

Pero él irradiaba una seguridad que la hizo dudar. Tristan pareció ver la indecisión en su rostro, pues la miró con aire condescendiente y dijo, con la voz cargada de superioridad:

—Bueno, no voy a quedarme sentado esperando. Quédate aquí, si quieres.

La observó asimilar su comentario y estudió su reacción.

A Dylan se le dilataron los ojos de miedo al pensar en quedarse sola, esperando. ¿Y si caía la noche y no llegaba nadie?

—Creo que los dos deberíamos quedarnos aquí —dijo, pero él ya estaba meneando la cabeza.

Como si fuera algo extremadamente molesto, Tristan regresó hasta ella y la miró, tan cerca que podía sentir su aliento en el rostro. Dylan lo miró a los ojos y sintió que todo lo que la rodeaba iba desdibujándose. La mirada de Tristan era imperiosa; no habría podido apartar los ojos aunque hubiese querido. No cabía otra palabra: estaba hipnotizada.

—Ven conmigo —le ordenó Tristan, en un tono que no dejaba margen para la negociación. Era una orden, y ella debía obedecer.

La mente de Dylan quedó extrañamente en blanco; no se le ocurrió desobedecer. Asintió, aturdida, y empezó a caminar hacia él.

El muchacho, Tristan, ni siquiera esperó a que lo alcanzara para empezar a caminar otra vez, colina arriba, alejándose del túnel. Le había sorprendido la obstinación de aquella; tenía fuerza interior. No obstante, de un modo u otro, ella lo seguiría.

Capítulo cinco

—¡Un momento, espera! ¿A dónde diablos vamos?

Dylan se detuvo, enojada, clavó los pies en el suelo y se cruzó de brazos. Había estado siguiéndolo ciegamente, pero hacía ya veinte minutos que estaban caminando en absoluto silencio, quién sabía en qué dirección, y él no había vuelto a dirigirle la palabra desde aquel seco «Ven conmigo». Todas las preguntas, todas las razones para quedarse en la boca del túnel que inexplicablemente se le habían borrado de la mente cuando él le había ordenado que lo siguiera habían regresado, ahora con toda su fuerza. Era una estupidez caminar así, al azar.

Tristan dio algunos pasos más, hasta que se dio la vuelta y la miró con las cejas levantadas.

—¿Qué?

—¡¿Qué?! —La voz de Dylan se elevó una octava por la incredulidad—. Acabamos de salir de un choque de trenes en el que todos los demás parecen haber desaparecido. No tengo ni idea de dónde estamos, ¡y tú me estás llevando por el medio de la nada, lejos del sitio en el que van a buscarnos!

—¿Quién imaginas que está buscándonos? —le preguntó él, con aquella semisonrisa arrogante en los labios.

Dylan frunció el ceño un momento, confundida por aquella pregunta extraña, y volvió a la carga.

—Bueno, la policía, para empezar. Mis *padres*. —Dylan se emocionó un poco al poder nombrarlos en plural por primera vez—. Cuando el tren no llegue a la siguiente estación, ¿no crees que la compañía se preguntará qué pasó?

Esa vez fue ella quien levantó las cejas, complacida por dentro por la fuerza de su razonamiento, y esperó a que él respondiera.

Tristan rio. Fue un sonido casi musical, pero en el fondo tenía un dejo de burla. Su reacción volvió a confundir e irritar a Dylan, que frunció los labios esperando a que rematara el chiste, pero no lo hizo. En lugar de hablar, Tristan sonrió, y al hacerlo, todo su rostro cambió, perdió un poco de su frialdad habitual. Pero aun así había algo en él que no estaba del todo bien. Parecía una sonrisa sincera, pero no se extendía a sus ojos, que seguían helados e indiferentes.

Se acercó a Dylan y se inclinó ligeramente para poder mirarla a los ojos: los suyos, de aquel azul increíble, clavados en los verdes, sorprendidos, de ella. La proximidad de Tristan la hizo sentir un poco incómoda, pero se mantuvo firme.

—Si te dijera que no estás donde tú crees, ¿qué dirías? —le preguntó.

—¿Qué?

Dylan estaba absolutamente confundida, y bastante intimidada. La irritaba la arrogancia de Tristan, el hecho de que se burlara de ella todo el tiempo y saliera con frases sin sentido como esa. ¿Por qué le haría esa pregunta si no era para embaucarla y hacerla dudar de sí misma?

—No importa —dijo Tristan, riendo entre dientes, al ver su expresión—. Date la vuelta. ¿Podrías volver a encontrar el túnel, si fuera necesario?

Dylan miró por encima del hombro. El paisaje desierto no le resultaba familiar. Todo se veía igual. Hasta donde alcanzaba a ver, no había más que colinas inhóspitas, barridas por el viento, que bajaban hacia valles y barrancos donde la vegetación crecía con voracidad, absorbiendo la humedad al abrigo de los vendavales constantes. No había ni rastro de la entrada del túnel, ni siquiera de las vías. Eso le extrañó: no se habían alejado tanto. Dylan sintió una opresión en el pecho al caer en la cuenta de que no tenía ni idea de la dirección de la que habían venido, de que estaría completamente perdida si Tristan la dejaba ahora.

—No —murmuró, y comprendió cuánto había confiado en aquel desconocido poco amigable.

Tristan rio, observando el entendimiento asomar en el rostro de ella. Ahora estaba a su merced.

—Entonces, creo que no te queda otra opción más que seguir conmigo.

Esbozó una sonrisa perversa y reanudó la marcha. Dylan se quedó inmóvil, indecisa, pero cuando la distancia entre ellos empezó a aumentar, sus pies decidieron por ella como si tuvieran vida propia; tenía miedo de quedarse sola. Trepó por un pequeño montículo de piedras y corrió un poco por la hierba corta hasta que lo alcanzó. Tristan seguía caminando; sus largas piernas y su andar a zancadas le permitían aventajarla con facilidad.

—¿Sabes siquiera a dónde vas? —le preguntó, agitada, mientras se daba prisa para no rezagarse.

Otra vez esa sonrisa irritante.

—Sí.

—¿Cómo?

El esfuerzo que hacía para seguirle el paso la obligaba a hacer preguntas monosilábicas.

—Porque no es la primera vez que estoy aquí.

Demostraba una seguridad absoluta y había asumido todo el control de la situación... y de ella. Aunque Dylan odiara admitirlo, si no quería quedar sola y sin saber hacia dónde ir, no le quedaba otra opción más que confiar en él.

Tristan seguía caminando colina arriba, y a Dylan ya le ardían las piernas, que no estaban habituadas al ejercicio.

—¿Quieres ir más despacio, por *favor*? —pidió, jadeando.

—Ah, disculpa —respondió él, y a pesar de su frialdad, pareció sincero. Moderó un poco la velocidad. Agradecida, Dylan se le puso a la par y siguió interrogándolo.

—¿Hay alguna ciudad o algo cerca de aquí? ¿Algún lugar donde los teléfonos sí funcionen?

—En este páramo no hay nada—murmuró Tristan.

Dylan se mordisqueó el labio inferior, preocupada. Sabía que, cuanto más tarde se hiciera, más se preocuparía su madre. Una de las condiciones que había puesto Joan para permitirle hacer el viaje era que la llamara en cuanto llegara y se encontrara con su padre. No sabía cuánto tiempo había pasado —había estado inconsciente durante un rato en el tren— pero estaba segura de que Joan esperaría su llamada pronto. Si llamaba al móvil de Dylan y la atendía el contestador, empezaría a preocuparse.

Imaginó también a su padre esperándola en la estación. Tal vez pensaría que ella no había querido ir, que se había acobardado. Eso sería horrible. No, él sabía en qué tren iba. Se enteraría de que el tren había chocado, o que había quedado atascado, o lo que fuera que hubiera ocurrido. Aun así, necesitaba avisarle que se encontraba bien. Supuso que, cuando todo aquello se resolviera, sería ya demasiado tarde para ir a Aberdeen ese fin de semana. Con suerte, él estaría dispuesto a comprarle otro billete. *Aunque, en realidad, lo menos que puede hacer la compañía de ferrocarril es darme uno gratis*, pensó. Aunque, después de aquello, Joan se mostraría aún más reacia a darle permiso para ir. Quizás él pudiera ir a visitarla a Glasgow.

Pero entonces se le ocurrió algo más que la hizo detenerse. Si no había ninguna ciudad cerca y ya no faltaba mucho para el anochecer, ¿qué iban a hacer cuando oscureciera?

Miró alrededor en busca de alguna señal de civilización. Pero Tristan tenía razón: no había nada.

—Has dicho que habías estado aquí antes —dijo. Ya habían llegado a la cima de la colina y estaban descendiendo por el otro lado, por una parte especialmente escarpada, de modo que Dylan mantenía los ojos en el suelo, vigilando cada paso. De haber estado mirando a Tristan, habría visto la expresión cauta y recelosa que había invadido sus ojos—. ¿Cuándo fue eso, exactamente?

La única respuesta del chico que caminaba a su lado fue el silencio.

—¿Tristan?

Tantas preguntas, tan pronto. A Tristan le pareció una mala señal. Intentó aliviar la tensión con una risa, pero Dylan hizo una mueca de disgusto y esta vez sí lo miró. Él adoptó entonces una expresión más convincente.

—¿Siempre haces tantas preguntas? —replicó, arqueando una ceja.

Dylan calló, ofendida. Se apartó de él y alzó los ojos al cielo, donde las nubes estaban pintadas de un gris acerado y se oscurecían con cada minuto que pasaba. Conque eso era, comprendió Tristan.

—¿Te asusta la oscuridad? —le preguntó.

Ella frunció la nariz y lo ignoró.

—Mira —dijo él—, no vamos a llegar adonde vamos antes de que anochezca. Me temo que tendremos que arreglárnoslas.

Dylan hizo una mueca. Nunca había acampado, pero estaba bastante segura de que cualquier actividad que implicara dormir a la intemperie y sin acceso a una cocina, un baño o una cama calentita no era para ella.

—No tenemos una tienda. Ni sacos de dormir. Ni comida —protestó—. Tal vez deberíamos regresar al túnel, a ver si alguien está buscándonos.

Tristan la miró otra vez con ese gesto arrogante y condescendiente.

—¡Es demasiado tarde para eso! Acabaríamos perdidos en la oscuridad. Conozco un lugar donde podemos refugiarnos. Sobreviviremos. No será peor que lo que has pasado hoy —añadió.

Por extraño que fuera, Dylan no había pensado mucho en el accidente ferroviario. Una vez que había logrado salir del túnel, Tristan se había hecho cargo con tanta seguridad que ella se había limitado a seguirlo. Además, todo había sido tan rápido que, en realidad, no sabía muy bien qué había ocurrido. Tristan la sacó de sus pensamientos al preguntar:

—¿Ves aquello? —Señalaba una pequeña casa en ruinas que estaba a unos ochocientos metros, en un valle angosto al pie de la colina. Parecía llevar mucho tiempo abandonada, y tenía un muro de piedra derruido que delimitaba el terreno. El techo tenía varios agujeros grandes, hacía tiempo que no tenía puerta ni ventanas, y parecía que en diez años más las paredes terminarían de derrumbarse. Dylan asintió en silencio, y él añadió—: Allí estaremos un poco más protegidos del frío y del viento.

Dylan no estaba convencida.

—¿Quieres que pasemos la noche *en esa casa*? ¡Mírala! Está cayéndose a pedazos. ¡Apenas tiene medio techo! ¡Vamos a congelarnos!

—No vamos a congelarnos —replicó Tristan con voz cargada de desdén—. Casi no llueve ya. Probablemente pronto parará, y allí estaremos mucho más protegidos.

—No pienso quedarme allí.

Dylan estaba decidida. No imaginaba nada menos cómodo que pasar la noche en una casucha fría, húmeda y semiderruida.

—Pues tendrás que hacerlo. A menos que quieras seguir sola. Pronto oscurecerá. Buena suerte.

Lo dijo con frialdad, y a Dylan no le quedó ninguna duda de que hablaba en serio. ¿Qué podía hacer?

De cerca, la casita no le resultó más atractiva. El jardín había intentado imponerse en forma de vegetación silvestre, y tuvieron que avanzar con dificultad entre cardos, zarzas y hierbas crecidas solo para llegar a la entrada. Una vez dentro, las cosas mejoraron ligeramente. Aun sin ventanas ni puerta, el viento disminuyó bastante, y en un extremo el techo estaba completamente intacto. Aunque lloviera durante la noche, era probable que no se mojaran. Pero el lugar parecía haber sido saqueado. El dueño anterior había dejado diversos objetos personales y algunos muebles desvencijados, pero casi todo estaba roto y desparramado sin cuidado por el suelo.

Tristan entró primero, enderezó una mesa y una silla, y dio la vuelta a una cubeta para sentarse. Indicó a Dylan que ocupara la silla. Ella se sentó con cuidado, pensando que podía romperse bajo su peso. La silla resistió, pero ella no lograba tranquilizarse. Sin el aullido del viento, había un silencio muy incómodo. Además de eso, ya no podía mantenerse ocupada caminando por terrenos peligrosos. No había nada que hacer más que quedarse sentada e intentar no mirar a Tristan. Se sentía increíblemente cohibida, atrapada en la casa con un perfecto desconocido. Por otra parte, comenzaba a asimilar el dramatismo del día y estaba desesperada por hablar de lo sucedido. Miró a Tristan, preguntándose cómo romper el silencio.

—¿Qué crees que ha pasado? Con el tren, digo.

—No lo sé. Habrá chocado, supongo. Tal vez hubo un derrumbe en el túnel o algo.

Se encogió de hombros y clavó la mirada en un punto por encima de la cabeza de ella. Todo su lenguaje gestual indicaba que no quería hablar de eso, pero Dylan no pensaba rendirse tan fácilmente.

—Pero ¿y todos los demás? No puede ser que seamos los únicos supervivientes. ¿Qué pasó en tu vagón? —insistió, con los ojos encendidos por la curiosidad.

Él volvió a encogerse de hombros, distante y sin interés.

—Lo mismo que en el tuyo, supongo.

Apartó la mirada, y Dylan se dio cuenta de que estaba incómodo. ¿Cómo era posible que no quisiera hablar de eso? No podía entenderlo.

—¿Por qué estabas allí?

Al oír esa pregunta, Tristan levantó la vista al instante, sobresaltado, y Dylan se apresuró a explicarse.

—Digo, ¿a dónde ibas con el tren? ¿A visitar a alguien?

De pronto, deseó no habérselo preguntado. Hubo algo en sus ojos que no le agradó, un aire defensivo.

—Iba de visita —respondió—. Mi tía vive allí.

Lo dijo con un tono definitivo, como poniendo fin a la conversación.

Mientras lo observaba, Dylan tamborileaba con los dedos sobre la mesa. Visitar a una tía le parecía un motivo inocente, pero se preguntó si no se trataría de algo más siniestro. Si no, ¿por qué se comportaría de manera tan misteriosa, tan furtiva? ¿Acaso se encontraba aislada en medio de la nada con una especie de delincuente? ¿O simplemente estaba paranoica por la conmoción del día?

—¿Qué vamos a comer? —le preguntó, más para cambiar de tema que otra cosa, porque la irritaba la actitud distante de él.

—¿Tienes hambre?

Parecía un poco desconcertado.

Dylan lo pensó y descubrió, sorprendida, que la respuesta era que no. Había comido después del instituto, de camino a la estación de ferrocarril. Una hamburguesa rápida en un café de mala muerte, con una Coca-Cola dietética que ni siquiera estaba fría. Aquello había sido hacía horas. Aunque era muy delgada, comía como un caballo. Joan siempre le decía, en broma, que un día iba a despertar con ciento treinta kilos. Normalmente, a esas alturas habría estado famélica. Tal vez la falta de apetito era un síntoma de conmoción.

—Como mínimo, necesitaremos agua —respondió, aunque al mismo tiempo que pronunciaba las palabras, se dio cuenta de que tampoco tenía sed.

—Bueno, allí detrás hay un arroyo —respondió, divertido—. Pero no puedo asegurarte que esté muy limpio.

Dylan pensó en beber del arroyo mugriento. Probablemente el agua tenía lodo e insectos; no era una sugerencia atractiva. *Además*, pensó, *si bebo agua voy a necesitar ir al baño, y no parece que aquí lo haya*. Las nubes estaban trayendo la noche con una rapidez inusual, y la idea de salir sola en la oscuridad a buscar un lugar apropiado no era algo que le agradara pensar. Había ortigas y cardos, y le daría miedo alejarse mucho, de modo que tendría que quedarse donde Tristan pudiera oírla. Le daría mucha vergüenza.

Tristan pareció leer sus pensamientos en sus ojos. Aunque apartó la mirada hacia la ventana, hacia el anochecer, Dylan vio el movimiento delator de su mejilla. Estaba riéndose de ella. Entornó los ojos con irritación y miró hacia el otro lado, por el agujero donde alguna vez había estado la ventana trasera. No se veía casi nada, apenas la silueta de las colinas a lo lejos. La llegada de la noche estaba poniéndola nerviosa.

—¿Crees que aquí estaremos seguros? —preguntó.

Tristan se volvió hacia ella con una expresión indescifrable.

—No te preocupes —respondió en voz baja—, aquí no hay nada.

La sensación de aislamiento que le produjeron esas palabras le resultó tan aterradora como pensar en cosas desconocidas moviéndose en la oscuridad, y Dylan se estremeció sin querer.

—¿Tienes frío? —Tristan no esperó una respuesta—. Allí hay un hogar. Tengo cerillas... probablemente pueda encenderlo.

Se puso de pie y se acercó al hogar de piedra, que estaba bajo lo que quedaba del techo. Seguramente la estructura de la chimenea había fortalecido la pared, porque esa parte de la casa estaba en mejores condiciones. Aún quedaban algunos leños esparcidos junto al hogar. Tristan los recogió y los acomodó precariamente en forma de tipi. Dylan lo observó trabajar, cautivada al verlo tan concentrado y silencioso. Cuando introdujo la mano en el bolsillo, la miró brevemente, y ella se apresuró a mirar otra vez hacia la ventana. Sus mejillas se tiñeron de rojo, y esperó que no la hubiera descubierto observándolo. Una risita por lo bajo que le llegó desde el hogar le confirmó que sí lo había hecho, y Dylan se acomodó en la silla, mortificada. El sonido de una cerilla al encenderse llegó acompañado de un ligero humo. Lo imaginó sosteniendo los leños e intentando arrancarles llamas, pero se mantuvo firme y no lo miró.

—Salvo que de pronto se levante un vendaval, en unos minutos deberíamos estar más abrigados —dijo Tristan, al tiempo que se ponía de pie y volvía a cruzar la habitación hasta su asiento improvisado.

—Gracias —murmuró Dylan, con sinceridad.

Estaba agradecida por el fuego; ahuyentaba la oscuridad que ya estaba extendiéndose sobre la tierra. Se volvió ligeramente y contempló las llamas, cómo saltaban entre los leños. Pronto el hogar empezó a irradiar calor, que los cubrió a ambos de tibieza.

Tristan volvió a mirar por la ventana, aunque no había nada que ver. Dado que ya se le había agotado el coraje tras abordar conversaciones que terminaban casi antes de empezar, Dylan no se atrevió a interrumpir sus cavilaciones. Cruzó los brazos sobre la mesa y apoyó el mentón en ellos, con el rostro hacia el fuego. La danza de las llamas la hipnotizó, y no pasó mucho tiempo hasta que sintió que le pesaban los párpados.

Mientras la cortina del sueño se cerraba sobre ella, oyó que el viento soplaba entre las paredes derruidas de la casa. Aunque no sintió el frío de las ráfagas en la piel, lo oyó silbar atravesando grietas y rendijas, buscando el modo de entrar. Era un sonido espeluznante, aterrador. Dylan tembló, incómoda, pero intentó contener el movimiento antes de que Tristan lo notara.

Era el viento, nada más.

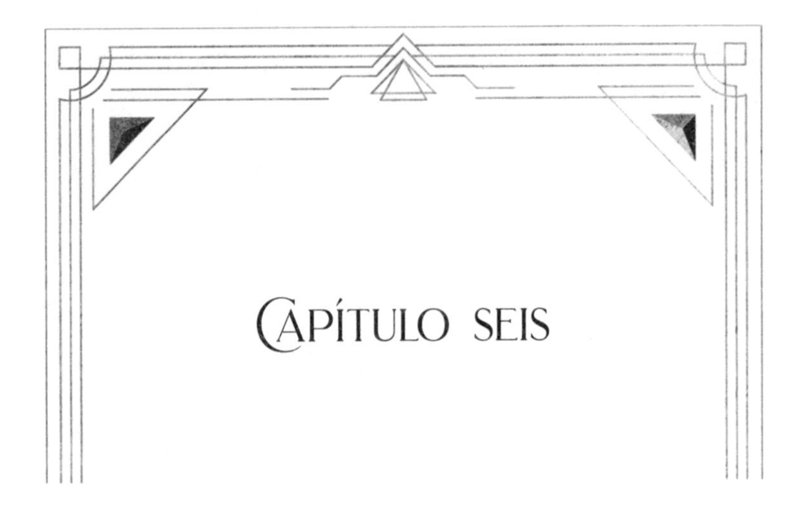

CAPÍTULO SEIS

Cuando Dylan abrió los ojos, estaba otra vez en el tren. Parpadeó, confundida por un momento, pero luego se encogió de hombros casi imperceptiblemente y aceptó aquel extraño giro de los acontecimientos. El tren tembló y se sacudió al efectuar el cambio de vías, y luego siguió su marcha con una vibración suave. Dylan volvió a cerrar los ojos y apoyó la cabeza en el respaldo del asiento.

Le pareció que había pasado apenas un segundo, pero cuando abrió los ojos, algo había cambiado. Frunció el ceño, perpleja. Seguramente se había quedado dormida otra vez. Las luces brillantes del vagón le lastimaban los ojos y la obligaron a entornarlos. Meneó un poco la cabeza para despejarla y cambió de posición, incómoda. Las bolsas de la mujer ocupaban una cantidad ridícula de espacio, y algo puntiagudo que estaba en una bolsa anaranjada se le clavaba en las costillas y le hacía daño.

Recordó que había prometido a su padre que le avisaría cuando estuviera en el tren, y con cierta dificultad, sacó el móvil del bolsillo. Una de las enormes bolsas se movió con ella y se deslizó peligrosamente hacia el borde del asiento hasta que la mujer extendió la mano y la empujó hacia atrás. Dylan la oyó chasquear la lengua, enfadada, pero la ignoró. Activó la pantalla y empezó a escribir el mensaje.

Papá, ya estoy en el tren. Sin mucho retraso, en…

Una súbita sacudida del tren le desvió el codo y le arrancó el teléfono de la mano. Intentó aferrarlo con la otra, pero apenas alcanzó a rozar el borde, con lo que el aparato salió despedido más lejos. Cayó al suelo con un horrible sonido a roto, y Dylan lo oyó resbalar por el vagón.

—Maldición —murmuró por lo bajo.

Tanteó el suelo durante unos segundos hasta alcanzar el teléfono. Estaba pegajoso; seguramente algún idiota había derramado zumo en el suelo. Dylan recogió el teléfono y lo examinó.

En lugar de zumo, el móvil estaba cubierto de una sustancia espesa, de color rojo oscuro, que chorreaba sobre el colgante de adorno en forma de corazón y goteaba lentamente desde el extremo; al caer, las gotas formaban pequeñas explosiones en la rodilla de sus jeans. Levantó la mirada y vio por primera vez los ojos de la mujer que iba sentada frente a ella. Le devolvieron una mirada sin vida. Le sangraba la cabeza y tenía la boca abierta, los labios grises retraídos en un grito. Dylan miró alrededor, desesperada, y vio a los dos fans de los Rangers con los que no había querido sentarse. Estaban tendidos, abrazados, las cabezas juntas en un ángulo que no parecía correcto. Otra sacudida del tren los hizo caer hacia adelante como marionetas; sus cabezas estaban adheridas a sus cuellos por jirones de tendones. Dylan abrió la boca para gritar mientras el mundo se hacía pedazos.

Todo empezó con una horrible frenada, un sonido que le puso los pelos de punta y erizó cada nervio de su cuerpo, un sonido de metal estrellándose contra metal y desgarrándose. Las luces parpadearon y el tren pareció retorcerse y sacudirse bajo sus pies. Salió despedida del asiento con una fuerza increíble y fue a dar directamente contra la mujer monstruosa que iba frente a ella. Los brazos muertos de la mujer parecían listos para abrazarla, y su boca abierta pareció extenderse más en una sonrisa espantosa.

—¡Dylan! —La voz, desconocida al principio, la hizo regresar a un estado consciente—. ¡Dylan, despierta!

Algo estaba sacudiéndole el hombro con fuerza. Dylan ahogó una exclamación y levantó la cabeza de la mesa sobre la que, seguramente, se había quedado dormida, y vio un par de ojos azules llenos de preocupación.

—Estabas gritando —explicó Tristan, por una vez con desasosiego.

Aún sentía el terror del sueño. Aún veía ante sus ojos la sonrisa mortal de la mujer y la adrenalina corría por sus venas. Pero no era real. No lo era. Poco a poco, su respiración se fue haciendo más lenta a medida que la realidad volvía a imponerse.

—Una pesadilla —murmuró ella, avergonzada. Se incorporó, rehuyendo la mirada de Tristan, y miró alrededor. Hacía tiempo que el fuego se había apagado, pero las primeras luces del alba habían empezado a iluminar el cielo, y pudo ver el entorno con claridad.

A la luz de la mañana, la casa parecía más fría. En algún momento las paredes habían estado pintadas de un color crema, pero la pintura llevaba mucho tiempo descolorida y descascarillada. Los agujeros en el techo y las ventanas que faltaban habían permitido que la humedad se filtrara por las paredes, que ahora estaban cubiertas de musgo. Aquel abandono descuidado de los muebles y efectos personales le produjo tristeza. Dylan imaginó a alguien, en algún momento, acomodando la habitación con cariño, con objetos que albergaban significado y emoción. Ahora estaban allí, desechados, olvidados.

Por alguna extraña razón, aquel pensamiento la emocionó. Se le cerró la garganta y se le llenaron los ojos de lágrimas. ¿Qué le estaba pasando?

—Debemos irnos.

Tristan interrumpió sus pensamientos y la trajo de vuelta al presente.

—Sí —respondió, con la voz ronca por la emoción, y Tristan la miró.

—¿Estás bien?

—Sí.

Dylan inhaló profundamente e intentó sonreírle. No le salió muy convincente, pero esperó que él no se diera cuenta, ya que no la conocía mucho. Tristan la miró con cierta desconfianza, pero asintió.

—¿Cuál es el plan? —preguntó Dylan alegremente, en un intento de aligerar la incomodidad del momento. Lo logró, hasta cierto punto.

Tristan levantó la mitad de los labios en una sonrisa y se dirigió a la puerta.

—Caminar. Hacia allí.

Señaló con el brazo, y luego se quedó con las manos en las caderas, esperando que ella se pusiera en marcha.

—¿Ahora? —preguntó Dylan con incredulidad.

—Sí —respondió él sucintamente, y salió de la casa.

Dylan se quedó mirando, espantada, la abertura de la puerta donde él había estado. No podían irse así como así, sin beber un poco del arroyo y buscar comida, o quizás incluso lavarse un poco. Se preguntó qué haría él si ella se quedara allí sentada y se negara a seguirlo. Probablemente seguiría caminando sin ella.

—Maldición —masculló. Se puso de pie a toda prisa y salió tras él.

—Tristan, esto es ridículo.

—¿Y ahora qué?

Se volvió hacia Dylan, visiblemente exasperado.

—Hace horas y horas y horas que estamos caminando.

—¿Y?

—Pues que el tren chocó una hora después de salir de Glasgow. En esta parte de Escocia, no se puede caminar tanto desde un punto y no encontrar *nada*.

Tristan la observó con perspicacia.

—¿Qué es lo que intentas decir? —le preguntó.

—Lo que quiero decir es que debemos estar caminando en círculos. Si de verdad supieras a dónde vamos, ya habríamos llegado. —Dylan apoyó las manos en las caderas, lista para discutir, pero vio con sorpresa que Tristan parecía casi aliviado. Eso la confundió—. No podemos seguir así —añadió.

—¿Tienes una idea mejor?

—Sí, mi idea mejor era que nos quedáramos en el túnel, donde alguien nos habría encontrado.

Tristan volvió a sonreír. Hacía tiempo que había desaparecido la preocupación de esa mañana, y otra vez se mostraba arrogante y burlón.

—Ya es demasiado tarde para eso —replicó, con una risita; dio media vuelta y siguió caminando.

Dylan lo miró alejarse sin poder creer lo que veía. Era increíblemente grosero y presuntuoso.

—No, Tristan, hablo en serio. ¡Detente! —Intentó dar a sus palabras un tono de autoridad, pero incluso a ella misma le sonaron desesperadas. Aun a diez metros de distancia, oyó el suspiro impaciente de él—. Quiero volver.

Tristan se volvió hacia ella una vez más, y Dylan se dio cuenta de que le estaba costando mucho mantener una expresión serena.

—No.

Dylan lo miró boquiabierta, atónita. ¿Quién demonios se creía que era? Era un adolescente, no su madre. No podía creer que se atribuyera el derecho de darle órdenes. Apartó las manos de las caderas, se cruzó de brazos y apoyó bien los pies, preparándose para una pelea.

—¿Cómo que no? Tú no decides a dónde voy. Nadie te ha puesto al mando. Estás tan perdido como yo. Quiero regresar.

En la última oración, pronunció cada sílaba con énfasis, como si la fuerza de sus palabras pudiera hacer que se cumplieran.

—No puedes volver, Dylan. Ya no está.

Desconcertada por esa respuesta, Dylan frunció el ceño y apretó los labios, de modo que formaron una fina línea.

—¿De qué hablas? ¿Qué es lo que ya no está?

Las frases enigmáticas de Tristan empezaban a irritarla.

—Nada, ¿de acuerdo? No es nada. —Tristan meneó la cabeza; parecía que le costaba encontrar las palabras adecuadas—. Mira, confía en mí. —Sus ojos horadaban los de ella—. Hemos llegado hasta aquí. Nos llevaría el mismo tiempo volver y encontrar el túnel. Te prometo que sé a dónde voy.

Dylan trasladó el peso de su cuerpo de un pie al otro. Estaba desesperada por volver al lugar del accidente, segura de que allí habría alguien a cargo de la situación, alguien que pudiera resolverlo. Por otra parte, nunca podría encontrar el sitio ella sola, y la aterraba quedarse abandonada en el páramo. Tristan pareció percibir su inseguridad. Volvió sobre sus pasos, se acercó a ella hasta el punto de incomodarla y flexionó las rodillas para que sus ojos quedaran a la misma altura. Dylan quería retroceder, pero estaba paralizada como un conejo ante los faros de un coche. Algunos recuerdos despertaron en la mente de Dylan, pero él estaba mirándola directamente, tan de cerca que perdió el hilo de sus pensamientos.

—Tenemos que ir por aquí —susurró Tristan, de un modo hipnótico—. Tienes que venir conmigo.

La miró fijamente, observó que sus pupilas se dilataban casi hasta el punto de ocultar el verde del iris, y sonrió con satisfacción.

—Vamos —ordenó.

Sin pensarlo, los pies de Dylan obedecieron.

Caminar, caminar, caminar. Prosiguieron el viaje a través de un terreno cenagoso que siempre parecía ir cuesta arriba. A Dylan le dolían las piernas, y hacía ya tiempo que su calzado deportivo había perdido la esperanza de estar seco. Cada paso que daba iba acompañado por un chapoteo frío en los zapatos. Sus pantalones acampanados habían absorbido agua casi hasta las rodillas, y se hacían más y más pesados con cada paso.

Tristan, en cambio, no se inmutaba por sus miradas ominosas y sus rezongos. Seguía caminando a un ritmo implacable, siempre manteniéndose un metro por delante de ella, callado y decidido. De vez en cuando, si la oía tropezar, giraba la cabeza al instante, pero apenas comprobaba que se encontraba bien, reanudaba su marcha sin vacilar.

Dylan empezó a sentirse cada vez más incómoda. El silencio entre ellos era como un muro de ladrillos, absolutamente imposible de atravesar. Era casi como si estuviera resentido por tener que cargar con ella, como si fuera una hermana menor molesta a la que había prometido cuidar a su pesar. No podía hacer otra cosa más que aceptar ese papel y seguir caminando detrás de él: la niñita malhumorada que no lograba salirse con la suya. Dylan se sentía demasiado intimidada para intentar hablar con él sobre su comportamiento poco amigable, casi hostil. Hundió el mentón en el cuello de su jersey y suspiró. Observó la hierba crecida, intentando en vano detectar los pozos y los montículos de formas extrañas que la hacían tropezar, masculló su desgracia por lo bajo y siguió caminando con dificultad tras los pasos de Tristan.

En la cima de otra colina, él se detuvo por fin.

—¿Necesitas descansar un poco?

Dylan levantó la vista, un poco desorientada por tanto caminar con la cabeza gacha.

—Sí, estaría bien.

Después de un silencio tan prolongado, sintió la necesidad de susurrar, pero el viento que los castigaba se llevó sus palabras apenas salieron de su boca. No obstante, Tristan pareció entenderla, porque se dirigió a una roca grande que sobresalía entre la hierba y los brezos y se recostó en ella con despreocupación. Escudriñó el paisaje como un centinela.

A Dylan no le quedaba energía para buscar un lugar seco. Se sentó donde estaba. Casi de inmediato, la hierba le mojó la chaqueta y la parte trasera del pantalón, pero su calzado y sus jeans estaban ya tan fríos y empapados que apenas notó el cambio. Estaba tan cansada que no podía pensar, no podía discutir. Sin ánimos, estaba dispuesta a seguir ciegamente a Tristan adonde decidiera llevarla. Tal vez ese había sido precisamente el plan de él, pensó con pesimismo.

Era extraño: en el fondo de su mente, sabía que había varias cosas que no encajaban. Estaba el hecho de que llevaban casi dos días de marcha sin encontrarse con nadie; el hecho de que no había comido ni bebido nada desde el accidente y, sin embargo, no tenía hambre ni sed, y por último, lo que más la asustaba: que hacía cuarenta y ocho horas que no hablaba con su madre ni con su padre y ellos no tenían ni idea de dónde estaba ni si se encontraba bien. Todos esos pensamientos seguían en el fondo de su mente, insistentes pero vagos, como si alguien tirara levemente de la cola de un caballo desbocado. No lograba concentrarse en ellos.

De pronto, Tristan la miró, y ella estaba demasiado sumida en sus pensamientos para apartar la mirada a tiempo.

—¿Qué? —le preguntó él.

Dylan se mordió el labio inferior, pensando en cuál de las miles de preguntas plantearle primero. Era muy difícil hablar con Tristan, y él no le había preguntado nada sobre ella. ¿Acaso no tenía la menor curiosidad? La única conclusión a la que Dylan llegaba era que preferiría que ella no estuviera allí. Probablemente se arrepentía de no haberse puesto en marcha tan pronto como había salido del túnel, en lugar de quedarse esperando para ver si aparecía alguien más. Dylan no tenía claro si eso no habría sido mejor también para ella. Habría podido quedarse en la entrada del túnel, y si no hubiera llegado nadie, a la larga se habría convencido de volver por el túnel y salir por el otro lado. A esa altura, ya estaría de vuelta en su casa, discutiendo con Joan para hacer otro viaje a Aberdeen.

A su izquierda se oyó un aullido lejano. Era un sonido agudo, lastimero, como el de un animal dolorido. Pareció resonar en las colinas y adquirir un tono espeluznante, sobrenatural.

—¿Qué ha sido eso? —le preguntó a Tristan.

Él se encogió de hombros, en apariencia despreocupado.

—Un animal, nada más. Hace tiempo trajeron aquí unos lobos. No te preocupes —añadió con una sonrisa, al verla nerviosa—. Por aquí hay muchos ciervos que pueden comer. No van a molestarse en atacarte a ti.

Miró al cielo, que empezaba a oscurecerse. Había caído la tarde sin que Dylan se percatara. No podía ser que hubieran caminado tanto tiempo, ¿o sí? Cruzó los brazos sobre el pecho para darse calor. De pronto, el viento parecía más fuerte. Giraba a su alrededor y le levantaba mechones de cabello que danzaban frente a sus ojos como sombras. Intentó apartarlos, pero sus dedos no encontraron nada más que aire.

Tristan se apartó de la roca contra la que estaba recostado y sus ojos escudriñaron la noche que se aproximaba.

—De todos modos, deberíamos seguir el viaje —dijo—. Para que no nos sorprenda la noche en la cima de una colina.

Había oscurecido mucho en un lapso ridículamente corto. A Dylan le costaba ver mientras descendían por la ladera. Por aquel lado, la colina estaba cubierta de piedras que se deslizaban bajo sus pies y rocas resbaladizas por la lluvia reciente. Dylan intentaba elegir dónde pisaba, y avanzaba pasito a pasito, manteniendo un pie firme mientras, con el otro, tanteaba el terreno para el siguiente paso. Era un avance muy lento, y percibía la impaciencia de Tristan. Aun así, este se rezagó para caminar a su lado, con el brazo más cercano a ella semiextendido, listo para sostenerla si se caía, y eso la reconfortaba. Por encima del viento y del sonido de su propia respiración, de vez en cuando Dylan oía aullidos de animales salvajes que merodeaban en la noche.

—Alto.

Tristan extendió un brazo delante de Dylan. Sorprendida por la súbita detención, se volvió hacia él y lo miró con los ojos muy abiertos. Al observar su postura, la recorrió un asomo de aprensión. Estaba inmóvil, absolutamente alerta. Cada músculo de su cuerpo estaba tenso, listo para la acción. Sus ojos estaban concentrados en algo que estaba adelante, y hacían movimientos pequeños y rápidos al escudriñar el paisaje que se extendía ante ellos. Tenía el ceño fruncido y sus labios formaban una línea sombría. Fuese lo que fuese, no era nada bueno.

CAPÍTULO SIETE

—¿Qué ocurre?

Dylan intentó ver en la dirección en la que él estaba mirando, pero no vio nada fuera de lo común en la penumbra. Apenas pudo distinguir el contorno de las colinas a lo lejos, y el sendero por el que estaban descendiendo. Aunque mantuvo la mirada fija un largo rato, nada se movió. Estaba a punto de abrir la boca para preguntarle qué había visto cuando él levantó la mano para indicarle que callara.

Tristan se llevó un dedo a los labios.

Dylan cerró la boca y lo miró atentamente, observando sus reacciones. Él seguía inmóvil, escudriñando la oscuridad. Ella echó otro vistazo hacia donde Tristan estaba mirando, pero esta vez tampoco pudo ver lo que había provocado la reacción de él. Sin embargo, la tensión de Tristan era contagiosa, y sintió que se le hacía un nudo en el estómago. Su corazón se aceleró, y tuvo que concentrarse en inhalar por la nariz para mantener la respiración controlada.

Tristan continuó observando fijamente un momento más, y luego se volvió hacia ella. Por un instante, sus ojos brillaron encendidos, como llamas azules. Dylan contuvo una exclamación, pero enseguida se volvieron negros como el carbón en plena noche, y ella se preguntó si habría sido su imaginación.

El viento pareció arreciar mientras estaban allí detenidos y los envolvía con ráfagas como latigazos. Silbaba en los oídos de Dylan, pero por encima del sonido del viento, alcanzó a detectar un leve aullido. Tristan había dicho que no eran nada de lo que preocuparse, pero su postura rígida indicaba lo contrario.

—¿Lobos? —preguntó, articulando las palabras pero sin emitir sonido; estaba demasiado asustada para hablar.

Tristan asintió. Dylan volvió a mirar el paisaje que tenían por delante, escudriñando la hierba oscura en busca de siluetas de animales. Seguía sin ver nada.

—¿Qué vamos a hacer? —susurró. Inconscientemente, la inquietud la había hecho acercarse a él en busca de protección, y pudo susurrarle al oído.

—Al pie de esta colina hay una cabaña abandonada. —Tristan también respondió con un susurro, pero ferviente—. Necesitamos llegar hasta allí. Vamos a tener que ir más rápido, Dylan.

—Pero ¿dónde están? —preguntó.

—Eso no importa ahora; tenemos que movernos.

Sus palabras la asustaron. Escudriñó la oscuridad, un poco con la esperanza de que el peligro se revelara, y otro poco, con la esperanza de que no lo hiciera. No vio nada, pero era como si la oscuridad estuviera haciéndose más densa. Incluso el suelo, a sus pies, era ahora solo una sombra negra. Si intentaba acelerar el paso, se caería, y probablemente arrastraría a Tristan con ella.

—Tristan, no veo nada —murmuró, con la voz estrangulada por el miedo.

—Estoy contigo —respondió él, y la seguridad de su voz le dio coraje y alejó el frío que sentía en el pecho.

Tristan la tomó de la mano, cerró los dedos en torno a los de ella y la aferró con firmeza. Dylan se dio cuenta con un sobresalto de que era la primera vez que se tocaban. Casi se alegró de que estuviera oscuro. A pesar del horror del momento, el contacto la puso casi nerviosa. La mano de Tristan estaba muy tibia, y la sentía fuerte en torno a sus dedos. De inmediato se sintió más protegida. Cada palabra, cada movimiento de él reflejaba seguridad y la hacía sentir a salvo.

—Vamos —dijo Tristan.

Empezó a avanzar mucho más rápido. Dylan intentaba seguirle el paso, pero la oscuridad era densa y ya no alcanzaba a ver las rocas ni los montículos de hierba, de modo que tropezaba y se tambaleaba con frecuencia, además del poco equilibrio que le daba la ladera tan empinada. Su calzado deportivo era viejo y tenía las suelas gastadas. En un momento dado, apoyó el pie con fuerza sobre la grava y resbaló. Intentó equilibrarse con el otro pie, pero lo apoyó en un ángulo incómodo. Tuvo que apoyar todo su peso en ese pie, y los músculos de su tobillo vacilaron y se estiraron, intentando sostenerla. Dylan sintió un dolor agudo al torcerse la articulación. Con un gemido, sintió que caía; se le dobló la pierna, pero Tristan, con mano firme, tensó el brazo y detuvo la caída, y evitó que se golpeara la cabeza contra el suelo frío. En ese momento, parecía tener una fuerza imposible. Con un solo brazo, la ayudó a enderezarse y casi la levantó del suelo para volver a ponerla de pie. Apenas un segundo después, la instó a seguir.

—Casi hemos llegado —dijo, con la respiración ligeramente agitada.

Dylan miró hacia adelante y le pareció divisar a duras penas el contorno de una edificación. Era, como había dicho Tristan, una cabaña de madera. A medida que se acercaba, empezó a distinguir los detalles. Esa casa aún tenía una puerta intacta y dos ventanas de cristal a cada lado. El techo a dos aguas era empinado, y en un extremo asomaba una chimenea ladeada. Al paso que llevaba Tristan, llegarían en un par de minutos.

El terreno se hizo más llano y Dylan se sentía más cómoda al intentar caminar más rápido. Con cada paso le dolía el tobillo, pero estaba segura de que solo era una torcedura, no un esguince. Tristan aceleró y la alentó a emprender un trote irregular.

—Vas muy bien, Dylan, eso es —le dijo.

Los aullidos de los animales se oían más fuertes, más cerca. Ahora eran una orquesta constante de ruido. Dylan no podía adivinar cuántas criaturas los estaban rodeando. Aún no había visto ningún lobo, aunque sus ojos iban a izquierda y derecha, escudriñando los alrededores. No obstante, casi habían llegado. Lo lograrían. Se alegró de que aquella cabaña pareciera mucho más robusta que la casa derruida en la que habían tenido que dormir la noche anterior. Allí no habrían tenido dónde esconderse ni manera de impedir que entraran. Ya estaban tan cerca que Dylan casi alcanzaba a ver el reflejo de su rostro asustado en la ventana.

Entonces lo sintió. Empezó como un frío que le envolvía el corazón, y luego sintió que el aliento se le congelaba en los pulmones. En la oscuridad, no alcanzaba a verlos; solo podía distinguir el movimiento en el aire, sombras sobre sombras. Giraban ante ella, y sentía el aire moverse contra su piel mientras la rodeaban con movimientos serpenteantes. Probando, saboreando el aire.

No eran lobos.

—Ya han llegado.

La voz de Tristan estaba llena de temor, y habló tan bajo que no parecía tener la intención de que ella lo oyera. No obstante, Dylan lo oyó, y eso la asustó más que cualquier otra cosa. Había algo extraño en sus palabras. Era como si supiera que esas criaturas acudirían, como si supiera lo que eran. ¿Qué secretos le estaba ocultando?

Algo pasó rápidamente junto a Dylan. Aunque echó la cabeza hacia atrás con suficiente fuerza como para cerrar la boca, aquella cosa le atravesó el rostro y le quemó el puente de la nariz y la mejilla.

Dylan se pasó la mano por la piel y la sintió mojada. Estaba sangrando.

—Tristan, ¿qué está pasando? —chilló, por encima del viento y de los aullidos, que aumentaban en un crescendo aterrador, intercalados con siseos y gritos. Se le hacía difícil respirar por el hielo que sentía en el pecho.

De la oscuridad que había frente a ella, apareció una sombra que iba directa hacia Dylan. No tuvo tiempo de reaccionar, de apartarse de su camino, ni siquiera de prepararse para el impacto. Pero el golpe que esperaba no llegó. Increíblemente, la sombra pareció atravesarla. No supo si se lo había imaginado, pero la sintió como una flecha helada que atravesaba su cuerpo. Soltó la mano de Tristan y se aferró el vientre, esperando encontrar una herida, un agujero, pero el jersey estaba intacto.

—¡Dylan, no! ¡No me sueltes!

Sintió dedos que intentaban aferrarla, y buscó en el aire la mano de Tristan, pero no la halló. De pronto, sintió que la aferraban cientos de manos que no parecían tener más sustancia que el humo. Pero eran fuertes, y por la fuerza que les daba su número, sintió que la jalaban hacia abajo, aunque no había dónde ir. Por instinto, Dylan agitó los brazos, intentando apartarlas, pero sus manos no tocaron nada. ¿Qué estaba sucediendo? No eran animales ni aves. Dejó de moverse y sintió que esas cosas sin sustancia regresaban de inmediato. ¿Cómo podía resistirse a algo que no podía tocar? Ante la fuerza combinada de las criaturas, se le doblaron las piernas y se hundió en el suelo.

—¡Dylan!

Aunque estaba a su lado, la voz de Tristan le pareció muy lejana. Apenas lo oyó entre los gruñidos y chillidos llenos de júbilo. Ahora aquellas cosas estaban encima de ella. Las sentía en los brazos, en las piernas, sobre el vientre, incluso en la cara. Cada parte de su cuerpo que tocaban le quemaba como el metal helado contra la piel. Más y más de aquellas criaturas pasaban a través de ella y le helaban los huesos. No había adrenalina en el miedo que sentía. Era un terror que la debilitaba. No tenía fuerzas para resistirse, para luchar contra lo invencible.

—Tristan —murmuró—. Socorro.

Su voz tenía menos fuerza que un susurro. Sentía debilidad en todo el cuerpo, como si algo le hubiera agotado la energía. Le costaba resistirse al peso de tantas manos. Abajo, abajo, abajo, hacia el suelo, y luego, por increíble que pareciera, a través de él. La tierra y las rocas no parecían tan sólidas como deberían. Dylan sintió que podía atravesarlas como si fueran líquidas.

—¡Dylan! —La voz de Tristan le llegó como debajo del agua, distorsionada y poco clara—. ¡Dylan, escúchame!

Oyó un dejo de pánico en la voz de él, y quería tranquilizarlo. Se sentía casi en calma, liviana y tranquila; él también debería estar en calma.

Una mano aferró con rudeza la parte delantera de su jersey. Le dolió. A su alrededor, el aire se llenó de siseos furiosos, y Dylan coincidía con ellos: la mano debería detenerse. El puño se agitó más y luego la arrastró hacia arriba. Se sentía atrapada en un tira y afloja.

Los siseos se intensificaron, y las manos que la arrastraban se transformaron en espolones feroces que se clavaron como agujas por todo su cuerpo, le desgarraron la ropa y se enredaron en su cabello, le echaron la cabeza hacia atrás y le arrancaron un grito de dolor. Eso pareció complacer a los atacantes desconocidos, y los siseos se convirtieron en risotadas, un chillido amenazante que se hundió de lleno en el corazón de Dylan y lo congeló.

De pronto, sintió que tiraban de ella hacia arriba. La mano que la sostenía por la parte delantera del jersey tiró hacia arriba, y un brazo la tomó por detrás de las rodillas y la levantó en el aire. Sus pies quedaron colgando y su cabeza cayó floja hacia atrás hasta que pudo reunir las fuerzas para levantarla. Sabía que estaba en brazos de Tristan. No tenía tiempo para turbarse, aunque la sostenía con fuerza contra su pecho, protegiéndola, porque las criaturas no se habían dado por vencidas. Le lanzaban mordiscos a los pies, y rodeaban a Tristan. Intentaban aferrar su ropa, su cabello; le cortaban el rostro con furia. Sin hacerles caso, él la sujetó con fuerza y echó a correr. Las garras la soltaron, pero siguieron intentando atraparla una y otra vez. Dylan sentía agitarse el aire mientras las criaturas volaban en torno a ella. Estaban tan cerca que podían provocarle cortes superficiales en la piel, pero no aferrarla, mientras Tristan corría colina abajo hacia la cabaña.

Los gritos alcanzaron un volumen febril mientras Tristan se acercaba al refugio, pues las criaturas eran conscientes de que estaban a punto de perder a su presa. Duplicaron sus esfuerzos y se concentraron en Dylan, ya que Tristan parecía inmune a sus ataques. La arañaban y desgarraban, atacando su cabeza y su cabello. Dylan intentó ocultar el rostro contra el hombro de Tristan, en busca de protección.

La cabaña ya estaba increíblemente cerca. Los pies de Tristan resonaron contra un sendero pavimentado, volando sobre los últimos metros que faltaban para llegar. Sin soltarla, de alguna manera logró abrir la puerta y entrar. Lo último que oyó Dylan fue un coro atronador de gritos. No había palabras, pero en aquel clamor de chillidos las emociones eran claras: estaban furiosos.

CAPÍTULO OCHO

Dylan supo al instante que habían cruzado el umbral hacia la seguridad de la cabaña porque el ruido cesó de inmediato. Tristan cerró la puerta con fuerza y enseguida la bajó, casi como si se hubiera quemado al tenerla en brazos. La dejó allí de pie, boquiabierta por la conmoción, y fue a toda prisa hacia la ventana para mirar al exterior.

Igual que en la casa de la noche anterior, en esa cabaña había pocos muebles. Había un banco junto a la pared del fondo, y Dylan fue a sentarse allí. Se dejó caer pesadamente sobre la madera áspera y ocultó la cara entre las manos; entre sus dedos se escaparon algunos sollozos mientras intentaba controlar el miedo que circulaba por sus venas y hacía que su corazón latiera erráticamente. Tristan le echó un vistazo con expresión indescifrable, pero no abandonó su puesto de vigilancia junto a la ventana.

Dylan apartó las manos de su rostro y se examinó los brazos. Incluso en la penumbra, vio que tenía toda la piel cruzada por arañazos. Algunos apenas la habían rozado, pero otros eran cortes más profundos, de los que rezumaban gotitas de sangre. Le ardía toda la piel. Sin embargo, casi no sentía dolor, por la adrenalina que inundaba su sistema y le hacía temblar las manos.

En esa cabaña también había un hogar, y al cabo de unos minutos Tristan se acercó y se agachó junto a él. No había leños y Dylan no oyó encenderse ninguna cerilla, pero pronto había un fuego encendido. El movimiento de las llamas daba a la cabaña un ambiente escalofriante, con sombras que se movían, amenazadoras, por las paredes. Dylan no cuestionó la súbita aparición del fuego, aunque no había ninguna explicación natural para ello. Había en su mente demasiados pensamientos más importantes, imposibles. Esas ideas insistentes en el fondo de su conciencia peleaban por salir a la luz, exigían que se las escuchara. Tenía tantas preguntas que no sabía por dónde empezar.

Estuvieron así un largo rato: Tristan, sereno e inmóvil como una estatua, junto a la ventana; Dylan, acurrucada en el banco, de vez en cuando sollozando por lo bajo a causa de los efectos tardíos de la adrenalina. Fuera no se oía nada. No sabía qué habían sido esas cosas, pero parecía que por ahora se habían retirado.

Al cabo de un rato, Dylan levantó la cabeza.

—Tristan.

Él no la miró. Parecía estar preparándose para algo.

—Tristan, mírame. —Dylan esperó, hasta que por fin él giró la cabeza, lentamente y a su pesar—. ¿Qué ha sido eso?

Intentó hablar con calma, pero aún tenía la voz ronca por el llanto y se le quebró un poco. Sus ojos verdes brillaban con las lágrimas que aún quedaban, pero le sostuvo la mirada como ordenándole que le dijera la verdad. Fuesen lo que fuesen esas cosas, Tristan las había reconocido. Había hablado para sí al decir «Ya han llegado», y sabía lo que ocurriría al soltarle ella la mano. ¿Cómo lo había sabido? ¿Qué más estaba ocultándole?

Tristan suspiró. Siempre había sabido que llegaría ese momento, pero había tenido la esperanza de postergarlo lo máximo posible. Esta vez no había juegos ni trucos de salón que pudieran suavizar lo que acababa de ocurrir. Dylan había visto y sentido a aquellas cosas.

No podía decir que eran animales salvajes. La única opción era ser sincero con ella. No sabía bien por dónde empezar, cómo explicárselo de manera que lo entendiera, cómo darle la noticia sin causarle mucho dolor.

A regañadientes, cruzó la habitación y se sentó en el banco junto a ella. No la miró, sino que clavó los ojos en sus dedos entrelazados, como si esperara encontrar allí las respuestas.

Normalmente, cuando se hacía absolutamente inevitable revelar la verdad, él la revelaba sin miramientos. A sí mismo se decía que era mejor una conmoción fuerte pero breve que prolongar el dolor. Pero en realidad, era porque no le importaba. Aunque lloraran, sollozaran, suplicaran o intentaran negociar, no se podía cambiar la situación. Simplemente se hacía a un lado y esperaba hasta que aceptaban lo inevitable; luego ambos podían seguir el viaje juntos en mutua comprensión. Pero esta vez... esta vez no quería hacerlo.

Sentado tan cerca de ella que podía sentir su aliento en la cara, giró la cabeza y contempló sus ojos verdes, de un verde profundo y atractivo que le recordaba a los bosques y la naturaleza, y sintió un tirón en el estómago y una opresión en el pecho. No quería hacerle daño. No sabía bien por qué, pero a esta ansiaba protegerla, más que a ninguna de las demás.

—Dylan, no he sido del todo sincero contigo —dijo.

Vio que las pupilas de ella se dilataban ligeramente, pero no hubo ninguna otra reacción. Se dio cuenta de que ella ya lo sabía. Simplemente no sabía cuál había sido el engaño.

—Yo no estaba en el tren.

Hizo una pausa para observar su reacción. Pensó que lo interrumpiría con un torrente de preguntas, exigencias y acusaciones, pero ella se limitó a esperar, inmóvil como una piedra. Sus ojos eran estanques de miedo e incertidumbre; le asustaba lo que él pudiera decirle, pero estaba decidida a escucharlo.

—Estaba… —La voz de Tristan vaciló y se apagó. ¿Cómo decírselo?—. Estaba esperándote.

Dylan frunció el ceño, confundida, pero no habló, y él se alegró de eso. A Tristan le resultaba más fácil pronunciar las palabras sin oír la voz de ella. Pero se negó a hacerle el flaco favor de no mirarla a los ojos.

—Tú no fuiste la única que se salvó del accidente, Dylan. —Su voz se redujo a un susurro, como si al bajar el volumen pudiera suavizar el golpe—. Fuiste la única que no se salvó.

Dijo las palabras con claridad, pero estas parecieron quedar flotando en el cerebro de Dylan, negándose a cobrar significado. Ella apartó la mirada, como intentando procesar lo que él estaba diciéndole, y se quedó mirando una baldosa rota del suelo.

Tristan cambió de posición, incómodo, esperando una reacción. Pasó todo un minuto, y luego otro. Ella no se movió. Solo algún temblor ocasional de sus labios revelaba que no era una estatua.

—Lo siento, Dylan —añadió, no como una ocurrencia de último momento, sino con sinceridad.

Aunque no entendía por qué, detestaba causarle dolor y deseaba poder volver atrás. Pero era imposible deshacer lo que ya estaba hecho. Esas cosas quedaban grabadas como en piedra. Él no tenía el poder de cambiarlas, y aunque lo hubiera tenido, hubiera estado mal hacerlo. No le correspondía jugar a ser Dios.

La observó parpadear dos veces y vio que empezaba a comprender. En cualquier momento empezaría la catarata de emoción. Tristan esperó en vilo, casi sin atreverse a respirar. Tenía miedo de verla llorar.

Dylan lo sorprendió.

—¿Estoy muerta? —preguntó por fin.

Tristan asintió; no confiaba en lo que pudiera decir. Pensando que ella empezaría a expresar toda su angustia, le abrió los brazos.

Sin embargo, Dylan conservó una calma poco común. Asintió y suspiró, y luego esbozó una leve sonrisa como para sí.

—Creo que tal vez ya lo sabía, en cierto modo.

No, eso no era cierto, pensó Dylan. No lo había *sabido*... Pero en el fondo, su subconsciente había estado tomando nota de todo lo que no encajaba, todo lo que no tenía sentido. Cosas que eran demasiado extrañas para ser la vida real. Y aunque no podía explicarlo, no le producía terror admitir por fin la verdad. Solo alivio.

Pensó en que nunca volvería a ver a Joan ni a Katie, en que nunca conocería a su padre ni disfrutaría de la relación que habrían podido tener, en que nunca tendría una carrera, un matrimonio, hijos. Sintió una gran congoja, pero más allá de esos pensamientos tristes, lo que más sentía era paz interior. Si era verdad, y sabía en lo más hondo de su ser que así era, entonces no podía hacer nada para cambiarlo. Aún estaba allí, aún era ella, y debía estar agradecida por eso.

—¿Dónde estoy? —preguntó en voz baja.

—En el páramo —respondió Tristan. Ella lo miró, esperando más—. Es la extensión entre los mundos. Hay que cruzarlo. Todos deben hacerlo. Cada uno cruza su propio páramo. Es un lugar en el que deben descubrir que han muerto y aceptarlo.

—¿Y esas cosas? —preguntó Dylan, señalando hacia la ventana—. ¿Qué son?

Aunque el ruido había cesado, estaba segura de que las extrañas criaturas no se habían marchado. Simplemente estaban aguardando, pasando el tiempo hasta que hubiera otra oportunidad de atacar.

—Demonios, supongo que así los llamarías. Carroñeros, espectros. Intentan apoderarse de las almas durante el cruce. Cuanto más nos acerquemos al otro lado, peores serán los ataques pues estarán más desesperados.

—¿Qué hacen?

La voz de Dylan era poco más que un susurro.

Tristan se encogió de hombros; no quería responder.

—Dímelo —insistió ella. Le importaba saberlo, estar preparada. No quería seguir en la oscuridad.

Tristan suspiró.

—Si te atrapan, cosa que no harán, te llevan abajo. A los que atrapan, nunca volvemos a verlos.

—¿Y una vez que estás abajo? —preguntó Dylan, levantando una ceja.

—No lo sé con exactitud —respondió Tristan con voz baja. Ella hizo una mueca, insatisfecha, pero presintió que era la verdad—. Pero cuando terminan contigo, te conviertes en uno de ellos. Oscuro, hambriento, enloquecido. Monstruos de humo.

Dylan se quedó mirando el vacío. Le horrorizaba la idea de convertirse en una de esas cosas que gritaban, desesperadas, violentas. Eran criaturas detestables.

—¿Aquí estamos a salvo?

—Sí —respondió Tristan rápidamente; quería tranquilizarla todo lo posible—. Estos edificios son casas seguras. No pueden entrar.

Dylan aceptó aquello en silencio, pero Tristan sabía que habría más preguntas, más verdades que ella necesitaba saber. Y él se las daría, hasta donde pudiera. Era lo mínimo que merecía.

—¿Y tú?

Eso fue todo lo que dijo Dylan, pero implicaba mil preguntas. ¿Quién era él? ¿Cómo era su vida? ¿Qué lugar ocupaba en ese mundo? Tristan tenía prohibido revelar la mayoría de esas respuestas, y en realidad no las conocía todas, pero sí había algunas cosas que podía decirle, cosas que ella tenía derecho a saber.

—Soy un barquero —respondió. Había estado mirándose las manos, pero echó un breve vistazo al rostro de Dylan. Solo reflejaba curiosidad. Inhaló profundamente y prosiguió—. Guío a las almas para cruzar el páramo y las protejo de los demonios. Les revelo la verdad y luego las entrego adonde sea que vayan.

—¿Y eso dónde es?

Una pregunta clave.

—No lo sé. —Sonrió con pesar—. Nunca he estado allí.

Dylan lo miró con incredulidad.

—Pero ¿cómo puedes saber que es el lugar indicado? ¿Depositas a la gente y ya está? ¡Que tú sepas, podrías estar dejándola en las puertas del Infierno!

Tristan asintió con indulgencia, pero respondió en tono definitivo.

—Lo sé, eso es todo.

Dylan frunció los labios; no parecía convencida, pero no siguió discutiendo. Tristan exhaló un suspiro de alivio. No quería mentirle, pero había cosas que no se le permitía revelar.

—¿A cuántas personas has… —Dylan hizo una pausa, sin saber bien cómo expresar la pregunta—… ayudado a cruzar?

Tristan levantó la vista, y esta vez había en sus ojos una clara tristeza.

—Sinceramente, no podría decírtelo. A miles, cientos de miles, tal vez. Hace mucho tiempo que hago esto.

—¿Cuántos años tienes? —preguntó Dylan.

Esa era una pregunta que podía responder, pero no quería. Presentía que, si ella se enteraba de la verdad, si averiguaba cuánto tiempo llevaba él allí, no aprendiendo, creciendo y experimentando como los humanos, sino simplemente existiendo, se quebraría la delicada conexión que se había establecido entre ellos. Ella lo vería como alguien viejo, extraño, ajeno, y Tristan descubrió que no quería eso. Intentó responder con un chiste.

—¿Cuántos crees que tengo?

Abrió los brazos como para que ella juzgara su aspecto.

—Dieciséis —respondió Dylan—, pero no puede ser. ¿Esa es la edad que tenías cuando moriste? ¿No puedes envejecer?

—Técnicamente, nunca he vivido, en realidad —repuso Tristan, con ojos melancólicos, pero enseguida adoptó una expresión más reservada. Ya se le había escapado más de lo que debía decir. Por suerte, ella pareció entenderlo en su semblante y no hizo más preguntas.

Dylan miró alrededor y observó el entorno por primera vez. La cabaña constaba de una sola habitación larga, con muebles desiguales que reflejaban el deterioro de mucho tiempo de abandono. Aun así, estaba en mejores condiciones que la casa de la noche anterior. Las puertas y ventanas aún estaban intactas, y el fuego que ardía intensamente en el hogar había entibiado el ambiente. Además del banco donde estaba sentada con Tristan, había una cama vieja que no tenía mantas pero sí colchón. Aunque parecía haber visto tiempos mejores y tenía numerosas manchas, de momento resultaba atractivo. Había además una mesa y un fregadero en el otro extremo.

Se puso de pie con el cuerpo entumecido —seguramente había estado sentada en aquel banco duro más tiempo del que creía— y cruzó la habitación hasta el rincón de la cocina. Se sentía sucia, incómoda. Quería lavarse, pero el fregadero parecía antiquísimo, como si hiciera años y años que no se usara. De cerca, la impresión no fue más optimista. Ambos grifos estaban oxidados. No obstante, aferró uno e intentó girarlo. No ocurrió nada, de modo que probó con el otro. Al ver que también estaba trabado, aumentó la presión, y sintió que los bordes del grifo se le clavaban en las palmas de las manos. Algo empezó a ceder, de modo que apretó y giró un poco más, esperanzada. Con un ruido de roce y un golpe metálico, la manija del grifo se desprendió y se le quedó en la mano, pues el óxido había debilitado el metal.

—Ups.

Se dio la vuelta y miró a Tristan con una mueca, al tiempo que le mostraba la manija rota. Él le sonrió y se encogió de hombros.

—No te preocupes. Hace años que ese grifo no funciona.

Dylan asintió, ahora con menos culpa, y arrojó la pieza rota al fregadero. Luego se volvió y se dirigió rápidamente a la cama. Sintió que Tristan la seguía con la mirada, y cuando giró para sentarse en el colchón, notó que estaba observándola.

—¿Qué? —le preguntó, con una leve sonrisa. Por extraño que pareciera, ahora que la verdad había salido a la luz se sentía mucho más cómoda con él. Era como si el secreto hubiera sido una pared que la hacía sentirse ignorada.

Tristan no pudo evitar sonreírle a su vez.

—Es solo que me asombra tu reacción. Ni una lágrima…

Se interrumpió al ver que a ella se le borraba la sonrisa, y en su lugar quedaba tristeza.

—¿De qué me serviría llorar? —preguntó, con la sabiduría de un alma mucho más vieja. Suspiró—. Voy a intentar dormir.

—Aquí estás a salvo. Yo montaré guardia.

Y, en efecto, se sentía a salvo sabiendo que él estaba allí, alerta. Su protector.

—Me alegro de que seas tú —murmuró, mientras el sueño la invadía.

Tristan estaba confundido; no estaba seguro de lo que ella había querido decir, pero de todos modos le alegró oírlo. Pasó un largo rato observándola dormir, contemplando cómo las sombras del fuego jugaban sobre su rostro, imperturbable en la inconsciencia. Sintió un extraño anhelo de tocarla, de acariciarle la mejilla suave y apartarle el cabello que le caía sobre los ojos, pero no se movió de donde estaba sentado. Eran la juventud y la vulnerabilidad de Dylan lo que le provocaba esos sentimientos, se dijo. Él era su guía, su protector durante un tiempo. Nada más.

Esa noche, Dylan volvió a soñar. Aunque su encuentro con los demonios le había dado un tema más que suficiente para una pesadilla, no soñó con ellos. Soñó con Tristan.

No estaban en el páramo, pero Dylan tenía la extraña sensación de haber estado allí antes. Estaban en un bosque lleno de robles grandes, de troncos retorcidos y gruesos, ramas largas que se entrecruzaban formando un techo sobre ellos. Era de noche, pero la luz de la luna se filtraba por entre los árboles y salpicaba el suelo con sombras movedizas mientras las hojas se mecían con la brisa. El suelo era una alfombra de hojas que crujían a su paso. Parecía que había llovido hacía poco, porque el aire olía ligeramente a humedad y naturaleza. Hacia la izquierda se oía el sonido apacible de un arroyo lento. Era una delicia.

En el sueño, caminaban tomados de la mano, rodeando los troncos lentamente, sin seguir un rumbo fijo, sino simplemente eligiendo una ruta sinuosa hacia ninguna parte. Ella sentía que la piel le quemaba bajo la mano de él, pero no se atrevía a crispar siquiera los dedos para que no la soltara.

No iban conversando, pero eso no le resultaba incómodo. Se sentían bien juntos, y las palabras habrían arruinado la paz de aquel bello lugar.

En la cabaña, mientras ella dormía, Tristan la observó sonreír.

Capítulo nueve

Con las primeras luces de la mañana, los rayos del sol entraron a raudales por las ventanas de la cabaña, y aun a pesar del polvo y la suciedad de los vidrios, fueron suficientes para despertar a Dylan. Se movió un poco, se apartó el cabello de la cara y se frotó los ojos. Por un momento, no supo dónde se encontraba y se quedó quieta, observando el entorno.

La cama le resultaba desconocida y angosta, y el colchón tenía bultos. El techo tenía vigas sólidas de madera que parecían haber resistido cien años. Parpadeó dos veces, intentando orientarse.

—Buenos días.

La voz suave le llegó desde la izquierda, y al oírla giró la cabeza súbitamente hacia allí.

—¡Ay!

El movimiento rápido le pellizcó un nervio en el cuello. Mientras se frotaba para apaciguar el dolor, Dylan miró hacia la voz y comprendió.

—...días —respondió con voz suave y con un rubor en las mejillas. Aunque la noche anterior habían conversado mucho, Dylan se sentía incómoda otra vez, insegura de sí misma.

—¿Qué tal has dormido?

Por alguna razón, la pregunta normal y amable de Tristan le pareció fuera de lugar, como un rasgo de decoro en medio de la locura. No pudo contener una sonrisa.

—Bien. ¿Y tú?

Tristan sonrió.

—Yo no necesito dormir. Es una de las rarezas del páramo. De hecho, tú tampoco. Es solo que tu mente cree que sí, por eso duerme. A la larga, se le olvidará. Lleva un tiempo adaptarse.

Dylan lo miró un momento, atónita.

—¿No se duerme?

Tristan meneó la cabeza.

—No se duerme, no se come, no se bebe. Tu cuerpo no es más que una proyección de tu mente. El verdadero se quedó en el tren.

Dylan abrió y cerró la boca varias veces. Aquello le parecía una extraña película de ciencia ficción. ¿Acaso había ido a parar a la Matrix? Todas esas cosas que Tristan le contaba le parecían increíbles, pero mirándose las manos se dio cuenta de que, aunque sucias de barro, estaban lisas, sin marcas. Los arañazos profundos que le habían dejado los espectros habían sanado.

—Vaya —fue todo lo que pudo decir. Miró hacia la ventana—. ¿No es peligroso salir?

No sabía si los monstruos, demonios, de la noche anterior aún podían amenazarlos durante el día.

—No, no les gusta mucho el sol. Claro que, si fuera un día nublado y oscuro, podrían aparecer, si estuvieran suficientemente desesperados. —Tristan vio la expresión asustada de ella—. Pero hoy no deberíamos tener problemas. Hay mucho sol —añadió, y señaló la ventana.

—Entonces, ¿qué hacemos ahora?

—Continuamos el viaje. Aún nos falta mucho. La próxima casa segura está a dieciséis kilómetros, y parece que aquí oscurece temprano.

Miró por la ventana con el ceño fruncido, como reprendiendo al tiempo por ponerlos en peligro.

—¿Me he muerto durante el invierno del páramo? —preguntó Dylan con ojos ligeramente divertidos, pero a la vez intrigados. Quería saber más acerca de aquel extraño lugar.

Tristan la observó, pensando en cuánto revelarle. Supuestamente, los guías debían acompañar a sus almas en la travesía por el páramo y nada más. Casi todas, cuando descubrían dónde estaban en realidad y lo que les había ocurrido, se sumían en su propio pesar y autocompasión y no demostraban mucho interés en aquel viaje entre el mundo real y el final. Dylan no se parecía a ninguna otra alma que él hubiera encontrado. Había aceptado la verdad con calma, sin arrebatos. Ahora lo examinaba con ojos interrogantes, simplemente curiosos. Y tal vez con un poco más de información se le haría más fácil aceptar y entender, arguyó Tristan para sí, pero lo cierto era que quería contárselo. Quería un modo de acercarse más a ella. Inhaló profundamente y decidió.

—No. —Sonrió—. Es por tu culpa.

Tuvo que morderse para no reír. La reacción de Dylan fue tal como había supuesto que sería: perpleja y un poco ofendida. Frunció el ceño y los labios, y entornó los ojos hasta que fueron apenas como ranuras verdes.

—¿Por *mi* culpa? ¿Cómo que es por mi culpa? ¡Si yo no he hecho nada!

Tristan rio entre dientes.

—Lo que quiero decir es que el páramo es como tú lo haces. —La expresión de Dylan reflejó ahora sorpresa y confusión, y sus ojos se dilataron hasta ser como estanques brillantes a la luz del sol—. Vamos. —Tristan se levantó de la silla, se dirigió a la puerta y la abrió—. Te lo explicaré por el camino.

Cuando Dylan salió, el aire estaba tibio, pero soplaba una brisa que rodeó las paredes de la cabaña y le agitó el cabello, con lo cual algunos mechones rebeldes cayeron sobre su rostro. El sol brillaba con fuerza, y con él se iluminaban los colores del páramo. Las gotas de rocío resplandecían en la hierba mojada, que tenía un verde más intenso. Las colinas se recortaban contra el cielo y sus bordes parecían navajas contra el azul. Todo parecía limpio, y Dylan inhaló profundamente, disfrutando la frescura de la mañana. Pero hacia el horizonte había nubes oscuras que salpicaban el cielo. Dylan esperó que el sol las ahuyentara antes de que arruinaran el hermoso día.

Empezó a caminar con cuidado, esquivando los cardos y las ortigas que crecían entre las piedras resquebrajadas. Tristan esperaba unos metros más adelante, trasladando su peso de un pie al otro, con una actitud que indicaba que estaba ansioso por ponerse en marcha.

Dylan hizo una mueca. Más caminata. Ahora que entendía a dónde se dirigían y por qué era tan importante que llegaran pronto, el viaje no se le antojaba más apetecible.

—¿Por qué el páramo no puede ser más llano? —rezongó, mientras se acercaba a Tristan.

Él sonrió burlón, pero no respondió. Giró sobre sus talones y encabezó la marcha. Dylan suspiró y se levantó los jeans un poco más, con la esperanza de que no se mojaran tanto ni tan rápido, aunque sabía que de nada le serviría.

El viaje empezó al otro lado de la cabaña, por un sendero angosto de tierra que serpenteaba por una pradera de hierbas altas. Entre el pastizal había flores silvestres, gotas violetas, amarillas y rojas que asomaban en un mar verde. La pradera era como un oasis entre las colinas. Tendría más o menos el tamaño de una cancha de fútbol, pero era infinitamente más bella. Dylan quería pasear con tranquilidad, disfrutar de aquel paisaje y rozar el follaje con los dedos, que la hierba y las flores le hicieran cosquillas en las manos. Para Tristan, en cambio, no era más que otro obstáculo que debían superar, y avanzaba sin mirar el esplendor que los rodeaba a izquierda y derecha. Tardaron unos diez minutos en cruzarla, y pronto Dylan se encontró al pie de la primera colina del día, observándola hacia arriba, consternada. Tristan ya había empezado a escalar, y Dylan se dio prisa para alcanzarlo.

—Dime, entonces —pidió Dylan apenas se puso a la par de las zancadas largas y decididas de Tristan—. ¿Por qué todo esto… —Señaló el paisaje desolado—… es mi culpa?

—También es tu culpa que todo sea cuesta arriba.

Tristan rio entre dientes.

—Vaya, para variar —murmuró Dylan, ya sin aliento e irritada por las respuestas enigmáticas de Tristan.

En lugar de avergonzarse, él rio. Dylan frunció el ceño aún más.

—Antes te he dicho que tu cuerpo era una proyección de tu mente. Con el páramo sucede más o menos lo mismo. —Hizo una pausa para tomarla del codo cuando ella tropezó. Iba demasiado concentrada en lo que él decía como para mirar dónde pisaba—. Cuando saliste del túnel, creías estar a mitad de camino hacia Aberdeen, en alguna parte remota, montañosa y agreste de las Tierras Altas de Escocia; por eso el páramo adoptó ese aspecto. No te gusta el ejercicio, así que toda esta caminata te pone de mal humor. Este lugar reacciona a cómo te sientes tú. Cuando te enfadaste, trajiste las nubes, el viento… y la oscuridad. Cuanto más oscura está tu mente, más largas y oscuras son las noches. —La miró, intentando leer su expresión. Ella lo miraba fijamente, absorbiendo cada palabra. Una sonrisa pícara se extendió por los labios de Tristan—. De hecho, yo también tengo este aspecto por ti.

Al oír eso, Dylan frunció el ceño, giró la cabeza y se concentró en el suelo, para procesar lo que él estaba diciendo, pero también porque no podía mirarlo a la cara.

—¿Por qué? —preguntó por fin, pues no lograba comprender el último comentario.

—Bueno, para cada alma, el guía debe ser alguien que no le resulte amenazador. Es necesario que confíen en nosotros, que nos sigan. Automáticamente adoptamos una forma que les resulte atractiva.

Dylan mantuvo la cabeza gacha, pero sus ojos se dilataron y su rostro se puso escarlata, lo cual la delató.

—Así que —prosiguió Tristan, disfrutándolo inmensamente—, si lo he hecho bien, yo te gusto.

Dylan se detuvo en seco, las manos en las caderas, más ruborizada aún.

—¡¿Qué!? Eso es… caray, eso es… ¡No es cierto! —exclamó, enardecida.

Tristan avanzó unos pasos más y se giró, con una inmensa sonrisa.

—No es cierto —repitió Dylan.

La sonrisa de él se hizo más ancha.

—Lo que tú digas —respondió, en un tono que desmentía sus palabras y las de ella.

—Eres un…

Dylan no encontró insultos apropiados, y siguió caminando, dando fuertes pisotones colina arriba. Ni siquiera se dio la vuelta para ver si él la seguía. Las nubes oscuras que había en el horizonte hacía apenas diez minutos ahora cubrieron el cielo y oscurecieron el ambiente.

Tristan echó un vistazo arriba y frunció el ceño al ver el cambio. Empezó a seguir a Dylan, con gran facilidad a pesar de lo empinado del terreno.

—Lo siento —le dijo cuando la alcanzó—. Era una broma.

Ella no lo miró ni dio muestras de haberlo oído.

—Dylan, detente, por favor.

Estiró el brazo y la tomó del suyo.

Ella intentó soltarse, pero Tristan no cedió.

—Suéltame —dijo entre dientes, más enfadada aún por la vergüenza.

—Deja que te lo explique —pidió él, en tono suave y casi suplicante.

Quedaron el uno frente al otro: Dylan, con la respiración agitada por el esfuerzo y la emoción, y Tristan, con calma; solo sus ojos mostraban cautela. Echó otro vistazo al cielo; las nubes estaban casi negras. Empezaron a caer gotas de lluvia, gotas gruesas y pesadas de agua fría que les dejaban manchas circulares oscuras en la ropa.

—Mira —dijo Tristan—, eso ha estado mal. Lo siento. Pero es que tenemos que hacer que nos sigan. Si se niegan a venir con nosotros, si se pierden caminando solas… bueno, ya viste esas cosas que aparecieron anoche. No durarían un solo día, y aunque no las atraparan los espectros, jamás sabrían llegar al otro lado. Se quedarían vagando por aquí para siempre.

La miró a los ojos, buscando una reacción a sus palabras, pero la expresión de ella no se alteró.

—Me presento con una forma que considero que será tranquilizadora. A veces, como en tu caso, elijo una forma que resulte atractiva; a veces tomo una forma intimidante, depende de lo que me parezca mejor para convencer a la persona en cuestión.

—¿Y cómo lo sabes? —preguntó Dylan con curiosidad.

Tristan se encogió de hombros.

—Lo sé. Las conozco. Por dentro. Su pasado, sus gustos. Lo que no les gusta. Sus sentimientos, esperanzas y sueños.

Los ojos de Dylan se dilataron mientras él hablaba. Entonces, ¿qué sabía de ella? Tragó en seco al recordar toda una lista de secretos, momentos íntimos, pero Tristan no había terminado.

—A veces tomo la forma de alguien a quien perdieron; por ejemplo, un cónyuge.

Al ver el rostro de Dylan, se dio cuenta de inmediato de que había dicho demasiado.

—¿Simulas ser el amor de alguien, su alma gemela, para engañar a las personas?

Dylan escupió las palabras con repugnancia. ¿Cómo podía aprovecharse así de los recuerdos más preciados de una persona, jugar así con sus emociones? Le provocaba náuseas.

El rostro de Tristan se endureció.

—No es un juego, Dylan —replicó, con voz baja pero apasionada—. Si esas cosas te atrapan, te vas. Hacemos lo que tenemos que hacer.

Ahora llovía con más intensidad y las gotas rebotaban en el suelo. Dylan tenía el cabello empapado, y la lluvia se derramaba por su rostro como lágrimas fantasmas. También se había levantado un viento que barría la montaña y se filtraba por cada agujero de su ropa. Dylan se estremeció y cruzó los brazos sobre el pecho en un intento inútil de conservar el calor.

—¿Cómo eres en realidad? —preguntó Dylan. Quería ver más allá de las mentiras, ver su verdadero rostro.

Hubo un asomo fugaz de emoción en los ojos de Tristan, pero Dylan estaba demasiado sumida en su indignación para notarlo. Él no respondió, y Dylan alzó las cejas con impaciencia. Por fin, Tristan bajó los ojos al suelo.

—No lo sé —murmuró.

La sorpresa disolvió la ira de Dylan.

—¿Cómo que no lo sabes? —le preguntó.

Tristan alzó la cabeza y la miró, y el dolor pareció oscurecer el azul de sus ojos. Se encogió de hombros, y respondió con dificultad, incómodo.

—Me presento bajo la forma más apropiada para cada alma. Conservo esa forma hasta que me encuentro con la siguiente alma. No sé qué era antes de encontrarme con mi primera alma, si es que era algo. Existo porque me necesitan.

Mientras Dylan lo contemplaba, la lluvia empezó a amainar. Se le llenó el pecho de compasión, y extendió una mano para consolarlo; los primeros rayos del sol irrumpieron entre las nubes, que se disipaban rápidamente. Tristan rehuyó el contacto, y en lugar de la tristeza quedó una máscara de indiferencia. Dylan lo observó cerrarse.

—Lo siento —susurró ella.

—Debemos irnos —dijo él, observando el horizonte y pensando en la distancia que les faltaba cubrir. Dylan asintió en silencio y lo siguió colina arriba.

Pasaron el resto de la mañana caminando en silencio, cada uno sumido en sus propios pensamientos. Tristan estaba enfadado. Consigo mismo, por haberse burlado de Dylan y haber provocado toda la conversación por la cual el rostro de ella se había retorcido en una expresión de repugnancia y aversión. Lo había hecho sentir deshonesto, como un embaucador cualquiera que juega con las emociones de la gente para conseguir lo que quiere. No esperaba que ella lo entendiera, pero había visto a los demonios, sabía cuál era el riesgo. A veces era necesario ser cruel; a veces el fin sí justificaba los medios.

Dylan se sentía llena de culpa y pena. Sabía que le había hecho daño al acusarlo de ser insensible. No había sido su intención que las palabras salieran con tanta crueldad, pero que alguien simulara ser la madre, el padre, o peor aún, el amor de la vida de alguien... Era una idea horrorosa. Pero tal vez él tenía razón: allí, una mala decisión podía tener consecuencias temibles. Era cuestión de vida o muerte. *Más* que vida o muerte. Era algo que estaba muy lejos de las discusiones sin importancia que tanto la habían afectado en su vida.

Además, intentaba imaginar cómo sería no tener una identidad propia. Ser definido exclusivamente por quienes te rodean, sin tener jamás un momento a solas. Sin saber siquiera cómo es tu propio rostro. No lograba concebir semejante cosa y, por una vez, se alegró de ser quien era.

A mediodía, pararon a descansar a medio camino del descenso de una colina, en una pequeña cornisa que les ofrecía amparo del viento y una vista espectacular de la campiña ondulada. Había un grueso manto de nubes, pero no parecían traer lluvia. Dylan se sentó en el suelo de roca, sin importarle el frío que se colaba a través de la tela gruesa de sus jeans. Extendió las piernas por delante y se recostó contra la ladera rocosa. Tristan no se sentó a su lado, sino que se quedó de pie cerca del borde de la cornisa, observando el panorama, de espaldas a ella. Podría haber parecido un gesto protector, pero Dylan estaba segura de que simplemente estaba evitando conversar. Ella se mordió una uña rota. Quería limar las asperezas, pero no estaba segura de cómo hacerlo. No quería volver a tocar el tema por temor a empeorar las cosas, pero no se le ocurría nada que no fuera a sonar falso. ¿Cómo podía restaurar el ánimo de antes? ¿Cómo recuperar al Tristan despreocupado y bromista? No lo sabía.

De pronto, Tristan se volvió hacia ella y la miró.

—Hora de seguir.

Capítulo diez

Esa noche pararon en otra cabaña, otra casa segura que había en su ruta a través del páramo. La tarde había pasado rápidamente, mientras caminaban a una velocidad que hizo suponer a Dylan que Tristan intentaba recuperar el tiempo perdido durante la discusión. Llegaron a la casa justo antes de que el sol desapareciera en el horizonte. Durante los últimos ochocientos metros, a Dylan le pareció oír aullidos a lo lejos, aunque era difícil estar segura por el viento. Sin embargo, Tristan había vuelto a apretar el paso y la había tomado de la mano para apresurarla, lo cual confirmó sus sospechas de que el peligro acechaba.

En cuanto estuvieron dentro de la casa, él se tranquilizó de inmediato. Los músculos de su mandíbula, que estaban apretados por la preocupación, se relajaron lentamente en una sonrisa, y sus cejas se aflojaron, con lo que desaparecieron los pliegues que tenía en la frente.

Esa casa se parecía mucho a las otras en las que habían parado las dos noches anteriores: una sola habitación grande con muebles rotos. Había dos ventanas a cada lado de la puerta principal. Tenían varios paneles pequeños de cristal, y en cada ventana había algunos paneles rotos por donde el viento entraba silbando ruidosamente.

Tristan recogió algunos trozos de tela que había al lado de la cama y se puso a cubrir los agujeros, mientras Dylan se acercaba a una silla y se dejaba caer en ella, agotada por el esfuerzo del día. Aunque, si no necesitaba dormir, ¿debería realmente estar cansada? *Qué importa*, pensó. Le dolían los músculos, o al menos se sentía como si así fuera. Mientras intentaba apartar de su mente esos pensamientos confusos, observó trabajar a Tristan.

Una vez terminó con las ventanas, Tristan se dispuso a encender el hogar. Tardó mucho más que la noche anterior, ocupado en la disposición de los leños y cortando ramitas para formar una pirámide perfecta. Ni siquiera se apartó del hogar una vez que el fuego estuvo encendido y crepitando alegremente; se quedó allí, con la mirada fija en las llamas, como hipnotizado. Dylan empezó a convencerse de que estaba evitándola, algo que era casi imposible en una habitación tan pequeña. Decidió hacer el intento de apelar al humor para sacarlo de su ensimismamiento.

—Si soy yo quien crea este lugar, ¿por qué todas estas casas son tan feas? ¿Acaso mi imaginación no podría haber creado un sitio un poco mejor? ¿Algo que tuviera un jacuzzi, o una tele?

Tristan se volvió y le dirigió una sonrisa leve, forzada. Dylan hizo una mueca; no sabía qué hacer para cambiarle ese estado de ánimo tan negro. Lo observó ponerse de pie con agilidad, cruzar la habitación y sentarse pesadamente del otro lado de la mesa pequeña en la que ella había apoyado los codos. Tristan imitó su postura y quedaron frente a frente, separados por apenas medio metro. Se miraron un momento. La boca de Tristan se torció hacia un lado al advertir la ligera incomodidad en los ojos de ella, y con cierto esfuerzo le ofreció una sonrisa genuina. Ese gesto alentó a Dylan.

—Mira —dijo—, acerca de lo que ha pasado antes…

—No te preocupes —la interrumpió abruptamente.

—Pero…

Dylan abrió la boca para insistir, pero no le salió nada y volvió a callar.

En sus ojos, Tristan vio arrepentimiento, culpa y, lo peor de todo, pena, y sintió una mezcla de emociones que lo confundió. Por un lado, una especie de placer perverso al saber que a ella le importaba su dolor hasta el punto de sentir lástima por él, pero además, una molesta frustración porque ella lo hacía pensar en cosas que hacía ya mucho tiempo que había aceptado. Por primera vez en mucho tiempo, sintió que no era justo lo que le había tocado en la vida. La interminable prisión circular a la que se reducía su existencia. Todas aquellas almas egoístas que habían mentido, engañado, desperdiciado la vida que se les había dado, un don que él ansiaba y nunca podría tener.

—¿Cómo es? —le preguntó Dylan de pronto.

—¿Qué?

La observó fruncir los labios mientras buscaba las palabras para explicar su pregunta.

—Guiar a todas esas personas, trasladarlas durante todo el trayecto y luego verlas desaparecer, o cruzar, o lo que sea. Debe de ser difícil. Seguro que algunas ni siquiera lo merecen.

Tristan la miró, atónito por la pregunta. Nadie, ni una sola de las miles de almas que había guiado, le había preguntado eso jamás. ¿Y qué podía responder? La verdad era dura, pero no quería mentirle.

—Al principio, no pensaba mucho en eso. Tenía un trabajo que cumplir, y lo cumplía. Me parecía lo más importante del mundo proteger a cada alma, mantenerla a salvo. Pasó mucho tiempo hasta que empecé a ver a algunas personas como eran en realidad. Quiénes eran realmente. Dejé de compadecerme de ellas, de tratarlas con bondad. No lo merecían. —La voz de Tristan se deformó con la amargura que recubría su lengua. Inhaló profundamente para contener el resentimiento y lo disimuló con aquella fachada de indiferencia que había perfeccionado con el tiempo—. Ellas cruzan, y yo tengo que ver cómo se alejan. Es así.

Era así desde hacía mucho tiempo. Hasta la llegada de aquella alma, que era tan diferente y estaba arrancándolo de su papel habitual. Se había portado muy mal con ella; se había burlado, había sido desdeñoso y condescendiente, pero no podía evitarlo. De algún modo, ella lo había desequilibrado, descentrado. No era un ángel, eso lo sabía; lo veía en los millones de recuerdos de ella que captaba con su mente. Pero tenía algo poco común; no, algo especial. Sintió una punzada de culpa en la boca del estómago cuando ella se movió, incómoda, en la silla, con la compasión y una pena prestada escritas en el rostro.

—Hablemos de otra cosa —sugirió, para proteger los sentimientos de ella.

—Está bien —accedió Dylan enseguida; se alegró de poder cambiar de tema—. Cuéntame más sobre ti.

—¿Qué quieres saber? —le preguntó.

—Mmm —vaciló, repasando mentalmente la lista de preguntas que le habían dado vueltas en la cabeza durante toda la tarde—. Cuéntame cuál ha sido la forma más extraña que has adoptado.

Tristan sonrió de inmediato, y Dylan vio que había sido la pregunta indicada para mejorar su ánimo.

—Santa Claus —respondió.

—¡¿Santa Claus?! —exclamó ella—. ¿Por qué?

Tristan se encogió de hombros.

—Era un niño pequeño. Murió la víspera de Navidad en un accidente automovilístico. No tenía más de cinco años, y confiaba en Santa más que en nadie. Un par de días antes se había sentado sobre sus rodillas, y era uno de sus recuerdos preferidos. —En sus ojos se encendió un brillo jocoso—. Para mantenerlo contento, tuve que pasarme todo el tiempo sacudiendo la barriga y gritando

«¡Jo, jo, jo!». Quedó muy decepcionado cuando descubrió que Santa desentonaba al cantar *Dulce Navidad*.

Dylan rio al imaginar al chico que estaba sentado frente a ella vestido de Santa Claus. Luego se dio cuenta de que no habría estado disfrazado de Santa: habría *sido* Santa.

—¿Sabes qué es lo que me resulta más raro? —le preguntó. Tristan meneó la cabeza—. Mirarte y pensar que tienes mi edad, pero saber en el fondo que en realidad eres adulto. No, más que adulto. Eres más viejo que nadie que yo conozca.

Tristan sonrió con comprensión.

—No me llevo bien con los adultos; son muy mandones. De hecho, más o menos como tú —añadió Dylan, riendo.

Tristan también rio, y disfrutó el sonido.

—Pues, si te sirve de algo, no me siento adulto. Y tú no me pareces una criatura. Me pareces tú, nada más.

Dylan sonrió al oír eso.

—¿Alguna otra pregunta?

—Háblame… háblame sobre tu primera alma.

Tristan torció los labios en una sonrisa ladeada. No podía negarle nada.

—Bueno, fue hace mucho tiempo —empezó a responder—. Se llamaba Gregor. ¿Quieres que te cuente la historia?

Dylan asintió con entusiasmo.

Había pasado mucho tiempo, pero en su mente Tristan aún podía ver cada detalle. El primer recuerdo que tenía de su propia existencia era de caminar, caminar por un paisaje blanco brillante. No había suelo, ni paredes, ni cielo. La única prueba de que había una superficie era que él estaba caminando. Luego, de la nada empezaron a aparecer detalles. El suelo bajo sus pies se convirtió de pronto en un camino de tierra. A ambos lados aparecieron arbustos, altos, descontrolados, que se movían con los sonidos de criaturas vivas. Era de noche y el cielo negro como la tinta estaba salpicado de estrellas que titilaban. Reconoció y era capaz de nombrar todas aquellas cosas. Sabía también a dónde iba, y por qué estaba allí.

—Había un incendio —dijo—. Una gruesa columna de humo que subía hacia el cielo, y hacia allá me dirigía. Iba por un camino angosto, y de pronto pasaron dos hombres corriendo. Pasaron tan cerca que sentí el movimiento del aire, pero ellos no me vieron. Cuando llegué al origen de las llamas, vi que los dos hombres intentaban sacar agua de un pozo, pero sus esfuerzos eran en vano. No podían apagar semejante incendio. Era un infierno feroz. Un hombre no podía sobrevivir a eso. Y por eso estaba yo allí, claro.

Sonrió ligeramente a Dylan, que lo escuchaba embelesada.

—Recuerdo que me sentía... no nervioso, sino inseguro. ¿Debía entrar a buscarlo o esperarlo afuera? ¿Sabría él quién era yo, o tendría que convencerlo de acompañarme? ¿Qué podía hacer si se alteraba o se enfadaba?

»Pero al final resultó fácil. El hombre atravesó la pared del edificio en llamas y vino hasta mí, ileso.

»Deberíamos habernos marchado en ese mismo momento. Habernos alejado del lugar. Pero parecía que Gregor no quería marcharse. Estaba esperando algo. No... a *alguien.*

Dylan lo miró sorprendida.

—¿Podía verlos?

Tristan asintió.

—Yo no —murmuró Dylan, y bajó la vista, pensativa—. No vi a nadie. Estaba... estaba sola.

Su voz se apagó con la última palabra.

—Durante un rato, las almas ven la vida que acaban de dejar. Depende del momento de la muerte —explicó Tristan—. Tú estabas inconsciente cuando moriste, y cuando tu alma despertó, era demasiado tarde. Ya no estaban.

Dylan lo miró; sus ojos eran enormes pozos de tristeza. Luego tragó de manera audible.

—Continúa —pidió.

—Empezó a llegar gente a la casa, y aunque Gregor observaba con pesar a aquellas personas, no se apartaba de mi lado. Hasta que llegó corriendo una mujer, levantándose las faldas para dar mayor libertad a sus piernas, con una expresión horrorizada. «¡Gregor!», gritó ella. Fue un sonido desgarrador, torturado. Corrió más allá de la gente que estaba mirando e hizo amago de entrar a la casa, pero un hombre la detuvo por la cintura. Tras forcejear algunos segundos, ella dejó de resistirse en sus brazos, sollozando histéricamente.

—¿Quién era? —preguntó Dylan en un susurro, cautivada por el relato.

Tristan se encogió de hombros.

—Su esposa, supongo, o una amante.

—¿Y luego, qué pasó?

—Luego vino lo peor. Esperé mientras Gregor la observaba llorar, angustiado. Tenía un brazo extendido hacia ella, pero parecía darse cuenta de que no podía consolarla, y se quedó a mi lado. Al cabo de algunos segundos, se dio la vuelta y me habló. «Estoy muerto, ¿verdad?», dijo. Yo me limité a asentir; no confiaba en lo que pudiera decir. «¿Tengo que ir con usted?», me preguntó, mirando con tristeza a la mujer que lloraba. «Sí», respondí. «¿A dónde vamos?», preguntó, sin apartar la mirada de la mujer, que observaba, como hipnotizada y horrorizada, el edificio en llamas. Cuando me preguntó aquello, entré en pánico —confesó Tristan—. No sabía qué responderle.

—¿Y qué le dijiste?

—Le dije: «Yo solo acompaño a las almas. No decido a dónde van». Por suerte, el hombre aceptó esa respuesta. Me di la vuelta y empecé a alejarme hacia la oscuridad de la noche. Gregor miró por última vez a la mujer y luego me siguió.

—Pobre mujer —murmuró Dylan, pensando en la esposa, que se quedaba sola—. Ese hombre, Gregor, sabía que estaba muerto. Lo supo enseguida —observó con incredulidad.

—Bueno —repuso Tristan—, acababa de atravesar la pared de un edificio en llamas. Además, en aquel entonces, la gente de tu tierra era mucho más religiosa. No cuestionaba a su iglesia y creía lo que esta le enseñaba. Me veía como un mensajero celestial… un ángel, supongo que lo llamarías. No se atrevía a cuestionarme. Ahora las personas son mucho más problemáticas. Parece que todos creen que tienen derechos —añadió, con cara de fastidio.

—Vaya.

Dylan levantó la vista, sin decidirse a plantear su siguiente pregunta.

—¿Qué? —le preguntó Tristan, al ver la duda en sus ojos.

—¿Quién fuiste para él? —preguntó.

—Solo un hombre. Recuerdo que era alto, musculoso y tenía barba. —Se interrumpió al ver la expresión de Dylan. Tenía los labios apretados para contener la risa—. Muchos hombres tenían barbas largas y tupidas. También tenía bigote. Me gustó, era abrigado.

Esa vez ella no pudo contenerse, pero la risa duró poco.

—¿Y cuál ha sido la peor alma que has tenido que llevar? —preguntó en voz baja.

—Tú.

Tristan sonrió, pero el gesto no abarcó sus ojos.

Capítulo once

Esa noche, Dylan durmió poco. Se quedó despierta, pensando en las almas, en Tristan y en todos los otros barqueros que debían existir, en el destino al cual se dirigían. Supuso que su cuerpo estaba acostumbrándose a no necesitar dormir, pero lo cierto es que tenía tantos pensamientos dando vueltas en su cabeza que, de todos modos, no habría podido conciliar el sueño.

Suspiró y cambió de posición en el sillón gastado y lleno de bultos en el que se había acurrucado.

—Estás despierta.

La voz baja de Tristan le llegó desde la izquierda en la penumbra.

—Sí —murmuró Dylan—. Tengo demasiadas cosas en la cabeza.

Hubo un largo silencio.

—¿Quieres hablar de ello?

Dylan se dio la vuelta para mirar a Tristan. Estaba sentado en una silla, mirando fijamente por la ventana, pero cuando sintió la mirada de ella se dio la vuelta.

—Podría hacerte bien —sugirió.

Dylan se mordisqueó el labio inferior, pensativa. No quería lamentarse por su mala suerte cuando la de él era tanto peor. Pero tenía un millón de preguntas zumbándole en la cabeza, y Tristan podría responder al menos algunas. Él le sonrió como para alentarla.

—Estaba pensando en lo que hay más allá del páramo —dijo Dylan.

—Ah. —El entendimiento asomó en el rostro de Tristan—. Con eso no puedo ayudarte mucho.

—Lo sé —respondió Dylan en voz baja.

Intentó disimular su frustración, pero era un tema que le preocupaba cada vez más. ¿A dónde iba? Después de ver a los demonios que acechaban en la oscuridad para arrastrarla hacia abajo, dudaba de que su destino fuera malo. Tenía que ser un buen lugar; si no, ¿por qué querrían impedir que llegara allí? Además, tenía que ser *algún lugar*. Si el olvido se prolongara al llegar a destino, ¿qué sentido tendría cruzar el páramo?

—¿Eso es todo lo que te preocupa?

Difícilmente. Dylan rio por lo bajo. Pero la risa no duró mucho. Bajó la mirada hacia el suelo de piedra, antiguo y agrietado, donde se movían las sombras que proyectaba el fuego. Se estremecían y danzaban de un modo que le resultaba de una familiaridad escalofriante.

—Esos demonios —dijo.

—No debes preocuparte por ellos —le aseguró Tristan—. No dejaré que te hagan daño.

Habló con total seguridad, y al levantar la vista, Dylan vio que tenía los ojos muy abiertos y una mirada amenazadora, y la mandíbula apretada. Le creyó.

—Está bien —respondió.

Volvieron a quedarse en silencio, pero ahora que lo había roto, Dylan se sintió incómoda en la quietud. Además, los pensamientos seguían bullendo en su cabeza.

—¿Sabes qué es lo que no me cabe en la cabeza? —le preguntó.

—¿Qué?

—Que no tengas el aspecto que tienes. Es decir —prosiguió, al darse cuenta de que lo que decía no tenía sentido—, puedo verte. Puedo tocarte. —Levantó una mano con los dedos extendidos hacia él, pero no se atrevió a establecer contacto—. Pero lo que veo, lo que toco, no eres tú en realidad.

—Lo siento.

Era imposible no advertir la tristeza en la voz de Tristan. Dylan se mordió la lengua; comprendió que había sido desconsiderada.

—Es extraño —murmuró. Luego quiso compensar su falta de tacto y agregó—: Pero, en realidad, no importa qué aspecto tengas. Lo que eres está en tu mente y en tu corazón, ¿sabes? En tu alma.

Tristan la miró con expresión insondable.

—¿Crees que tengo alma? —le preguntó en voz baja.

—Por supuesto que la tienes —respondió Dylan enseguida, con sinceridad.

Tristan lo vio en su expresión y sonrió. Ella le devolvió la sonrisa, pero enseguida esta se convirtió en un enorme bostezo. Se cubrió la boca con la mano, avergonzada.

—Parece que mi cuerpo todavía cree que necesita dormir —dijo tímidamente.

Tristan asintió.

—Al principio es un poco desconcertante. Puede que mañana te sientas mal, muy cansada. Pero todo es psicológico…

No siguió hablando. El silencio se hizo más profundo hasta volverse casi tangible.

Dylan se abrazó las rodillas, acurrucada en el sillón, y miró más allá de Tristan, hacia el fuego. Se preguntó si debería decir algo, pero no se le ocurría nada que no le pareciera una tontería. Además, pensó, tal vez él quería pensar. Probablemente esos momentos eran lo más cerca que podía sentirse de estar solo.

—Supongo que al principio es más fácil —musitó.

—¿Por qué lo dices? —le preguntó Tristan, al tiempo que se giraba para mirarla.

Dylan no lo miró, sino que mantuvo los ojos fijos en el fuego, dejando que este la llevara a un estado de semitrance.

—Al principio —explicó—, cuando las almas duermen. Supongo que es bueno tener un poco de tranquilidad. Debe ser agotador tener que hablar siempre con ellas.

Vaciló al final de la oración, porque de pronto se le ocurrió que ella era eso: una de *ellas*.

Tristan tardó en responder, y en su silencio ella leyó el peor significado posible. Por supuesto que, para él, ella era solo un alma más. Se llenó de desazón y se movió, inquieta, en el sillón.

—Me callaré —prometió.

Tristan contuvo una sonrisa.

—No es necesario —le aseguró.

Pero ella estaba en lo cierto. Él prefería la etapa inicial del viaje, cuando las almas caían en la inconsciencia y podía estar casi solo. El sueño era como una cortina que lo protegía, aunque fuera por unas horas, del egoísmo de ellas, de su ignorancia. Le asombraba que esa… esa *chica* tuviera la compasión y el altruismo de pensar en lo que él sentía y necesitaba. La miró. Acurrucada en el sillón, parecía querer que los antiguos almohadones la tragaran. Sintió el impulso de hacer algo para sacarla de aquella incomodidad que cubría sus mejillas de rubor.

—¿Quieres que te cuente otra historia? —le preguntó.

—Si quieres —respondió Dylan con timidez.

A Tristan se le ocurrió una idea.

—Antes me has preguntado cuál ha sido la peor alma que he tenido que acompañar —dijo—, pero te he mentido. No eres tú.

Hizo una pausa apenas el tiempo suficiente para mirarla rápidamente.

—¿No?

Dylan apoyó la cabeza en las rodillas y lo miró con ojos divertidos.

—No —le aseguró, y luego su voz perdió el tono jocoso—. Fue un niño.

—¿Un niño? —repitió Dylan.

Tristan asintió.

—¿Cómo murió?

—De cáncer —murmuró Tristan; no deseaba relatar esa historia en nada más que un susurro—. Si lo hubieras visto, allí acostado. Fue desgarrador. Era pequeñito y débil, y estaba pálido y calvo por la quimioterapia.

—¿Quién fuiste para él? —preguntó Dylan suavemente.

—Un médico. Le dije… —Tristan se interrumpió, sin decidirse a admitir eso—. Le dije que podía quitarle el dolor, hacerlo sentir bien otra vez. Se le iluminó la carita, como si estuviera ofreciéndole un regalo de Navidad. Se levantó de la cama de un salto y me dijo que ya se sentía mejor.

Tristan detestaba guiar a las almas de niños. Aunque eran las más confiadas y lo acompañaban sin reparos, también eran las más difíciles. No se quejaban, aunque a él le parecía que eran quienes más merecían hacerlo. Qué injusticia, morir antes de haber podido crecer, vivir, tener experiencias.

—Tristan. —La voz de Dylan le hizo alzar la cabeza, que había bajado contra el pecho—. No es necesario que me lo cuentes, si no quieres.

Pero sí quería. No sabía por qué. No era un relato agradable, y no tenía un final feliz. Sin embargo, quería compartir con ella algo de sí mismo. Algo importante.

—Salimos juntos del hospital, y hacía tanto tiempo que el niño no veía el sol que no podía apartar sus ojos de él.

»El primer día todo salió bien; llegamos a la casa segura fácilmente y lo entretuve mostrándole trucos de magia, encendiendo un fuego de la nada, haciendo que las cosas se movieran sin tocarlas. Cualquier cosa con tal de captar su atención. Al día siguiente, él estaba cansado. En su mente, aún se sentía enfermo, pero quería caminar. Hacía meses que no le permitían caminar, de tan enfermo que estaba. No pude decirle que no. Pero debería haberlo hecho.

Tristan bajó la cabeza, avergonzado.

—Fuimos demasiado despacio. Cuando cayó el sol, yo ya lo cargaba en brazos, pero no fue suficiente. Corrí. Corrí a más no poder, y el pobre iba sacudiéndose de aquí para allá. Estaba llorando. Percibía mi preocupación, y oía los aullidos de los demonios. Pero confiaba en mí. Y yo le fallé.

Dylan casi temía preguntar. Pero no podía dejar la historia así.

—¿Qué pasó?

—Tropecé —respondió Tristan con voz ronca; sus ojos brillaban a la luz tenue de las llamas—. Tropecé y se me cayó. Lo solté para sostenerme. Solo durante un segundo. Una fracción de segundo. Pero eso bastó. Lo atraparon y se lo llevaron abajo.

Su voz se apagó, pero en el silencio aún se oía su respiración entrecortada, que se quebraba y se detenía como si estuviera llorando, aunque tenía las mejillas secas. Dylan lo observó con expresión angustiada. Con voluntad propia, su mano se extendió y envolvió la de él. La habitación estaba cálida, pero la piel de Tristan estaba fría. Dylan le acarició el dorso de la mano. Él la miró un segundo con expresión sombría; luego giró la mano y tomó la de ella. La sostuvo así, trazando círculos lentos con el pulgar en la palma de la mano de Dylan. Le hacía cosquillas, pero ella habría preferido perder la mano antes que retirarla.

Tristan la miró; las sombras del fuego danzaban en su rostro.

—Mañana será un día peligroso —murmuró—. Los demonios están juntándose en el exterior.

—¿No dijiste que no pueden entrar? —preguntó Dylan, con la voz estrangulada de pronto por el pánico. Si estaba previniéndola, seguramente estaba preocupado. Y si Tristan estaba preocupado, el peligro tenía que ser muy real. Se le hizo un nudo en el estómago.

—No pueden —le aseguró, con expresión seria—, pero estarán esperándonos. Saben que a la larga tenemos que salir.

—¿Estaremos bien? —preguntó Dylan, y su voz fue casi un chillido embarazoso.

—Por la mañana, sí —respondió—, pero por la tarde tendremos que cruzar un valle, y allí siempre está oscuro. Allí van a atacar.

—¿No dijiste que yo creaba el paisaje, que era una proyección mía?

—Así es, pero por debajo del paisaje que tú creas hay un terreno de base. Por eso las casas seguras siempre están en el mismo lugar. Y el valle estará. Siempre está.

Dylan se mordió el labio inferior, con curiosidad pero con cautela, y decidió formular la pregunta.

—¿Alguna vez… alguna vez has perdido a alguien en el valle?

Tristan la miró.

—No voy a perderte.

Dylan oyó la respuesta tácita a su pregunta y apretó los labios, intentando disimular el temor.

—No tengas miedo —añadió Tristan, al percibir el cambio en el ambiente. Le apretó suavemente los dedos, y Dylan se turbó.

—Estoy bien —repuso, demasiado rápido.

Tristan reconoció la negación. Se levantó de la silla y se agachó frente a Dylan, sin soltarle la mano. Le habló mirándola directamente a los ojos. Ella estaba desesperada por apartar la vista, pero estaba como hipnotizada.

—No voy a perderte —repitió—. Confía en mí.

—Confío en ti —respondió Dylan, y esa vez decía la verdad.

Tristan asintió, satisfecho; se puso de pie y apartó su mano y su mirada. Dylan hundió la mano entre sus rodillas, intentando disimular que su corazón latía con fuerza y sentía un hormigueo en la palma de la mano. Intentó aquietar su respiración mientras observaba a Tristan acercarse a una de las ventanas y mirar hacia fuera. Quería llamarlo, apartarlo de la ventana y de los demonios que acechaban más allá, pero él los conocía mucho mejor que ella. Sin duda, sabía que no corría peligro. No obstante, nada la haría acercarse tanto a aquellas cosas. Se acurrucó un poco más en el sillón, con un leve estremecimiento.

—Es siempre lo mismo —comentó Tristan de pronto. Pero no se dio la vuelta, y Dylan se preguntó si estaría hablando solo. Lo vio levantar una mano y apoyarla en el vidrio. De inmediato, el ruido de los espectros que circundaban la casa se duplicó.

—¿Qué es siempre lo mismo? —preguntó Dylan, con la esperanza de que apartara la atención, y la mano, de la ventana. Los aullidos y chillidos la asustaban.

Sintió alivio cuando él se dio la vuelta y bajó la mano.

—Los demonios —respondió—. Siempre están más hambrientos, más voraces, cuando se trata de un alma… —Hizo una pausa—. Un alma como tú.

Dylan frunció el ceño. Lo había dicho como si fuera algo malo.

—¿Cómo que un alma *como yo*?

Tristan la observó un momento, pensativo.

—Los espectros aceptan cualquier alma de buena gana. Pero para ellos, las almas puras son un festín.

¿Las almas puras? Dylan lo pensó un momento, esperando hallarle sentido. «Pura» no era precisamente una palabra que usaría para describirse, y su madre, mucho menos.

—Yo no soy pura —replicó.

—Sí lo eres —le aseguró Tristan.

—No es cierto —insistió—. Pregúntale a mi madre; siempre está diciéndome que soy…

—No me refiero a que seas perfecta —la interrumpió Tristan—. Un alma pura… es inocente. —Dylan meneó la cabeza, dispuesta a contradecirlo una vez más. Pero entonces él pronunció la palabra que hizo que la habitación estallara en llamas—. Virgen.

Dylan abrió y cerró la boca varias veces, pero no le salió nada. Tristan la observaba con atención, pero ella no parecía poder dominar los músculos de su rostro, ni tampoco su sangre, que fluyó hasta sus mejillas y las pintó de carmesí.

—¿Qué? —logró articular por fin.

—Virgen —repitió Tristan. Dylan se esforzó por no poner los ojos en blanco para disimular su vergüenza. No era necesario que repitiera *esa* palabra—. Cada vez que llega al páramo un alma que aún no está manchada, al menos en ese aspecto, los espectros son más agresivos, más peligrosos. —La miró para asegurarse de que ella estaba prestándole toda su atención—. Te quieren a ti, específicamente a ti. Para ellos, tu alma sería un festín. Más deseable, más deliciosa que el sabor amargo de un alma que ha vivido demasiado tiempo.

Dylan no atinaba a hacer otra cosa que mirarlo boquiabierta. Las palabras que él decía no lograban atravesar la bruma de su mente. Se había quedado atascada en esa palabra. Virgen. ¿Cómo demonios podía saber eso de ella? ¿Acaso lo tenía escrito en la frente? Pero entonces recordó que él le había dicho que conocía a cada alma. Al dedillo. Sintió vergüenza. ¡Qué humillación! Y mientras observaba su incomodidad, los labios de él se crispaban; se estaba riendo de ella. ¿Acaso había estado pensando en eso cuando iban de la mano? ¿En que era pura e inocente? ¡¿Virgen?!

Mortificada, se acomodó en el sillón, pero no le bastó. Aún estaba atrapada bajo la mirada de Tristan, como una hormiga bajo una lupa. Se levantó de un salto, y el impulso la llevó varios pasos más allá, hasta que quedó frente a la ventana por la que estaba mirando Tristan apenas un momento antes. Se acercó a ella, concentrada en no mirar el reflejo de él, y apoyó la frente en el cristal helado, intentando aplacar el calor de la vergüenza que le había pintado de rojo las mejillas.

CAPÍTULO DOCE

Cuando salieron de la casa, no había espectros por ninguna parte. Dylan miró alrededor, con ojos dilatados y llenos de temor, y luego suspiró aliviada. Pero aún faltaba cruzar el valle, pensó.

Era una mañana gris. El sol brillaba, pero sus rayos no lograban atravesar la densa niebla que cubría el paisaje formando remolinos. Tristan observó largamente los alrededores y luego miró a Dylan con una sonrisa comprensiva.

—Estás nerviosa.

No era una pregunta.

Dylan miró la niebla y lo entendió.

—¿Yo he creado esto?

Tristan asintió. Se acercó a ella y le tomó ambas manos entre las suyas.

—Mírame —ordenó—. No tengas miedo. Yo te protegeré. Te lo prometo.

Dobló un poco las piernas para poder mirarla a los ojos. Ella intentó sostenerle la mirada y sintió calor en las mejillas.

—Estás guapa cuando te ruborizas —observó Tristan, y rio al ver que sus palabras intensificaban el rubor—. Vamos —dijo. Le soltó una mano mientras se daba la vuelta, pero le retuvo la otra y tiró levemente de ella para empezar a avanzar.

Mientras lo seguía, Dylan fue vagamente consciente de que la niebla iba disipándose y los rayos del sol podían por fin atravesarla. Creyó entender la razón, y por eso el rubor tardó en desaparecer. Dos minutos después, se había convencido de que las palabras de Tristan no eran más que una estrategia para aligerarle el ánimo y evaporar la niebla, con lo cual habría menos peligro de que aparecieran los demonios. Aun así, seguía llevándola de la mano con firmeza.

Cuando llegaron a la cima de la primera colina, Tristan se detuvo a examinar el paisaje. Fijó la mirada en algo que estaba hacia la izquierda y lo señaló.

—¿Ves aquellas dos colinas? —Dylan asintió—. El valle que tenemos que cruzar está entre ellas.

—Eso está lejos —observó Dylan, dubitativa. Ya era media mañana, y las colinas parecían bastante alejadas. Sería difícil llegar antes del anochecer, y no quería que la oscuridad la sorprendiera allí.

—Es una ilusión óptica, están mucho más cerca de lo que parece. Llegaremos en una hora, más o menos. Estaremos bien, siempre que tu ánimo no decaiga.

Le sonrió y le apretó la mano con ternura. Dylan sintió que el sol brillaba un poco más. *Qué humillante que las emociones de una resulten tan evidentes*, pensó.

Había un sendero sinuoso que descendía por la ladera de la colina, tan angosto que tuvieron que recorrerlo en fila india. Tristan iba adelante, y finalmente le soltó la mano mientras caminaba esquivando piedras y montículos de maleza. Dylan lo seguía despacio y con cautela, inclinándose hacia atrás para compensar el declive del terreno y dando pasos cortos y sin levantar mucho los pies para no caerse. Llevaba las manos extendidas a los lados, tanto para conservar el equilibrio como para sostenerse en caso de una caída.

Tardaron media hora en llegar al pie de la colina, y Dylan suspiró con alivio cuando el suelo se hizo llano y pudo estirar las piernas y dar pasos más largos. Desde allí, las dos colinas que custodiaban el valle se le hicieron inmensas. Tristan tenía razón: ahora las veía mucho más cerca. Lo único que había entre ellos y las colinas era un trecho llano y pantanoso. Cada tanto había charcos grandes que brillaban al sol, y juncales esporádicos aquí y allá. Dylan rezongó por dentro al imaginar el agua fría y sucia que pronto se filtraría en sus calcetines. Miró a Tristan.

—¿Tu tarea como barquero no incluirá llevarme a caballito? —le preguntó, esperanzada.

Tristan le dirigió una mirada fulminante, y ella suspiró. Hundió las manos en los bolsillos y se apoyó en los talones, sin decidirse a dar los primeros pasos hacia adelante.

—¿Y si descansamos un poco aquí? —sugirió, con la esperanza de postergar la caminata por el barro.

—¡Qué buena idea! —Tristan la miró con el ceño fruncido, sin inmutarse—. Podemos esperar aquí hasta media tarde y llegar al valle al anochecer. Vivamos peligrosamente, ¿por qué no?

—Está bien, era solo una sugerencia —rezongó Dylan, mientras daba el primer paso en el pantano. Su calzado deportivo produjo un chapoteo ominoso. Hizo una mueca, pero su pie seguía seco y abrigado. *No por mucho tiempo*, pensó, y siguió caminando.

El cruce del pantano era una caminata de no más de tres kilómetros, pero había que esquivar los charcos grandes y los juncales, y avanzar con dificultad por el barro, donde a veces se le hundían los pies hasta los tobillos; el avance era laborioso y lento. Tristan parecía tener muchos menos problemas con el barro que ella. Sus pies encontraban el terreno firme con más facilidad, e incluso cuando pisaba en el mismo punto que él, estaba segura de que se hundía más. Además, olía muy mal. No se parecía a nada que ella hubiera olido antes. Era un olor pútrido, que se levantaba con cada paso.

Como a mitad de camino, llegaron a una parte más cenagosa que el resto. El pie de Dylan se hundió casi hasta la rodilla, y cuando intentó sacarlo, no pudo. Se echó hacia atrás y luego se lanzó hacia adelante con todo su peso. Nada aún. Hizo dos intentos más, y por fin, jadeando, se vio obligada a admitir su derrota.

—¡Tristan! —gritó, aunque él iba pocos metros por delante.

Tristan se dio la vuelta y la miró.

—¿Qué?

Dylan levantó ambos brazos en un gesto de desesperanza.

—Estoy atascada.

El rostro de Tristan adoptó una expresión traviesa.

—¿Y qué quieres que haga yo?

—¡No te hagas el gracioso, sácame de aquí!

Apoyó las manos en las caderas con cara de pocos amigos. Tristan sonrió y meneó la cabeza. Dylan probó con un enfoque diferente. Soltó los brazos, bajó la cabeza y lo miró entre sus pestañas, haciendo pucheros.

—¿Por favor? —lloriqueó.

Tristan rio más alto, pero empezó a caminar hacia ella.

—Das lástima —bromeó. La sujetó por los dos brazos, trabó las rodillas y puso el cuerpo firme; luego se echó hacia atrás y jaló. Dylan oyó un sonido de succión, pero sus pies no se movieron.

—Santo cielo —jadeó Tristan—. ¿Cómo has hecho esto?

—He pisado —respondió, ligeramente irritada por la actitud burlona de él.

Tristan le soltó los brazos y dio un paso adelante. Le rodeó la cintura con los brazos y la sujetó con fuerza, de tal manera que sus cuerpos se tocaban por completo. Dylan se quedó paralizada por un instante ante aquel abrazo, y se le aceleró el pulso. Esperó que él no pudiera oírlo. La apretó con fuerza y tiró hacia atrás. Dylan sintió que el barro empezaba a ceder. Finalmente, con un sonido asqueroso, el pantano la soltó. Al no estar ya sujeta, el tirón de Tristan la lanzó hacia adelante. Dylan emitió un sonido que fue una mezcla de sorpresa y risa mientras él trastabillaba hacia atrás, intentando conservar el equilibrio. El agua lodosa los salpicó y les cayó en el rostro y el cabello.

Tristan la aferró con más fuerza en un intento de evitar que los dos cayeran al pantano. Dio un par de pasos torpes hacia atrás y por fin logró estabilizarse. Al bajar la vista, vio el rostro pecoso de Dylan levantado hacia él, y por un momento, mientras ella reía, quedó atrapado en el verde deslumbrante de sus ojos.

Apretada entre los brazos de Tristan, Dylan se tambaleó; aún no estaba muy segura de sus pies y se sentía un poco mareada. Perdió momentáneamente la timidez y lo miró con una gran sonrisa. Él estaba mirándola. El momento se hizo más profundo, y la risa murió en la garganta de Dylan. De pronto, le costaba respirar. Inhaló en bocanadas superficiales y sus labios se separaron ligeramente.

Al instante, él la soltó. Se apartó y miró hacia las colinas. Dylan lo miró, confundida. ¿Qué había sido eso? Había tenido la impresión de que quería besarla, pero ahora parecía que ni siquiera quería mirarla. Era muy desconcertante, y bastante embarazoso. ¿Acaso acababa de quedar como una tonta? Ni siquiera estaba segura. Clavó la mirada en el único lugar seguro: el suelo.

—Mejor nos vamos —dijo Tristan, con voz extrañamente áspera.

—Claro —masculló Dylan, un poco aturdida aún.

Se dio la vuelta y se puso en marcha, y ella lo siguió.

Tristan avanzó por el pantano, intentando poner cierta distancia entre ellos para tener tiempo para pensar. Estaba perplejo.

Desde hacía décadas, incluso siglos, quizás —era difícil calcular con precisión el paso del tiempo en el páramo— protegía y guiaba a las almas en su travesía. Al principio, se había tomado esa función a pecho, de un modo que se le había hecho imposible mantener. Todas le habían importado; había escuchado sus historias e intentado consolarlas por la pérdida de su vida y su futuro, y desde luego, por el dolor de dejar atrás a sus seres queridos. Cada alma que se había despedido de él al final del viaje se había llevado consigo un trocito de su corazón. Después de un tiempo, Tristan se había endurecido. Ya no intentaba acercárseles, y por eso ellas no podían afectarlo En los últimos años, guiar a las almas había sido poco más que un trabajo de rutina. Había hablado lo menos posible, e intentado ocultar la verdad el mayor tiempo posible. Había sido frío como una máquina. Un GPS para los muertos.

De alguna manera, esa chica había hecho aflorar nuevamente su antiguo yo. Había descubierto la verdad con asombrosa prontitud, y la había aceptado con más madurez que muchos que habían pasado toda una vida en la Tierra. Lo trataba como a una persona. Allí, en el páramo, eso era muy poco frecuente. Las almas iban demasiado envueltas en su propia defunción como para que se les ocurriera que su guía era *alguien*. Ella era un alma que valía la pena proteger. Un alma que merecía que le importara. Un alma a la que quería entregarle un trocito de sí mismo.

Pero había algo más que eso. Tristan no atinaba a definir la sensación. Al tenerla en sus brazos, algo había empezado a despertar dentro de él. Sensaciones extrañas, que lo habían hecho pensar en ella en lugar de vigilar el sol, que iba bajando peligrosamente por el cielo. Se sentía casi… humano. No podía ser así, pero a Tristan no se le ocurría otra palabra. Humano.

Pero no lo era. Se obligó a salir de su ensimismamiento. Esa clase de sensaciones eran peligrosas; podían distraerlo. Ponían en peligro a Dylan y era necesario reprimirlas.

—Tristan. —La voz de Dylan interrumpió sus cavilaciones—. Tristan, está oscureciendo. ¿Y si esperamos y cruzamos el valle mañana?

Tristan meneó la cabeza y siguió caminando.

—No podemos —respondió—. No hay ninguna casa segura a este lado del valle. Tenemos que cruzar hoy mismo. Tendremos que darnos mucha prisa.

Dylan percibió el pánico contenido en su voz y sintió un nudo en la boca del estómago. Sabía que el miedo no ayudaría; de hecho, podía empeorar mucho la situación, pero no pudo reprimir esa emoción.

Tras diez minutos más de caminar con dificultad, el suelo empezó a hacerse firme bajo sus pies. La hierba sostuvo el peso de Dylan al pisarla. Arrastró los pies y los frotó contra las ramas duras para quitarse un poco del barro que ahora cubría su calzado y sus jeans. No se atrevió a parar para hacerlo por completo; percibía la impaciencia de Tristan por avanzar más rápido. Al final los charcos fueron disminuyendo y, al levantar la vista, Dylan vio con sorpresa que estaban a la sombra de las dos colinas. Ante ella se extendía el valle que tanto parecía preocupar a Tristan.

No parecía nada fuera de lo común. Había un sendero sinuoso bastante ancho que lo atravesaba, y los lados tenían una pendiente suave. Dylan había esperado ver un barranco estrecho y claustrofóbico. Sintió alivio, pero le bastó un vistazo a la postura tensa de Tristan para que su estómago volviera a tensarse. Se recordó que él sabía mucho mejor dónde estaba el peligro. Con una mueca, apretó el paso hasta que lo alcanzó.

Dylan estaba ansiosa por empezar a cruzar; quería hacerlo lo más rápidamente posible, pero Tristan se detuvo en el umbral del valle. Parecía estar preparándose. Dylan lo espió con disimulo. ¿Estaría pensando en las otras almas a las que había guiado por ese lugar, en algunas que había perdido? ¿Cuántas habían recorrido ese sendero con Tristan y no habían llegado al otro lado? Nerviosa, Dylan extendió los dedos y tomó la mano izquierda de él. Le sonrió con timidez y se la apretó en señal de apoyo. Tristan le devolvió una sonrisa tensa y volvió a mirar hacia el valle con expresión casi desafiante.

—Ya falta poco —murmuró, en voz tan baja que Dylan se preguntó si le había hablado a ella.

CAPÍTULO TRECE

Cruzar el valle debería haber sido una caminata bastante agradable. El camino era llano y ancho, hecho de piedras que le recordaron a Dylan los paseos por el campo, siguiendo las vías abandonadas del ferrocarril. Recorría, sinuoso, la depresión que había entre las dos colinas. Los márgenes no daban la sensación de encierro ni de límites, sino que formaban una pendiente suave y ondulada, cubierta de hierba corta y flores silvestres. Era un cuadro perfecto. O lo habría sido, de no ser por las paredes verticales que se alzaban desde las pendientes a los márgenes del camino. Los acantilados iban curvándose hacia adentro a medida que ascendían, y encerraban el cielo hasta que apenas quedaba una ranura de luz que no alcanzaba a disipar las sombras que cubrían el suelo. El lugar estaba envuelto en oscuridad. Dylan se estremeció cuando la envolvió la fría sombra.

A su lado, Tristan iba callado y tenso, a paso rápido y mirando constantemente alrededor. La tensión de él disparó la de ella. Dylan no se atrevió a observar los alrededores; mantuvo la mirada al frente y deseó que el recorrido transcurriera sin incidentes. Con su visión periférica, apenas divisó movimiento de murciélagos. No, no eran murciélagos, comprendió. Eran espectros. Bajaban como guadañas por las paredes de piedra y luego volaban en círculos bajos sobre ellos. Dylan aferró con fuerza los dedos de Tristan, intentando no mirarlos.

Pero no podía ignorarlos. Aguzó el oído en busca de los aullidos ya familiares pero inquietantes que ahora asociaba a los demonios, pero en el aire no se oían chillidos agudos y quejumbrosos. Sin embargo, sí había otros ruidos.

—¿Oyes eso? —preguntó, nerviosa.

Tristan asintió con expresión sombría.

Parecía el rumor suave de mil susurros. Aunque no se distinguían palabras, era igualmente un sonido amenazante.

—¿Qué es? —preguntó, con voz insegura. Miró hacia uno y otro lado escudriñando el cielo, los acantilados, en busca del origen del sonido.

—No viene de arriba —le informó Tristan—, sino de debajo. Escucha el suelo.

A Dylan le pareció una petición extraña, pero intentó concentrarse en los ruidos que pudiera detectar bajo sus pies. Al principio, lo único que oyó fue el crujir de los pies de ambos sobre los guijarros que cubrían el camino y el rodar de las piedrecitas que desplazaban, pero ahora que estaba prestando atención, se dio cuenta de que aquellos susurros espeluznantes provenían, en efecto, de debajo.

—Tristan, ¿qué está pasando? —preguntó, en voz casi inaudible incluso para ella misma.

—Los demonios. Están reuniéndose debajo de nosotros. En cuanto descubran una oportunidad de atacar, se levantarán en masa. Es lo que hacen aquí. Siempre.

—¿Por qué? —susurró Dylan.

—Estamos en el centro del páramo —explicó Tristan—. Aquí se esconden, miles de ellos. Este lugar casi siempre está en sombras. Saben que tendrán su oportunidad.

—¿Qué clase de oportunidad necesitan? —preguntó, alarmada.

—En cuanto nos internemos lo suficiente, atacarán. No necesitan que sea de noche, aquí no.

Tristan habló con voz desapasionada, pero Dylan detectó igualmente un dejo de pánico que la asustó más que las palabras que decía.

—¿Qué podemos hacer?

Tristan lanzó una risotada sin humor.

—Nada.

—¿No deberíamos correr?

Dylan no era buena corredora. Aunque era delgada, no estaba en buena forma física. Nunca había tenido una rutina diaria de ejercicios, y las clases obligatorias de Educación Física habían sido una tortura. Ella siempre había insistido en que solamente correría si alguien la persiguiera. Lo cual parecía aplicarse a esa situación, pensó con pesar.

—No hasta que tengamos que hacerlo. Conserva tu energía para cuando realmente la necesites —dijo, con una leve sonrisa que no duró mucho.

»Aférrate a mí, Dylan. No me sueltes. Y cuando te diga que corras, corre. Sigue el camino, y cuando termines de atravesar el valle verás otra casa. Corre hacia allí y no mires atrás. Una vez que cruces la puerta, estarás a salvo.

—¿Y tú, dónde estarás? —susurró, angustiada.

—A tu lado —respondió, en tono sombrío.

Los ojos de Dylan estaban dilatados por el pánico. Intentó enfocarlos en el camino que tenía por delante. Iba aferrada a la mano de Tristan con tanta fuerza que sus dedos palpitaban. El rumor fue creciendo más y más, y era como si el suelo estuviera hirviendo, derritiéndose para dejar pasar a los demonios. Sus ojos tardaron un momento en distinguir lo que veía allí, y luego se dio cuenta de que eran sombras. Sombras oscuras. Empezó a respirar con bocanadas superficiales y entrecortadas al ver que el valle iba oscureciéndose en torno a ellos, que los acantilados iban encerrándolos más y más. Ahora estaban en lo más profundo. ¿Cuánto faltaría para que los demonios se liberaran?

Fue como si el aire se helara al instante. Del valle se levantó una ráfaga de viento que alborotó el cabello de Dylan. La brisa le susurró al oído, como un eco del murmullo que ascendía del suelo, y ella distinguió con claridad los aullidos quejumbrosos de otros demonios, allá arriba. Estaban congregándose por todas partes.

En lo que dura un latido, fue como si el tiempo se hubiera detenido, suspendido al borde del caos. Cada nervio del cuerpo de Dylan estaba tenso, y por sus venas corría la adrenalina. Sentía un hormigueo en los músculos, listos para responder a sus órdenes. Inhaló larga y profundamente, y el aire que fluyó hasta sus pulmones le atronó en los oídos.

Antes de que pudiera exhalar, antes de que alcanzara a parpadear, el tiempo volvió a ser y todo pareció suceder a la vez. El suelo empezó a humear mientras innumerables demonios irrumpían en la superficie como serpientes negras y tenues, que se retorcían en el aire y emitían un siseo amenazador. Los aullidos descendieron del cielo y se lanzaron hacia ella, entrecruzándose a su alrededor. Eran cientos. Miles. El aire estaba negro por los espectros que la cegaban. Dylan quedó boquiabierta; aquello no se parecía a nada que hubiera visto antes. Su corazón se convirtió en hielo cuando un demonio le atravesó el pecho e intentó aferrarla por dentro antes de salir por su espalda. Cosas sin rostro se enredaban en su cabello y tiraban de él, y Dylan las sentía como aguijonazos en la cabeza. Sus garras la sujetaban por los hombros y los brazos, estirando.

—¡Dylan, corre!

La voz de Tristan atravesó la confusión de sonido y movimiento y llegó hasta el centro del cerebro de Dylan.

Corre, repitió para sí misma. ¡Corre! Pero no podía moverse. Tenía las piernas paralizadas, como si hubieran olvidado cómo funcionar. Ella siempre se había reído con desdén de las víctimas en las películas de terror, cuando se paralizaban por el miedo y caían en manos del villano demente, el asesino del hacha, pero allí estaba ella, indudablemente inmovilizada por el miedo.

Un tirón en su mano la hizo ponerse en movimiento. Sus piernas entraron en acción con torpeza, pero la alcanzaron antes de que cayera y empezaron a impulsarla. *Corre, corre, corre*, pensó, mientras avanzaba por el sendero a toda la velocidad que podía, con una mano adherida a la de Tristan. Los demonios seguían gritando y arremolinándose en torno a ella, pero no lograban aferrarla.

El camino le marcaba la ruta a seguir, y aunque no alcanzaba a ver la casa, sabía que no podía estar demasiado lejos. Ya tenía que estar cerca. Dylan corría a toda velocidad, y sabía que no podría mantener ese paso por mucho tiempo. Ya le dolían las piernas, y protestaban a cada paso. Cada vez que levantaba un pie, se le hacía más y más pesado. Su respiración era irregular y entrecortada; cada inhalación le provocaba unas punzadas dolorosas en el pecho. Sus brazos se movían rítmicamente, en un esfuerzo valiente por mantenerla en movimiento, pero cada paso era un poco más lento. Los demonios empezaban a poder aferrarla, a tirar hacia atrás, con lo cual la frenaban aún más. Dylan sabía que no podría resistir a menos que la casa estuviera muy cerca.

Algo le tiró de la mano con tanta fuerza que la hizo trastabillar. Dylan gritó de dolor cuando se le torció el hombro, y luego, un segundo después, se dio cuenta de lo que había ocurrido. Tenía los dos puños cerrados. Cerrados y vacíos.

—¡Tristan! ¡Tristan, ayúdame!

Tosió débilmente entre inhalaciones.

—¡Dylan, corre! —lo oyó gritar.

Tristan ya no estaba a su lado. ¿A dónde había ido? No se atrevió a mirar atrás por temor a caerse. Se concentró en hacer lo que él le había dicho: correr. Correr tan rápido como pudiera.

¿Qué había sido eso? Directamente frente a ella, a unos cuatrocientos metros, se veía una forma cuadrada. Tenía que ser la casa. Sollozó con alivio e intentó galvanizar sus músculos agotados para hacer un último esfuerzo.

«¡Vamos, vamos, vamos, VAMOS!», murmuró, ordenando a su cuerpo que siguiera adelante.

Haciendo caso omiso del dolor, movió las piernas más rápido aún y las obligó a acelerar en los metros que faltaban. La puerta ya estaba abierta, como invitándola a entrar.

«¡Tristan, ya la veo! ¡Tristan!».

Pero ese último pensamiento se le atascó en la garganta cuando varios demonios se lanzaron hacia ella a la vez y entraron en su cuerpo. No parecían tener sustancia, pero aun así sintió que le aferraban el corazón. Vaciló y trastabilló; le costaba controlar sus piernas.

«No», exclamó. «No, no, por favor. ¡Ya llego! ¡Ya llego!».

Era imposible moverse. Unas manos frías le retorcían las entrañas, con un frío que le helaba hasta los huesos y le quitaba el aliento. Cada centímetro de su cuerpo le rogaba que se detuviera. Que se tendiera en el suelo y dejara que los demonios la llevaran suavemente hacia abajo, hacia donde estaría oscuro y podría dormir. Un lugar donde podría dejar de resistirse y estar en paz.

De pronto, las palabras de Tristan irrumpieron en su mente. *Corre hacia allí y no mires atrás. Una vez que cruces la puerta, estarás a salvo.* Con las palabras, vio la imagen del rostro de Tristan, que le hablaba muy serio.

Por pura fuerza de voluntad, volvió a impulsarse, paso a paso, hacia la puerta abierta. Cada movimiento era una tortura; cada inhalación, un dolor punzante. Su cuerpo le gritaba que parara, que se rindiera, pero ella continuó con obstinación. Conforme se acercaba a la casa, se intensificaban los gritos, los aullidos y los susurros. Los demonios redoblaron su ataque y volvieron a atacarla, a tirar de ella y rasguñarla. Giraban ante sus ojos e intentaban cegarla. Cuando faltaban pocos metros, Dylan cayó de rodillas, exhausta. Cerró los ojos con fuerza, obligó a sus pulmones a respirar a pesar del dolor y empezó a gatear. El suelo estaba frío bajo sus manos, y había piedras pequeñas que le raspaban las palmas y se le clavaban en las rodillas. *Muévete*, pensó con desesperación. *No dejes de moverte.*

Cuando cruzó el umbral, se dio cuenta de inmediato. El ruido cesó al instante y el frío que sentía por dentro se redujo a una molestia apagada. Exhausta, se desplomó en el suelo y respiró agitada.

«Tristan, lo hemos logrado», graznó, sin poder alzar la cabeza.

Tristan no respondió. Y tampoco se oía ninguna respiración detrás de ella, ningún movimiento en la casa. Sintió nuevamente el hielo en el corazón, multiplicado por diez. Tenía miedo de darse la vuelta.

«¿Tristan?», murmuró.

Dylan giró hasta quedar tendida de espaldas. Se quedó así un momento, demasiado asustada para abrir los ojos, temerosa de lo que podría ver. Pero la necesidad de saber fue más fuerte. Obligó a sus párpados a abrirse y observó la escena.

No.

Incapaz de hablar, soltó un gemido lastimero. No había nadie en la puerta, solo se veía la noche negra.

Tristan no había podido llegar.

CAPÍTULO CATORCE

Dylan no sabía cuánto tiempo llevaba tendida en el suelo. No podía apartar los ojos de la puerta. En cualquier momento, Tristan entraría, despeinado por el viento, agitado pero bien. Aparecería, estaría bien y se haría cargo de la situación. Tenía que hacerlo. Sentía que su corazón iba a estallar, de tanto batallar contra músculos que parecían de piedra. Completamente agotado por el esfuerzo, su cuerpo empezó a temblar.

Al cabo de un lapso que debió de ser de algunos minutos, pero que le pareció una eternidad, el frío del suelo se filtró hasta sus huesos. Sus piernas temblorosas empezaron a agarrotarse y supo que tenía que moverse.

Sus músculos protestaron, doloridos, y Dylan gimió al incorporarse hasta quedar sentada. Aún no se atrevía a apartar la mirada de la puerta. Tristan llegaría en cualquier momento, siempre que ella siguiera mirando. Desde alguna parte en el fondo de su mente, una vocecita le dijo que eso era ridículo, pero se aferró a esa convicción, porque era lo único que impedía que el pánico subiera por su garganta y estallara en gritos incontrolables.

Dylan logró apoyarse en sus piernas inseguras y, sosteniéndose en el marco de la puerta, se puso de pie. Se aferró con firmeza a la madera podrida mientras se tambaleaba peligrosamente. El miedo y la fatiga le habían robado toda su energía. De pie en el umbral, oyó los susurros y los gritos que llegaban desde fuera, aunque había algo en la casa que parecía apagar el sonido. Sin pisar más allá de la línea, asomó la cabeza y escudriñó la noche en busca de unos ojos azules o una cabeza rubia despeinada. No vio nada, pero sus oídos fueron atacados por un bombardeo de ruido, gritos furiosos de los demonios, que intentaban acometerla, pero cuyos intentos eran frustrados por algún encantamiento sobrenatural que tenía la casa. Ahogó una exclamación de asombro y metió la cabeza, y el ruido cesó al instante.

Dylan retrocedió lentamente hacia el interior de la casa. Sus pies se toparon con algo que había en el suelo y casi tropezó. Apartó los ojos de la puerta por una fracción de segundo, pero la negrura era casi total y no pudo distinguir qué era lo que acababa de pisar. Eso volvió a llenarla de terror. No soportaba pasar una noche sola allí en la oscuridad. Se volvería loca.

Fuego. Siempre había un hogar en esas casas. Pero iba a tener que apartarse de la puerta, y eso significaba aceptar que tal vez Tristan no volvería. *No*, se dijo. Él vendría. Simplemente decidió preparar el fuego para cuando él llegara. Cruzó la casa a tientas y, en efecto, del otro lado de la habitación había un hogar de piedra. Se arrodilló y tanteó con las puntas de los dedos. Sus manos rozaron cenizas y algunos trozos de madera que quedaban en la chimenea. A la izquierda, encontró algunos leños secos, pero no había cerillas, ni un interruptor electrónico como el que había en su casa, que levantaba y hacía danzar unas llamas falsas mientras un calefactor soplaba un aire caliente casi tan apreciado como la luz.

«Por favor», susurró, consciente de que estaba rogándole a un objeto inanimado que funcionara, pero no pudo evitarlo. «Por favor, necesito esto».

Con la última palabra, su compostura se desmoronó y Dylan lanzó unos sollozos ahogados. Su pecho se sacudió y sus párpados se cerraron con fuerza, y la primera lágrima se deslizó por sus mejillas.

Volvió a abrirlos cuando oyó un crepitar, temerosa por un momento, pero lo que vio la dejó boquiabierta. Había llamas en el hogar. Eran pequeñas y vacilaban por la corriente de aire que llegaba por la puerta abierta, pero se negaban a apagarse. Como si actuaran por voluntad propia, las manos de Dylan se extendieron y tomaron un par de leños. Los puso con delicadeza en el fuego, conteniendo el aliento por si su torpeza sofocaba las llamas incipientes.

Resistieron, pero siguieron chisporroteando por la corriente de aire. Dylan se volvió y miró la puerta. Sintió que cerrarla sería como cerrar su esperanza, y como cerrarle la puerta a Tristan. Pero no podía perder el fuego. Como si estuviera moviéndose a cámara lenta, se puso de pie y se dirigió a la puerta. Allí se detuvo, conteniendo el deseo de salir y correr hacia la noche en un intento desesperado de hallar a Tristan. Pero eso significaría entregarse a los demonios, y Tristan no querría eso. Sin poder mirar, cerró los ojos, y luego la puerta.

Cuando oyó el *clic* de la cerradura, algo se rompió dentro de Dylan. Cegada por las lágrimas, cruzó torpemente la habitación hasta dar con lo que parecía una cama. Se lanzó sobre ella y dio rienda suelta a los sollozos que amenazaban con abrumarla. La invadió el pánico, y luchó contra un antojo desesperado de correr, gritar y romper cosas.

«Dios mío, Dios mío, Dios mío», repetía una y otra vez entre sollozos.

¿Qué iba a hacer? Sin Tristan, no tenía ni idea de a dónde debía ir. Se perdería, deambularía sin rumbo hasta que oscureciera, y entonces sería presa fácil para los demonios. ¿O debería quedarse allí y esperar? Pero ¿quién iría a por ella? Si no necesitaba comer ni dormir, ¿esperaría allí toda una eternidad, como una princesa hechizada en un ridículo cuento de hadas, que espera al príncipe que vaya a rescatarla?

Y luego fueron apareciendo otros pensamientos en su mente. La soledad y el miedo hicieron aflorar cosas que no habían podido hacerlo desde el accidente. Tuvo visiones de Joan. Imaginó dónde estaría ahora, si ya se habría llevado a cabo el funeral. En su mente, imaginó a su madre recibiendo la llamada en el hospital, vio su expresión desolada, sus cejas perfectamente arqueadas que se fruncían al tiempo que su mano subía para cubrirle la boca, como si al hacerlo pudiera impedir que entrara la verdad. Dylan pensó en todas las discusiones que habían tenido, en todas las cosas mezquinas que le había dicho sin sentirlas jamás, y en todas las cosas que había querido decirle pero nunca había expresado. Su última conversación había sido una pelea porque ella iba a ver a su padre. Aún recordaba cuando le había dicho que iría a visitarlo; recordaba la expresión de Joan. La había mirado como si la hubiera traicionado.

Ese pensamiento dio lugar a otro, con la misma naturalidad con que el día sigue a la noche. Su padre. ¿Cómo había reaccionado él? ¿Quién se lo había dicho? ¿Había llorado por la muerte de la hija a la que nunca había conocido en realidad?

De pronto, entendió cabalmente su situación, su muerte. No era justo. ¿Cuánto se podía esperar que perdiera? Su futuro, su familia, sus amigos… lo había perdido todo. ¿Y ahora también a su barquero? Tristan. Se lo habían robado, como todo lo demás. Dylan no creía que le quedaran lágrimas, pero cuando el rostro de Tristan apareció en su mente, se derramaron más, calientes y saladas, por sus mejillas.

Fue la noche más larga que ella hubiera pasado jamás. Cada vez que cerraba los ojos, pasaban por su mente imágenes inquietantes: Joan, Tristan, una figura paterna que resultaba aterradora sin rostro, chispazos de la pesadilla del tren. Lentamente, poco a poco, fue pasando. El fuego se consumió hasta convertirse en un resplandor anaranjado, y en el exterior la oscuridad se disolvió en una luz tenue que se filtraba por las ventanas. Los primeros rayos del amanecer ahuyentaron el gris descolorido y trajeron vida a la casa, pero Dylan no se percató. Siguió con la mirada fija en los troncos del hogar hasta que los colores cálidos se convirtieron en cenizas grises y los leños quemados no alcanzaban a producir más que un humo tenue en el hogar. Su cuerpo parecía haberse convertido en piedra. Su mente estaba aturdida y se refugiaba en el estupor.

Tardó hasta media mañana en caer en la cuenta de que la luz significaba que podía escapar de su refugio que era a la vez una prisión. Podía salir a buscar a Tristan. ¿Y si estaba tendido en alguna parte del valle, dolorido y sangrando? ¿Y si estaba esperando que fuera a buscarlo?

Miró la puerta, que aún estaba cerrada para que no entraran los terrores del páramo. Allí fuera estaba Tristan, pero también los espectros. ¿Acaso las sombras del valle eran tan profundas y oscuras que podían atacar? ¿O la luz de la mañana bastaría para mantenerla a salvo?

Cuando pensaba en salir al páramo, sola… todo su ser rehuía la idea.

Pero Tristan estaba allá.

«Levántate, Dylan», se ordenó. «No seas tan patética».

Levantó de la cama su cuerpo cansado y dolorido por el ejercicio forzoso del día anterior y se acercó a la puerta. Se detuvo con la mano en el picaporte, inhaló profundamente una vez, luego otra, e intentó obligarse a aferrar el pomo de la puerta, girarlo y abrirla. Sus dedos se negaron a obedecerla.

«Basta ya», murmuró.

Tristan la *necesitaba*.

Con esa idea en la cabeza, abrió la puerta.

Se quedó paralizada, y el aire se atascó en sus pulmones. Su corazón dejó de latir, y luego empezó a bombear al doble de su velocidad mientras sus ojos se esforzaban por asimilar la escena que se abrió ante ella.

El páramo que se había vuelto casi su hogar en los últimos días había desaparecido.

No estaban las colinas, ni las hierbas altas salpicadas de rocío que le mojaban los jeans y le dificultaban la subida interminable. El cielo plomizo había desaparecido, y también el sendero de piedras que la noche anterior la había conducido a la seguridad de la casa.

En lugar de todo eso, el mundo se había convertido en muchos tonos deslumbrantes de rojo. Quedaban las dos colinas, pero ahora estaban recubiertas por un polvo bermellón. No había vegetación, sino que las laderas empinadas estaban perforadas por rocas afiladas e irregulares que surgían del suelo en formaciones únicas. En lugar del sendero de piedras, había un camino liso y negro que semejaba alquitrán en ebullición. Parecía ondular y burbujear todo el tiempo, como si estuviera vivo. El cielo tenía un color rojo sangre, y había nubes negras que avanzaban hacia el horizonte del oeste, no lentamente sino como en una carrera. El sol brillaba al rojo vivo, como el aro de un horno eléctrico.

Pero no eran esas las cosas que más la asustaban. Deslizándose por la superficie, escalando las colinas y recorriendo el sendero, había cientos y cientos de lo que parecía… bueno, Dylan ni siquiera podía encontrar las palabras para definirlos. Eran humanos pero no tenían forma: solo un contorno escueto que los identificaba por edad y género. Dylan observó a los que estaban más cerca. No parecían verla; ni siquiera parecían conscientes de estar allí. Iban concentrados en una sola cosa: en seguir a la esfera brillante que iba delante de cada uno de ellos.

Cada figura estaba ensombrecida por una multitud de espectros negros que flotaban sobre sus cabezas y volaban en círculos delante de ellos. Dylan inhaló con pánico al observarlos, temerosa por todas aquellas figuras, pero aunque los espectros daban vueltas alrededor de ellos, mantenían la distancia. Era por las esferas, comprendió de pronto. Los espectros no querían acercarse a aquellos globos de luz pulsátil, aunque observó que, en las partes donde las sombras eran más densas, las esferas perdían parte de su brillo y los demonios se atrevían a acercarse más. Mientras contemplaba la escena, las piezas empezaron a encajar en el fondo de su mente.

Ella misma era una de esas cosas. Ese era el páramo verdadero. Y Tristan era su esfera. Sin su esfera, ¿podría salir de la casa sin peligro? Si salía ahora de la casa, ¿podrían atacarla los demonios a pesar de que era de día? La única manera de asegurarse era abandonar el encantamiento protector de la casa. ¿Podría hacerlo? Se balanceó ligeramente en la entrada mientras lo pensaba. No. Al asomarse un poco, oyó el siseo y los aullidos lastimeros de los espectros. Eso le bastó. Horrorizada, retrocedió y cerró la puerta de un golpe. Apoyó la espalda contra la puerta, como para impedir que entraran los demonios. Su fuerza duró apenas unos segundos más; enseguida se sentó en el suelo, se abrazó las piernas, apoyó la cabeza en las rodillas y empezó a sollozar.

«Tristan, te necesito», susurró. «¡Te necesito!». Se le quebró la voz y empezaron a caer las lágrimas. «¿Dónde estás?», exclamó. Le temblaban tanto los labios que las palabras fueron poco más que un balbuceo confuso. «Te necesito...».

Estaba atrapada. No solo no sabía a dónde tenía que ir, sino que si salía, la atraparían los demonios. El único lugar seguro era dentro de la cabaña, pero ¿cuánto tiempo podía quedarse allí? ¿Cuánto tiempo podía esperar a Tristan?

Pasaron los minutos, y al cabo de un rato Dylan recobró un poco la compostura. Se puso de pie y acercó una silla a la ventana.

Se sentó y apoyó la cabeza en los brazos cruzados, que recostó en el marco de la ventana. La vista era la misma que desde la puerta. Un desierto carmesí salpicado de almas que seguían ciegamente y a la vez eran perseguidas. Era difícil apartar la mirada. Aún se le revolvía el estómago al ver a los demonios, al recordar la sensación de sus garras y los gritos en sus oídos.

Al pensar en volver a enfrentarse a ellos, empezó a caerle un hilo de sudor por la espalda. Sabía que ese día no podría salir. Aún era posible que Tristan estuviera allí afuera, intentando regresar con ella. Tenía que aferrarse a esa esperanza. Podía esperar por lo menos un día más.

Tras una puesta de sol encendida de naranjas, rojos y bermellones, el cielo se puso negro. Con la oscuridad, llegaron los silbidos y los gritos en torno a la casa. Hacía tiempo que Dylan había encendido el fuego, esta vez con cerillas que encontró sobre el hogar. Había sido un proceso mucho más largo que el de la noche anterior, pero por fin había logrado que la llama creciera y devorara las ramitas. Ahora se habían encendido los leños grandes y el fuego estaba crepitando y chisporroteando, irradiando calor y una luz reconfortante. Dylan había abandonado su puesto junto a la ventana. Le asustaba la oscuridad, y no podía saber quién estaba en el exterior, observándola. Se tendió en la cama y se quedó contemplando el fuego hasta que se le cerraron los ojos y cayó en una semiinconsciencia.

Cuando despertó, horas más tarde, fuera aún había una negrura total. Miró el techo y, por un momento, podría haber estado en cualquier parte. En su pequeña habitación en su casa, rodeada de pósteres de cierta estrella de cine y de ositos de peluche, o en un cuarto extraño en Aberdeen, preparándose para otro día de seguir conociendo a su padre. Pero no estaba en ninguno de esos dos lugares. Estaba en una casa segura. Y estaba muerta. Sintió como si una banda de acero le rodeara las costillas. No podía respirar. Las lágrimas amenazaban con salir, y se esforzó por contenerlas.

La temperatura en el interior de la casa era agradable. El fuego que con tanto esmero había encendido seguía ardiendo en el hogar y proyectaba sombras que danzaban en las paredes, pero no era eso lo que la había despertado. Se acomodó de lado para observar las llamas, y al hacerlo reparó en la verdadera causa de ello. Había una figura delineada contra la luz del fuego, inmóvil. La invadió el miedo, y Dylan se paralizó, pero a medida que sus ojos iban habituándose a la penumbra, el contorno empezó a cobrar forma, una forma que conocía. Una forma que Dylan había temido no volver a ver jamás.

CAPÍTULO QUINCE

—¡Tristan! —exclamó.

Se levantó de un salto y casi se cayó en su prisa por cruzar la habitación. Él se puso de pie al verla acercarse, y Dylan, sin pensarlo, lo abrazó aliviada. Se le escaparon algunos sollozos leves que le estremecieron el pecho. Apoyó la cabeza en el hombro de él y se entregó al océano de seguridad y placer que la envolvió.

Por un momento, Tristan se quedó paralizado, pero luego la rodeó con sus brazos y la estrechó con fuerza. Le acarició la espalda con una mano mientras ella seguía llorando contra su pecho.

Al cabo de un rato, Dylan sintió que la catarata de emociones se apaciguaba, y se apartó de él, turbada otra vez. Tenía poca experiencia en abrazos con chicos, y su mente era un torbellino de emociones confusas. Sintió un ligero calor en las mejillas al ruborizarse, pero se obligó a mirarlo a los ojos.

—Hola —susurró.

Tristan estaba de espaldas al fuego y su rostro estaba en sombras.

—Hola —respondió; su voz delató una sonrisa.

—Creí... creí que no volverías. —La voz de Dylan se entrecortó por la emoción, pero prosiguió, desesperada por saber—. ¿Qué pasó? Venías justo detrás de mí.

Hubo una pausa. Los ojos de Dylan escudriñaron la oscuridad, pero no alcanzó a ver lo suficiente como para distinguir la expresión de él.

—Lo siento —murmuró Tristan.

La tomó de la mano y la llevó hasta la cama, donde se sentó a su lado. La luz del fuego le iluminó el rostro por primera vez, y Dylan ahogó una exclamación.

—Dios mío, Tristan, ¿qué te ha pasado? —le preguntó.

Su rostro estaba apenas reconocible. Tenía un ojo hinchado y casi cerrado, y el otro estaba inyectado en sangre. Tenía la mandíbula magullada e hinchada, y un corte profundo que le atravesaba una mejilla. Intentó sonreír, pero fue evidente que el movimiento le provocó dolor. Incluso en la penumbra, sus ojos reflejaban el sufrimiento que había padecido. Dylan levantó una mano para acariciarle el rostro, pero vaciló, por temor a causarle más dolor.

—No importa —respondió Tristan—. No es nada.

Dylan meneó la cabeza lentamente. Sí era algo. Tenía el rostro destrozado, mutilado. ¿Sería por ella?

—Tristan…

—Shh —la tranquilizó—. Ya te he dicho que no es nada. Veo que aún duermes —observó, en un intento obvio de cambiar de tema.

Dylan asintió.

—Solo para matar el tiempo.

—¿Crees que puedas dormir un poco más? —Ella meneó la cabeza antes del final de la pregunta—. Bueno, al menos deberías acostarte y descansar; mañana nos espera un largo viaje.

Dylan lo miró con ojos suplicantes. Sabía que Tristan estaba eludiendo hablar de dónde había estado, pero ella tenía la impresión de que no quería hablar de nada con ella. Se sentía rechazada. Se había lanzado a sus brazos y había dejado bien clara su alegría por su regreso. Ahora se sentía como una tonta. Le ardían los ojos, y se cruzó de brazos. Él pareció percibir sus emociones. Extendió la mano, tomó una de las de ella y la apartó suavemente de su costado.

—Anda, acuéstate. Me quedaré contigo.

—Yo…

Vaciló, insegura.

La voz de Tristan era un murmullo en la oscuridad.

—Acuéstate conmigo —insistió—. Por favor.

Tristan se movió hacia atrás hasta quedar contra la pared, y la atrajo hacia su pecho. Dylan se acomodó a su lado, turbada pero protegida. Parecía que él no quería hablar, pero se conformaba con acostarse a su lado. Dylan sonrió para sí y se permitió relajarse por primera vez en dos días.

A la luz de la mañana, las heridas de Tristan tenían un aspecto más horrendo aún. Su ojo izquierdo era una masa de sombras moradas, azules y negras. El tajo en la mejilla empezaba a cerrarse, pero la sangre seca resaltaba contra su piel blanca. Tenía además varios arañazos largos en los brazos. Mientras la mañana ahuyentaba la oscuridad en la casa, Dylan recorrió con los dedos una herida de aspecto feroz que abarcaba todo el largo del antebrazo de Tristan. Aún estaba en sus brazos, y aunque allí se sentía increíblemente cómoda y segura, tenía miedo de hablar y romper el silencio.

—Deberíamos ponernos en marcha —le susurró Tristan al oído; su aliento le hizo cosquillas en el cuello y le provocó un escalofrío que le recorrió la espalda. Avergonzada, se levantó de un salto y se apartó de él, y se detuvo en medio de la habitación, frente a una ventana. Echó un vistazo y vio otra vez el páramo, *su páramo.*

—Ha cambiado —exclamó.

—¿Cómo que ha cambiado?

Tristan levantó la vista de inmediato.

—Ayer, antes de que llegaras, miré por la puerta y... y... —Dylan no sabía cómo describir el mundo que había visto—. Todo estaba rojo... el sol, el cielo, el suelo. Y vi almas, cientos de almas, viajando con sus guías. Vi a los demonios, estaban por todas partes.

Atrapada en ese recuerdo, Dylan fue bajando la voz hasta un susurro.

Tristan la miró con el ceño fruncido. No recordaba que ningún alma hubiera visto y adivinado tanto sobre ese mundo. Nunca había sucedido que un alma se separara de su guía y sobreviviera a un ataque de los demonios. Debería haber perdido a Dylan, y sin embargo, allí estaba. Tristan estaba atónito, y visiblemente agradecido, de que ella estuviera allí, de pie frente a él. ¿Cómo era posible que esa alma, en apariencia común y corriente, fuera tan extraordinaria?

—Solo ves el verdadero páramo cuando pierdes a tu guía —le explicó—. Yo soy el vehículo que crea tu proyección.

—¿O sea que es falso? ¿Todo lo que veo es falso? ¿Está solo en mi cabeza?

Tristan le había dicho eso, que el páramo era una proyección suya, pero Dylan nunca había entendido cabalmente lo que eso significaba. Hasta ahora. Y no le gustó. Aunque el páramo del día anterior la había horrorizado, no soportaba la idea de que Tristan la engañara.

—Dylan —le dijo dulcemente. Era imposible azucarar sus palabras, de modo que intentó suavizarlas mediante el tono de su voz—. Estás muerta. Lo que ves en tu mente es lo único que tienes. Este lugar es la única manera de hacer el viaje. Lo real es esto.

Dylan lo miró, y sus ojos eran estanques de impotencia. Tristan le tendió la mano; era consciente de que ella estaba frágil, pero sabía que era peligroso demorarse.

—Anda —le dijo—. Vámonos.

Le dirigió una sonrisa cálida y tranquilizadora que ella correspondió con labios ligeramente temblorosos. Se acercó para tomar la mano de Tristan —el contacto le produjo cierta emoción— y se volvió hacia la puerta. Aquella casa había sido para ella cárcel y refugio a la vez, y el hecho de dejarla le producía sentimientos encontrados. Tristan, que estaba ansioso por ponerse en marcha, caminó hacia la puerta con decisión y tiró de la mano de ella para que lo siguiera, y así salieron una vez más al páramo.

No había sol, pero el manto de nubes que cubría el cielo era claro y esponjoso. Dylan se preguntó qué revelaba eso sobre su estado de ánimo. De haber tenido que identificarlo ella misma, habría dicho que estaba pensativa y curiosa. Estaba confundida por lo que Tristan había dicho sobre el páramo y su mente, pero aunque no quería dejarse engañar por aquel lugar, se sentía mucho más segura en el paisaje ya familiar de colinas. Claro que en eso cumplía una función primordial la presencia de Tristan. Volvió a mirarlo, la nuca y los hombros fuertes delante de ella. ¿Qué le había ocurrido? La noche anterior, cuando había hablado con él, Tristan no había querido tocar el tema, pero Dylan se sentía responsable por cada magulladura, por cada rasguño. Al fin y al cabo, él estaba allí protegiéndola.

—Tristan —dijo.

Él se dio la vuelta y aminoró el paso, de modo que quedaron caminando a la par.

—¿Qué?

Ante la mirada de él, Dylan se acobardó y preguntó otra cosa, algo que le provocaba mucha curiosidad.

—Todas esas almas… Las veía caminar, pero no venían hacia mí. Es decir, hacia la casa.

—No.

—Entonces, ¿dónde pasaron la noche? ¿Cómo funciona eso?

Tristan se encogió de hombros sin darle importancia.

—Cada guía tiene aquí sus puntos de seguridad, de protección. El aspecto que tienen depende de ti. Pero ese punto será siempre *mi* casa segura.

—Ah.

Dylan calló un momento, pero cada de vez en cuando miraba a Tristan a hurtadillas, preguntándose si estaría bien plantearle la pregunta que realmente quería hacerle.

Tristan la descubrió en una de esas miradas de reojo.

—Quieres saber qué me pasó —adivinó.

Ella asintió.

Tristan suspiró. El deseo de ser franco y contárselo se oponía al conocimiento de que ella no debía saber sobre ese mundo más de lo que era necesario para atravesarlo.

—¿Por qué te parece importante?

No fue tanto una pregunta como una táctica para retrasar el momento mientras intentaba decidir qué hacer: lo correcto o lo que él quería.

Dio resultado. Dylan calló, pensativa.

—Porque, bueno… porque en realidad la culpa es mía. Estás aquí por mí, y si yo hubiera sido más rápida, o hubiera retrasado la puesta del sol, o lo hubiera hecho brillar más intensamente, pues… bueno, eso nunca habría ocurrido.

Tristan parecía sorprendido, y lo estaba. Esa no era la respuesta que había esperado. Había pensado que se trataba simplemente de curiosidad por ese mundo, de la necesidad humana de saberlo *todo*. Pero resultó que a ella le importaba. Sintió un calor en el pecho, y supo que había tomado su decisión.

—No me dijiste que podían hacerte daño —dijo Dylan suavemente, con los ojos verdes dilatados por un dolor empático.

—Sí —respondió Tristan—. No pueden matarme, pero sí tocarme.

—Cuéntame qué te pasó.

Esta vez no fue una petición. Fue una orden envuelta en terciopelo, y él no pudo resistirse por tercera vez.

—Estaban por todas partes, y tú te habías petrificado. Vi que no podías moverte y era necesario que corrieras.

Dylan asintió; recordaba esa parte. Le ardieron las mejillas de bochorno al recordarlo. Si tan solo hubiera corrido cuando él se lo había indicado, si hubiera sido más valiente y no se hubiera paralizado por el miedo, habrían podido llegar los dos.

—Te empujé, y fue como si salieras de un trance. Entonces, mientras corríamos, pensé que estaríamos bien. —Hizo una mueca y frunció la frente con vergüenza—. No fue mi intención soltarte —murmuró.

Dylan se mordió el labio inferior; un sentimiento de culpa ascendía dentro de ella como náuseas. Él se sentía mal, se culpaba, cuando todo había sido culpa de ella.

—Tristan... —empezó a interrumpirlo, pero él levantó la mano para callarla.

—Lo siento, Dylan. Lo siento mucho. En cuanto vieron que te había soltado, me rodearon, se interpusieron entre nosotros. No podía pasar para alcanzarte. Entonces vi que corrías, pero la casa estaba muy lejos. No ibas a llegar.

Los ojos de Tristan tenían una mirada lejana, como si estuviera reviviendo el momento. La postura de su boca indicó a Dylan que era un proceso doloroso. Su sentimiento de culpa aumentó diez veces cuando comprendió que estaba haciéndole daño otra vez al hacerle recordar, y empezó a dudar de sus propios motivos. ¿Era simple fisgoneo? Esperaba que no.

—Los demonios estaban por todas partes. Tú no puedes tocarlos, pero yo sí. ¿Lo sabías?

Dylan meneó la cabeza; no confiaba en poder hablar, pero tampoco quería interrumpir el relato.

—Corrí detrás de ti y rechacé a tantos como pude. No podía detenerlos a todos; nunca los había visto juntarse en tanta cantidad. No estaba lográndolo. Aunque puedo tocarlos, no puedo hacerles daño. Cada vez que los apartaba, simplemente daban la vuelta y atacaban desde otro ángulo.

En ese punto se interrumpió; parecía estar debatiéndose por dentro. Dylan no sabía si intentaba decidir si debía decir algo o si simplemente buscaba la manera de decirlo. Esperó con paciencia. Tristan alzó los ojos al cielo, lo cual fue toda una hazaña ya que iban transitando por una colina bastante empinada y Dylan necesitaba apelar a todo su poder de concentración para mantener los pies firmes y escuchar al mismo tiempo. Sin embargo, parecía que en el cielo estaba su respuesta, pues Tristan asintió brevemente y suspiró.

—En el páramo puedo hacer algunas cosas… cosas que no son normales, que tú llamarías magia.

Dylan contuvo el aliento. Esa era la clase de confesión que había estado esperando, algo que diera alguna lógica a la locura.

—Hice aparecer viento. —Hizo una pausa mientras Dylan juntaba las cejas, confundida. No había reparado en eso—. Tú no lo sentirías; era solo para los demonios.

—¿Hiciste aparecer viento? —preguntó, atónita—. ¿Puedes hacer eso?

Tristan hizo una mueca.

—Es difícil, pero sí, puedo.

—¿Qué quieres decir con que es difícil?

—Consume mucha de mi energía, me agota, pero empezó a dar resultado. Ellos no podían mantener su curso de vuelo, y el viento los empujaba hacia aquí y hacia allá. No podían atraparte. —Suspiró—. Pero no tardaron mucho en darse cuenta de lo que estaba sucediendo. La mayor parte del enjambre se dio la vuelta y empezó a atacarme.

—Tendrías que haberte detenido —dijo Dylan sin pensarlo—. Haber detenido el viento y... peleado con ellos, o...

Tristan meneó la cabeza y la interrumpió.

—Tenía que asegurarme de que estuvieras a salvo. En el páramo, tú eres mi prioridad número uno. —Sonrió al ver la expresión horrorizada de ella—. Yo no puedo morir, y mi deber es proteger primero al alma, y luego a mí mismo.

Dylan asintió, aturdida. Por supuesto que no estaba poniéndose en peligro especialmente por *ella*. Era su trabajo.

—Empezaron a atacarme, a intentar cortarme con sus garras y a volar directamente hacia mí, como un puñetazo de cuerpo entero. No pueden atravesarme como hacen contigo. Aún quedaban algunos rodeándote, pero ya estabas muy cerca de la casa. Logré retenerlos hasta que te vi cruzar el umbral, pero entonces todo el enjambre se volvió contra mí, y eran demasiados. Lograron arrastrarme hacia abajo.

Mientras él hablaba, Dylan iba imaginándolo todo en su mente. Los demonios lanzándose en picada, rodeándolo con ferocidad, tironeándolo y rasguñándole el rostro. Imaginó a Tristan tratando de combatirlos, agitando los brazos e intentando correr. A los demonios rodeándolo como un enjambre, aferrándolo con más fuerza y llevándolo hacia abajo, bajo tierra. Aunque, incluso en su imaginación, él debería haber estado demasiado lejos como para alcanzar a verlo, pudo ver con toda claridad cada rasgo de la expresión de Tristan: su rostro era una máscara de terror y pánico, los ojos dilatados y la boca abierta por el horror. La sangre caía por su rostro y entraba en su ojo izquierdo, donde uno de los demonios lo había herido. En la mente de Dylan, Tristan desaparecía lentamente.

¿Cuánto daño le habían hecho? ¿Cuánto dolor le había infligido cada golpe, cada rasguño de aquellos espolones? Y todo por ella.

—Lo último que oí fue que me llamabas. Traté de quitármelos de encima para llegar a ti, pero eran demasiados. Al menos sabía que tú estabas a salvo.

La miró, y sus ojos azules la horadaron hasta el fondo de su ser. Dylan no pudo hacer otra cosa más que mirarlo, absorta en su asombro, perdida en la profundidad de aquella mirada.

Entonces, por supuesto, se cayó. Sin la guía de sus ojos, se le trabó un pie en un montículo de hierba que sobresalía del suelo.

—¡Ay! —exclamó, cuando sintió que caía hacia adelante.

Cerró los ojos y esperó el golpe que la haría expulsar todo el aire de sus pulmones y le dejaría la ropa húmeda y sucia. Preparó las manos por delante para proteger a su cuerpo de lo peor del impacto, pero nunca llegó. Tristan extendió rápidamente una mano y aferró el jersey por la espalda, con lo cual detuvo en seco la caída justo antes de que llegara al suelo. Dylan abrió los ojos y espió el sendero. Tal como había pensado: sucio y húmedo. Sin darle tiempo siquiera a lanzar un suspiro de alivio, Tristan la jaló hacia atrás y la ayudó a incorporarse. Hizo un gran esfuerzo por mantenerse serio, pero se le escapó una risa por entre los dientes apretados.

Dylan resopló, ofendida, y siguió caminando con la poca dignidad que le quedaba. Oyó que la risa se intensificaba a su espalda.

—Qué torpe eres —bromeó Tristan, al alcanzarla con facilidad.

Dylan levantó la nariz y siguió caminando, rogando no volver a tropezar.

—Pues no es de extrañar. Mira este lugar. ¿No podían pavimentar el páramo? —rezongó, intentando aferrarse a su ira.

Tristan se encogió de hombros.

—La culpa es tuya —le recordó—. Tú lo haces así.

Dylan hizo una mueca.

—Odio las caminatas a campo traviesa —murmuró—. Y odio las colinas.

—¿Acaso los escoceses no están orgullosos de sus colinas?

La miró con curiosidad. Esta vez fue ella quien se encogió de hombros.

—Todos los años, nuestra profesora de Educación Física nos subía a un minibús, nos llevaba al campo y nos obligaba a subir las montañas en días de frío helado. Era una tortura. No me entusiasma mucho caminar en pendiente.

—Ah, entiendo —dijo Tristan, con una enorme sonrisa—. Pues bien, te alegrará saber que ya hemos hecho la mitad del viaje. Pronto estarás fuera de aquí.

Lo dijo para alegrarla, pero a Dylan le decepcionó un poco oír la novedad. Y después, ¿qué? ¿Qué había más allá de ese páramo? ¿Y eso significaba que nunca más volvería a verlo? Esa noticia la inquietó más que el miedo a lo desconocido. Él había llegado a ser la única persona en su mundo, y no soportaba la idea de esa pérdida final.

Con esos pensamientos, pasando por encima de algunos obstáculos y montículos, llegó a la cima de la colina y a una oquedad natural. El sitio perfecto para descansar un poco. Miró a Tristan con esperanza, y él sonrió, comprensivo. Sin embargo, la sonrisa iba acompañada de un meneo de la cabeza.

—Hoy no —le dijo.

Dylan hizo pucheros y lo miró con irritación.

—Lo siento —insistió Tristan—. No tenemos tiempo, Dylan. No quiero que vuelvan a atacarnos.

Tendió una mano, una invitación. Dylan la miró con expresión taciturna, pero Tristan tenía razón. Tenían que hacer el intento de adelantarse a la noche, y a los espectros que venían con ella. No quería que Tristan volviera a sufrir por su culpa. Se extendió y tomó la mano que él le ofrecía. Estaba cubierta de rasguños y magulladuras, como un espejo de las marcas que ya estaban borrándose en los brazos de Dylan, pero su mano era fuerte. Tristan tiró de su mano para ponerla de pie, y al salir de la oquedad la sorprendió de inmediato la fuerza del viento. No cabía duda de que soplaba más viento que antes, y el silbido de este en sus oídos la ensordeció un poco. Se hizo difícil conversar durante el descenso. Dylan había tenido la esperanza de que Tristan retomara su relato acerca de lo que había ocurrido bajo la tierra, pero por lo visto tendría que esperar un momento más tranquilo. No era la clase de cosas que se podían gritar por encima del viento.

Además, aunque estaba desesperada por saber qué había sucedido a continuación, temía descubrir qué otras torturas había soportado Tristan. Por ella.

Capítulo dieciséis

Por fortuna, llegaron a la siguiente casa segura con tiempo de sobra, antes de que se pusiera el sol. Era otra cabaña de piedra, y Dylan empezó a preguntarse si eso también sería una creación suya. Casi todas las casas seguras eran iguales. ¿Acaso era esa su idea de un refugio, de un hogar? Intentó pensar en el posible origen de esa conexión. El apartamento en el que vivía —en el que *había vivido*, se corrigió— con Joan era de arenisca roja y estaba rodeado de innumerables edificios idénticos. Antes de morir, su abuela había vivido en el campo, en una zona aislada, pero se trataba de un bungaló moderno con jardines meticulosamente prolijos en los que había unos ridículos gnomos y leones de piedra. No se le ocurría ningún otro sitio que hubiera sido como un hogar para ella.

Salvo, en todo caso, que su padre le había mencionado su casa cuando habían hablado por teléfono. Una casita de piedra, había dicho. A la antigua, con apenas suficiente sitio para él y Anna, su perra. ¿Sería esa la imagen que había creado de esa casa? Tal vez su subconsciente estaba intentando darle un poco de aquello que había esperado pero nunca había llegado a ver. Por un momento imaginó que se abría la puerta y salía un hombre. En su imaginación, era apuesto, fuerte y de aspecto bondadoso. La idea la hizo sonreír, y luego se dio cuenta de que no era más que eso. Nunca había visto una fotografía de su padre, y no recordaba cómo era antes de marcharse. Dylan meneó la cabeza para apartar esos pensamientos de su mente y siguió a Tristan hacia la puerta.

Aunque estaba algo deteriorada, había algo reconfortante en la casa; fue casi como volver al hogar tras un día largo y difícil. La puerta principal era de roble macizo, castigada por la intemperie pero aún fuerte. Las ventanas estaban recubiertas por esa costra que se acumula con la exposición prolongada al clima feroz de Escocia, pero tenían marcos de madera y estaban en buenas condiciones a pesar de tener la pintura descascarillada. No había un jardín definido, pero sí un sendero pavimentado que llevaba a la puerta principal. Por las grietas asomaban malezas y hierbajos, pero aún no habían cubierto todo el terreno.

Entraron, Tristan por delante, y el interior también parecía acogedor. Esa casa no tenía el aspecto abandonado y descuidado que habían tenido las anteriores, y Dylan se preguntó, distraída, si sería porque estaba acostumbrándose al páramo. En un extremo había una cama con una mesita al lado, donde había una vela grande pero a medio consumir y una vieja cómoda. En el centro de la habitación, frente al hogar, había una mesa con sillas, y en el otro extremo, una cocina pequeña con un fregadero cuadrado cascado y sucio. Dylan se acercó y observó los grifos anticuados, preguntándose si funcionarían. Aún tenía una costra de barro en los jeans, y el jersey gris con cremallera que había elegido en el apartamento antes de que empezara toda esa locura era ahora un conglomerado de manchas, salpicaduras de barro y desgarraduras. No quería siquiera pensar cómo tendría el rostro.

Aunque los grifos estaban oxidados y el fregadero estaba embarrado, Dylan giró con optimismo el grifo del agua fría. Al principio no ocurrió nada, y ella frunció el ceño, decepcionada; pero luego se oyeron unos chirridos y un gorgoteo debajo del fregadero. Dylan retrocedió con recelo. En ese momento salió del grifo un gran chorro de agua marrón que rebotó en los costados del fregadero, y Dylan alcanzó a esquivarlo retrocediendo un poco más con otro salto. Tras varios segundos de escupir agua sucia, empezó a salir un chorro pequeño que parecía bastante limpio.

—¡Sí! —exclamó, ansiosa por poder asearse por primera vez en varios días. Se echó agua a la cara y se estremeció porque estaba helada. Jugando, cargó un puñado de agua y se dio la vuelta para arrojársela a Tristan. Pero se detuvo en seco, y el agua se filtró por entre sus dedos y cayó al suelo de losas. No había nadie—. ¡Tristan! —gritó, presa del pánico.

La puerta estaba abierta, y aunque aún era de día, la noche se acercaba rápidamente. ¿Se atrevería a salir? No podía volver a quedarse sola. Ese pensamiento fue el factor decisivo, y Dylan empezó a caminar con decisión, pero en ese preciso momento apareció Tristan en la puerta.

—¿Qué? —preguntó con inocencia.

—¿A dónde diablos has ido? —le espetó Dylan; el alivio pronto se convirtió en enojo.

—Estaba fuera. —Tristan observó la preocupación en el rostro de ella—. Lo siento, no quería asustarte.

—Estaba... preocupada —murmuró; ahora se sentía tonta. Se dio la vuelta y señaló el fregadero—. Aquí funciona el grifo.

Tristan la miró con una semisonrisa comprensiva y luego echó un vistazo a la puerta entreabierta.

—Aún quedan veinte minutos de luz. Me quedaré fuera y te daré un poco de privacidad. Estaré al lado de la puerta —prometió—. Podrás hablarme si quieres.

Sonrió para tranquilizarla y volvió a salir. Dylan se acercó a la puerta y espió hacia fuera. Lo vio sentado en una roca. Tristan levantó la vista y la vio mirándolo.

—Puedes cerrar la puerta, si quieres. Pero si quieres dejarla abierta, prometo no mirar —agregó, con un guiño.

Avergonzada, Dylan fue a cerrar la puerta, pero luego lo pensó mejor y la dejó abierta. Vacilante, pensó en asearse —y estaba desesperada por hacerlo— con la puerta abierta y él muy cerca. Incómodo. Pero después pensó en cerrar la puerta y quedarse sola dentro. El terror del abandono aún era muy reciente. Con tan solo pensarlo se alarmó y se le aceleró el corazón. Decidió dejarla ligeramente entreabierta y la cerró apenas lo suficiente para no ver la sonrisa burlona de Tristan, pero dejó una rendija. Por si acaso.

Incómoda y sin dejar de vigilar la puerta, se desvistió y, con un trocito de jabón que encontró junto al fregadero, empezó a lavarse lo más rápido posible. Hacía mucho frío y pensó en pedir a Tristan que encendiera el fuego, pero sabía que cuando terminara de encenderlo ya estaría tan oscuro que los dos tendrían que estar dentro para mayor seguridad. Con los dientes apretados para que no castañetearan, intentó ser lo más concienzuda y rápida que pudo. No tuvo otra opción que volver a ponerse la ropa sucia. Dylan frunció la nariz y se puso los jeans embarrados. Estaba poniéndose la camiseta cuando Tristan llamó a la puerta. Aunque la camiseta era bastante holgada y en absoluto transparente, tomó su jersey gris, se lo puso a toda prisa y subió la cremallera hasta el mentón.

—¿Has terminado? —le preguntó Tristan, al tiempo que echaba un vistazo por la puerta—. Es solo que está oscureciendo.

—Ya he terminado —mascculló Dylan.

Tristan entró de prisa y cerró la puerta con firmeza.

—Encenderé el fuego.

Dylan asintió, agradecida. Aún tenía frío por haberse lavado con el agua helada. Una vez más, Tristan encendió el fuego en un santiamén, y enseguida las llamas estaban ardiendo en el hogar. Se puso de pie y la observó.

—¿Qué tal el aseo? ¿Mejor?

Dylan asintió.

—Aunque desearía tener otra muda de ropa —suspiró.

Tristan sonrió con ironía y se acercó a la cómoda.

—Aquí hay algunas cosas. No sé si serán de tu talla, pero si quieres podemos intentar lavar tu ropa. Toma.

Le arrojó una camiseta y unos pantalones deportivos. Eran un poco grandes, pero a ella le resultó muy atractiva la idea de poder lavar su ropa.

—Pero no hay ropa interior —añadió Tristan.

Dylan lo pensó y decidió que valía la pena pasar una noche sin ropa interior con tal de tener ropa limpia. Pero iba a tener que cambiarse, y ya estaba demasiado oscuro para pedirle a Tristan que saliera. Pasó el peso de su cuerpo de un pie al otro, sosteniendo la ropa contra su pecho. Tristan percibió su incomodidad.

—Me iré allí —dijo; cruzó la habitación y fue a pararse ante el fregadero—. Puedes cambiarte junto a la cama.

Apartó la vista y miró por la ventanita de la cocina. Dylan se acercó rápidamente a la cama y, tras un breve vistazo a Tristan para confirmar que estuviera mirando hacia otra parte, se desvistió a toda prisa.

Tristan siguió mirando el cristal con decisión, pero la oscuridad exterior y el resplandor del fuego convertían la ventana en un espejo. Vio a Dylan quitarse primero el jersey y luego la camiseta por encima de la cabeza. Su piel era lisa y pálida, y su figura descendía desde sus hombros fuertes hasta la cintura angosta y delicada. Cuando ella empezó a quitarse los jeans, Tristan cerró los ojos, intentando aferrarse a algún vestigio de caballerosidad. Contó mentalmente hasta treinta, despacio, haciendo coincidir los números con su respiración, y cuando volvió a abrir los ojos, ella estaba allí, vestida con prendas demasiado grandes, mirándolo desde atrás. Se dio la vuelta para mirarla y sonrió.

—Te quedan bien —observó.

Dylan se ruborizó y tiró de la camiseta. Se sentía muy incómoda sin su sujetador. A modo de protección extra, se cruzó de brazos.

—¿Quieres que te ayude a lavarla? —se ofreció.

Dylan abrió más los ojos, mortificada al pensar en Tristan viendo su ropa interior sencilla. ¿Por qué, por qué no se había muerto con un hermoso conjunto de Victoria's Secrets?

—Yo puedo —respondió.

Recogió la ropa sucia de la cama y la apretó contra su cuerpo mientras cruzaba la habitación, intentando mantener escondidos su sujetador y sus braguitas en el centro del bulto. Apoyó la ropa en la encimera y pasó cinco minutos limpiando el fregadero con un viejo estropajo, intentando remover la suciedad, antes de desenrollar la cadena oxidada y colocar el tapón. Abrió ambos grifos al máximo, aunque del grifo del agua caliente siguió saliendo agua helada, pero no salió más que un chorrito. Iba a tardar una eternidad en llenar el fregadero.

Dylan se quedó un momento junto a la encimera, pero el calor del fuego la atrajo hacia el centro de la habitación. Tristan ya estaba sentado en una de las sillas, cómodamente recostado y con los pies apoyados en un taburete. Dylan se sentó en la otra silla y recogió las rodillas contra el pecho, apoyando los pies en el borde del asiento. Rodeó sus piernas con los brazos y miró a Tristan. Ahora era el momento de conocer el resto de la historia.

—Bueno —dijo suavemente.

Tristan la miró.

—¿Bueno qué?

—Cuéntame el resto, Tristan. —Él sintió una ligera emoción por el modo en que dijo su nombre—. ¿Qué pasó cuando te arrastraron abajo?

Tristan fijó la mirada en las llamas mientras respondía. Dylan presintió que no estaba viendo el fuego, sino que se sentía otra vez en el exterior, con los demonios.

—Estaba oscuro —dijo, con voz baja, hipnótica; al instante Dylan quedó como hechizada por sus palabras, y veía en su mente todo lo que él describía—. Me llevaron a través del suelo, y no podía respirar. La boca y la nariz se me llenaron de tierra. De no haber sabido que era imposible, habría pensado que me estaba muriendo. Se me hizo interminable ese descenso, más y más abajo hacia el interior de la tierra. Las piedras y la grava me rozaban, pero la fuerza de los demonios seguía arrastrándome. Por fin, atravesamos algo y empecé a caer. Los demonios volvieron a atacarme, riendo con deleite y lanzándose contra mí, de modo que yo iba retorciéndome y dando vueltas en el aire. Hasta que di contra algo, algo duro. Me estrellé contra eso y sentí que se me habían quebrado todos los huesos del cuerpo. No fue así, por supuesto, pero sí fue muy doloroso. No podía moverme. Un dolor... nunca había sentido nada así. Los demonios estaban sobre mí como un enjambre, pero ni siquiera podía defenderme. —De pronto, Tristan se interrumpió y miró hacia la cocina—. El fregadero está a punto de desbordarse.

Tristan necesitaba una pausa, detenerse un momento a ordenar sus pensamientos. Estaba desconcertado. Nunca lo habían atrapado, los demonios jamás lo habían dominado. Le había dicho a Dylan que lo primero era proteger al alma, y era verdad, pero solo hasta cierto punto. A la larga, siempre prevalecía la autopreservación, y por eso a veces se perdían almas. Pero esta no: era demasiado especial. Tristan estaba dispuesto a sacrificarse con tal de mantenerla a salvo, y esos dolores eran un precio muy bajo.

—Ah.

Dylan había estado fascinada por sus palabras y por la expresión de sus ojos, y se le había olvidado el hilo de agua que iba llenando poco a poco el fregadero. Se levantó a toda prisa y, con cierta dificultad, giró el grifo oxidado hasta que dejó de salir agua. Hundió el jabón en el agua helada y lo frotó enérgicamente entre sus manos, intentando hacer un poco de espuma. Logró hacer bastante, hasta que el trocito de jabón se despedazó en sus manos. Luego tomó la ropa y la sumergió en el agua. La dejó en remojo y volvió a cruzar la habitación, se sentó frente a Tristan y lo miró, expectante. Él sonrió ligeramente. ¿Así se sentiría uno al ser padre y contar un cuento antes de dormir? Solo que ese relato era de los que producen pesadillas.

—¿Cómo saliste? —le preguntó.

Tristan sonrió.

—Por ti.

—¿Qué?

Dylan volvió a mirarlo, sorprendida.

—Me necesitabas. Eso me hizo volver. Yo… no sabía que eso podía suceder, nunca había ocurrido; pero tú me llamaste. Te oí. Te oí, y antes de darme cuenta, estaba otra vez en la entrada del valle. Tú me salvaste, Dylan.

La miró con ojos cálidos y llenos de asombro.

Dylan abrió la boca, pero la conmoción le quitó el habla. Vio en su mente una imagen de sí misma, asustada en el suelo, con la espalda apoyada en la puerta cerrada y llorando por Tristan. ¿Eso había sido? Era una locura, imposible. Pero luego pensó en todas las cosas extrañas que habían ocurrido en los últimos días. Era evidente que en ese mundo podían pasar cosas que transgredían las leyes de la realidad.

—¿Por qué tardaste tanto? —susurró—. Te esperé todo el día.

—Lo siento —murmuró Tristan—. Aparecí al otro lado del valle. Yo… —Se movió, incómodo— caminaba un poco más despacio. Me llevó todo el día llegar hasta ti.

—¡Y cuánto me alegré de verte! Fue aterrador estar sola. Pero más que eso… —Dylan se ruborizó y apartó la mirada hacia las llamas—. Tenía miedo de que estuvieran haciéndote daño, donde fuera que estuvieras. Y así era.

Extendió la mano para tocarle el rostro magullado, pero él se apartó.

—Tenemos que sacar tu ropa del agua o no se secará —dijo.

Dylan retiró la mano a toda prisa y la apoyó sobre su falda. Se quedó mirándose las rodillas, con las mejillas encendidas y el estómago revuelto. Tristan vio en su rostro la vergüenza y el rechazo, y sintió una punzada de arrepentimiento. Abrió la boca para decir algo que la consolara, pero Dylan ya se había alejado rápidamente hacia el fregadero, donde fue a esconder su humillación fregando la ropa sin piedad. Agradecida por tener una ocupación que la salvara de tener que mirarlo, se tomó su tiempo para escurrir hasta la última gota de agua de cada prenda.

—Te ayudaré a colgarlas.

Tristan se le había acercado por atrás y su voz en el oído la sobresaltó, por lo que se le cayó el sujetador al suelo de piedra. Tristan se agachó para recogerlo, pero ella se le adelantó.

—Gracias, pero puedo sola —murmuró, y pasó junto a él.

No había ningún tendedero, de modo que Dylan dio la vuelta las sillas y las colocó de espaldas hacia el fuego, y colgó la ropa sobre los respaldos y los reposabrazos. Buscó un lugar discreto donde pudiera colgar sus braguitas, pero al final se dio por vencida y se conformó con colgarlas donde al menos estaba segura de que se secarían. Con las sillas ocupadas, no quedaba dónde sentarse salvo en la cama. Tristan ya estaba allí, recostado con pereza y observándola con una expresión extraña.

En realidad, estaba luchando con su conciencia. Dylan era una niña; de hecho, comparada con él, era poco más que un bebé. Lo que sentía por ella estaba mal, no era apropiado. Como era su protector, si obedeciera a sus sentimientos estaría aprovechándose de su vulnerabilidad. Pero ¿realmente era él mucho mayor, en un mundo donde nunca tenía experiencias, nunca crecía? ¿Y qué era la edad para un alma que pensaría y sentiría por toda la eternidad?

Estaba seguro de que ella sentía algo por él; le parecía verlo en sus ojos. Pero podía estar equivocado. La preocupación que demostraba por él podía ser simplemente el miedo a estar sola. La confianza que depositaba en él podía ser el resultado de la necesidad, pues ¿qué otra opción tenía? Esa necesidad de estar cerca de él, ese deseo de tocarlo, podía ser solo el consuelo que busca un niño en un adulto cuando tiene miedo. Pero no podía estar seguro.

Había un último detalle a tener en cuenta, y era algo decisivo. Él no podía seguirla adonde ella se dirigía. Tendría que dejarla en la frontera, o mejor dicho, ella tendría que dejarlo. Si Dylan realmente sentía algo por él, sería cruel darle ahora lo que pronto tendría que quitarle. Él no la haría pasar por eso. No debía actuar según sus sentimientos. La miró y la vio observándolo con esos ojos verdes, oscuros como el bosque, y sintió que se le cerraba la garganta. Él era su guía y su protector. Nada más. No obstante, podía consolarla. Eso sí podía permitirse. Le sonrió y le abrió los brazos.

Dylan se acercó con timidez, se acostó y se acurrucó contra él. Tristan, distraído, le acarició el brazo, y eso le produjo a ella un estremecimiento que le llegó hasta lo más profundo. ¿Cómo era posible que allí, en medio de todo el caos y el miedo, habiéndolo perdido absolutamente *todo*, de pronto se sintiera… completa?

CAPÍTULO DIECISIETE

—Dime algo.

La voz de Dylan salió ligeramente ronca tras el largo y confortable silencio.

—¿Qué quieres saber? —preguntó Tristan, saliendo de sus cavilaciones.

—No lo sé. —Hizo una pausa, pensativa—. ¿Cuál ha sido el alma más interesante que has guiado?

Tristan rio.

—Tú.

Dylan le dio un codazo en las costillas.

—No bromees.

No es broma, pensó Tristan, pero buscó en su mente alguna anécdota divertida para distraerla. Sabía muy bien lo largas que podían ser las noches sin sueño.

—De acuerdo, tengo una. Una vez tuve que guiar a un soldado alemán de la Segunda Guerra Mundial. Su oficial a cargo lo había matado de un tiro por desobedecer una orden.

—¿Qué hizo en la guerra? —preguntó Dylan. Sus conocimientos de historia no eran muchos; en la escuela había optado por Geografía, pero todo el mundo sabía muy bien lo que había ocurrido en la Segunda Guerra Mundial. No imaginaba qué tendría de interesante haber guiado a un soldado alemán. Ella quizás habría estado tentada de dejar que se lo llevaran los demonios.

—Trabajó en un campo de concentración en Polonia. No era muy importante ni nada de eso, solo un soldado raso. Tenía apenas dieciocho años. Una pena.

Dylan no podía creer lo que oía: ¡le había dado lástima!

—¿Cómo pudiste guiarlo, sabiendo lo que había hecho?

—Estás juzgándolo. Cuando eres barquero, no puedes estereotipar así a la gente. Cada alma es individual y tiene sus méritos y sus culpas. —Como Dylan seguía mirándolo con escepticismo, prosiguió—. Había ingresado en el ejército porque eso era lo que quería su padre; le dijo que sería una deshonra para la familia si no peleaba por la gloria de la nación. Acabó por montar guardia en un campo de concentración, viendo cómo otros guardias golpeaban y violaban a los judíos. Él no podía desertar, y no se atrevía a desobedecer órdenes. Hasta que un día su superior le ordenó dispararle a un anciano. El viejo no había hecho nada: solo había tropezado y había tocado sin querer al oficial a cargo. El soldado no quería hacer eso y discutió con su superior, le dijo que no lo haría. Entonces su superior mató al anciano, y luego hizo ejecutar al soldado ese mismo día.

Dylan lo miraba fascinada. Tenía los ojos dilatados y el ceño fruncido. Su desdén se había convertido en pena y admiración.

—Lo esperé en la entrada del campo de concentración. De hecho, se sentía aliviado de poder escapar, de salir de allí. No podía pensar más que en las cosas que no había podido impedir. Estaba destruido por la culpa. Deseaba haber sido más fuerte. Deseaba haberse enfrentado a su padre y haberse negado a entrar en el ejército; deseaba haber protegido a más inocentes. A veces, deseaba no haber nacido. Nunca había visto a un alma tan desesperada por motivos tan altruistas. Soldado alemán o no, era el alma más admirable y noble que he conocido.

Dylan recibió en silencio el final del relato. Estaba cautivada, y su mente era un torbellino de imágenes, pensamientos y emociones.

—Cuéntame otro —le rogó, y así pasaron la noche. Tristan la entretuvo con relatos sobre las miles de almas a las que había guiado, pero solamente aquellas que la harían reír, o sonreír, o asombrarse, y se guardó las que aún le dolían.

El amanecer los sorprendió, pero Tristan vio la luz gloriosa del sol y sonrió con ironía.

—Más caminata —rezongó Dylan cuando Tristan se levantó de la cama y la jaló para que hiciera lo mismo.

—Sí. —Sonrió—. Pero hoy no habrá colinas que subir.

—¿No?

—Hay una sola, pequeña, apenas una pendiente, y de allí en adelante es todo llano. Pero sí habrá agua —agregó, frunciendo la nariz.

—¿Más pantanos? —se quejó Dylan, sin poder disimular su descontento. Detestaba el barro que todo lo cubría y que le dificultaba la marcha.

—No, barro no: agua.

—Espero que no tengamos que nadar —murmuró Dylan, mientras se acercaba al hogar para revisar su ropa. Si bien no estaba del todo limpia, sí estaba seca y aún relativamente tibia, ya que los leños seguían echando humo en el hogar. Se volvió hacia Tristan—. ¡Fuera! —le ordenó, señalando la puerta con ademán imperioso.

Tristan puso cara de impaciencia, pero se inclinó, obediente, y salió de la casa. Esta vez Dylan lo siguió y cerró la puerta antes de quitarse la ropa prestada y ponerse su viejo atuendo. Al menos el lavado le había quitado lo peor del barro. Con el calor del fuego, la ropa había quedado rígida, pero era agradable tener ropa recién lavada para ponerse. La hizo sentir casi humana otra vez. *O al menos, recién muerta*, pensó, riendo.

Apenas se vistió, se acercó al fregadero. Abrió el grifo, esperó que el agua marrón se aclarara y luego tomó dos grandes puñados agua y se los echó a la cara y al cuello. Deseó haber podido lavarse el pelo, pero no se le había ocurrido la noche anterior, y era posible que el jabón se lo hubiera engrasado más aún. Juntó otro poco de agua, la sostuvo en las manos y la miró, pensativa. ¿Qué sucedería si la bebía? Echó un vistazo a la puerta, pero seguía cerrada. Podía preguntárselo a Tristan, pero probablemente se reiría de ella. Volvió a mirar el agua. Aunque no tenía sed, parecía fresca y apetecible. Recordó la sensación de beber, el sabor refrescante, la sensación helada del agua bajando por su garganta con el estómago vacío, haciéndola estremecer. Se inclinó hacia adelante y separó los labios, lista para beber.

—Yo no haría eso.

La voz de Tristan la sobresaltó, y el agua fue a parar a la delantera de su jersey.

—¡Maldita sea! ¡Casi me provocas un infarto! —Hizo una pausa para recobrar el aliento—. ¿Por qué no debería beberla?

Tristan se encogió de hombros como si no tuviera importancia.

—Te hará vomitar. Es tóxica. Proviene de un pozo que se interna mucho en el suelo, y en el suelo viven los espectros. Ellos la envenenan.

—Ah. —Dylan soltó lo que le quedaba de agua en las manos y cerró el grifo—. En ese caso, gracias.

—De nada.

La sonrisa de Tristan era cálida y sincera, y por un momento a Dylan se le detuvo el corazón. Pero con la misma rapidez, pareció congelarse en su rostro y Tristan se apartó. Confundida, Dylan lo siguió en silencio y salieron de la casa.

Aunque el sol seguía brillando con intensidad, se levantó una brisa detrás de ella y la despeinó un poco. Miró el cielo con el ceño fruncido como para reprenderlo por el viento fresco, pero la única recompensa fue una capa leve de nubes que se movían con rapidez y cubrieron el sol en un instante. Les sacó la lengua con actitud infantil y se concentró en seguirle el paso a Tristan, que llevaba buena velocidad. Rodearon la casa y empezaron a cruzar una pradera cubierta de hierba que llegaba hasta las rodillas de Dylan. Lo miró con recelo, atenta a cardos, ortigas y otras cosas desagradables.

—¿Tenemos prisa? —preguntó, trotando para no rezagarse.

—Sí —respondió Tristan, pero luego añadió en tono más suave—: Pero podemos ir un poco más despacio. Bien, aquí está. Tu última colina.

Señaló hacia adelante, y Dylan, que siguió con los ojos la dirección que marcaba el dedo de él, frunció la nariz con desagrado.

—¿Apenas una pendiente? —lo imitó—. ¡Mentiroso! ¡Es enorme!

Desde la perspectiva de Dylan, la colina parecía más bien una montaña. No había una ladera suave, sino un acantilado casi vertical con grandes formaciones rocosas. Le recordó a un intento desastroso de Joan de hacerla disfrutar del aire libre con una excursión al monte Cobbler. Su madre le había dicho que sería mucho más divertido escalar la cara frontal, un muro de granito con algunas partes de grava resbaladiza, en lugar de tomar el sendero que rodeaba la cara trasera de la colina. Tras recorrer aproximadamente un tercio del trayecto, Dylan había patinado en las piedras y se había golpeado la espinilla con una roca grande y puntiaguda. Se había puesto furiosa y había insistido en que regresaran a casa en ese mismo instante. Aquello ya no le resultaba atractivo.

—¿No podríamos rodearla? —preguntó, con una mirada de optimismo a Tristan.

—No —respondió él, con una gran sonrisa.

—¿Y si me llevas a caballito? —sugirió, pero Tristan ya estaba alejándose e hizo oídos sordos.

A pesar de sus lesiones, Tristan caminaba sin un asomo de cojera, y Dylan había observado antes que su rostro estaba sanando con rapidez. De hecho, ya tenía el ojo casi por completo deshinchado y solo le quedaba un leve tono morado en el pómulo. Su mandíbula ya no estaba multicolor, sino que tenía apenas una sombra amarillenta que delataba que había tenido una magulladura.

Dylan trotó detrás de él y, diez minutos más tarde, llegaron a la base de la colina. La pendiente era tan poco atractiva que ni siquiera la hierba la había subido: terminaba pocos metros por encima de la primera cuesta. Desde allí hacia arriba, el camino era de tierra, gravilla y roca. De vez en cuando, alguna planta resistente se abría paso entre las rocas, pero aparte de eso, era inhóspito y desolado.

Pronto empezaron a dolerle las pantorrillas mientras ascendían por la pared casi vertical. Su calzado deportivo, aunque estaba gastado y le resultaba cómodo, le produjo una ampolla en la planta del pie por el roce, cerca de los dedos, a modo de protesta por el ángulo desacostumbrado en el que se veía obligada a apoyar los pies para conservar el equilibrio. Como a mitad de camino, el ángulo se hizo aún más agudo y Dylan tuvo que trepar. Tristan insistió en que ella fuera por delante. Explicó que así sería más fácil sostenerla si se caía, pero Dylan tenía la irritante sospecha de que simplemente disfrutaba al verla sufrir.

—Ya falta poco —le informó desde un metro más abajo—. Créeme, cuando llegues a la cima, verás que la vista vale la pena.

—Y una mierda —murmuró ella por lo bajo.

Le dolían los brazos y las piernas, y tenía los dedos raspados y cubiertos de tierra. Logró izarse algunos metros más hasta una pequeña cornisa, donde se detuvo a recuperar el aliento. Cometió la tontería de mirar hacia abajo, y contuvo una exclamación ante lo que vio. El suelo bajaba abruptamente, y el pastizal alto había quedado muy, muy abajo. Se tambaleó, presa del vértigo, y gimió con el estómago revuelto por las náuseas.

—No mires hacia abajo —le advirtió Tristan, al verla ponerse casi verdosa.

Si el vértigo llegaba a hacerla vomitar, él estaba justo en la línea de fuego. Pero eso no era todo. Si Dylan se caía allí, si rodaba por aquella pendiente tan implacablemente empinada… sería el fin. Ella moriría. Y esta vez sí desaparecería. Como un caracol sin su caparazón, el alma de Dylan era tan vulnerable en el páramo como lo había sido su cuerpo en el mundo real.

—Vamos, no te detengas —la alentó—. Te prometo que falta muy poco.

Dylan no parecía convencida, pero se volvió hacia la pared de roca y siguió trepando. Poco después, se encontró en la cima. Se dejó caer y quedó tendida, jadeando, entre unos brezos que milagrosamente sobrevivían en ese ambiente hostil. Tristan llegó un momento después y se detuvo a su lado, sin siquiera agitarse. Dylan lo miró con desagrado. Él hizo caso omiso de la mirada y señaló con la cabeza hacia el horizonte.

—¿Ves? Te he dicho que valía la pena escalarla.

Dylan se incorporó sobre los codos y miró a lo lejos. Tuvo que admitir que era una vista deslumbrante. El paisaje resplandecía, como un millón de diamantes que brillan al sol. Entornó los ojos, intentando descifrar lo que veía. Era como si aquella superficie brillante se ondulara. Su cerebro confundido intentó imponer lógica a lo que veían sus ojos. Ah, agua. Era un lago, un lago gigantesco que se extendía al sur de la colina hasta donde alcanzaba la vista. La superficie cubierta de agua era amplia y abarcaba varios kilómetros hacia el este y el oeste. Era imposible rodearla, les llevaría demasiado tiempo.

—¿Cómo vamos a cruzar eso? —farfulló, cuando recuperó el uso de la voz.

—No te preocupes, no vamos a nadar. —Una sonrisa astuta se extendió por los labios de Tristan. Dylan frunció el ceño. Siempre tenía que ser tan misterioso—. Vamos, es hora de irnos.

—Uff —rezongó Dylan, y se incorporó en una posición de sentadilla a pesar de sus músculos cansados.

Se puso de pie con dificultad y miró con pocas ganas el camino que les esperaba. El descenso parecía más atractivo que el ascenso, pero no mucho. Por aquel lado, mucho más protegido del viento, la colina estaba cubierta de hierba y arbustos pequeños, cruzados por ríos de grava. Era obvio que el momento de descanso no había entrado en los planes de Tristan, ya que parecía tener prisa por bajar hasta la orilla del lago.

Dylan iba resbalando y patinando detrás de él, mientras Tristan caminaba con toda seguridad, sin ni siquiera un vistazo para ver dónde pisaba. Un patinazo repentino de dos metros la hizo gritar y extender los brazos al costado. Tristan ni siquiera se dio la vuelta; simplemente meneó la cabeza por lo torpe que era ella. Dylan le sacó la lengua. Estaba segura de que, si hubiera querido, habría podido cargarla.

Al pie de la colina, el lago se extendía ante ellos. Era majestuoso, con olas pequeñas creadas por la brisa que rozaba su superficie. Su forma ondulante se prolongaba hasta el horizonte, y Dylan tuvo la impresión de que hasta respiraba. Como un ser vivo, se movía y susurraba, y el agua lamía quedamente una playa angosta de piedrecitas negras brillantes. Más allá del sonido leve de las olas que hacían cosquillas a la costa, el agua estaba en silencio. Era un silencio espeluznante. No había viento que silbara en los oídos, y sin él, Dylan advirtió de pronto la ausencia de vida silvestre. No había gaviotas que se lanzaran sobre la superficie del lago, chillando en busca de comida, ni patos nadando en las orillas. El lago parecía vacío y, aunque era imponente, a Dylan le inspiró un poco de temor.

Al llegar al límite de las piedras, Tristan giró hacia la izquierda y enfiló hacia una construcción pequeña que había a lo lejos. Ella ni siquiera se molestó en preguntarle y lo siguió, obediente. A medida que se acercaban, vio que se trataba de un cobertizo sin ventanas con un techo a dos aguas cubierto con una lona que se veía rasgada en varios lugares. Tristan llegó al edificio de madera varios pasos antes que ella, y Dylan lo vio doblar una esquina y observar dos puertas enormes que ocupaban casi toda la pared. Ni siquiera parecían estar cerradas con candado, pero Dylan no vio ninguna manija ni un pomo para abrirlas. No se sorprendió cuando, al segundo de haber llegado a las puertas, Tristan tenía las dos abiertas de par en par y se veía lo que había adentro.

—Tiene que ser una broma —exclamó Dylan, horrorizada.

Era una canoa pequeña, si se la podía llamar así, hecha de madera cortada toscamente. Alguna vez había estado pintada de blanco con bordes rojos y azules, pero la pintura estaba muy desvaída y solo quedaban algunos restos obstinados para conmemorar la gloria vivaz de su juventud. Estaba apoyada en un carrito con ruedas que tenía sujeto en la parte delantera un rollo de cuerda deshilachada. Tristan tomó la cuerda con ambas manos y tiró de ella. La canoa se deslizó un poco, con un fuerte chirrido de las ruedas oxidadas del carro. Se dio la vuelta, se cargó la cuerda al hombro y volvió a tirar. Poco a poco, la embarcación salió del cobertizo. A la luz del día, se la veía menos segura aún que en la penumbra del edificio. La madera estaba podrida en algunas partes, y algunas tablas estaban rajadas en toda su longitud.

—¿Esperas que me *suba* a esa cosa? —protestó ella.

—Sí —fue la respuesta breve y, según detectó Dylan con gusto, ligeramente agitada.

Tristan maniobró el carro sobre la gravilla de la playa y lo llevó directamente hasta la orilla.

—Sube —dijo, al tiempo que extendía el brazo en dirección a la canoa.

Dylan lo miró con muchas dudas.

—Todavía está sujeta al carro.

Tristan puso cara de impaciencia.

—No es que vayamos a volver por aquí. Voy a empujarlo hasta que la canoa flote y se separe del carro. Si quieres, puedes esperar hasta que tengas que meterte en el agua hasta la cintura.

Dylan frunció el ceño y los labios, pero se aproximó a la orilla. Ahora que estaba tan cerca, notó algo extraño en el lago. El agua era negra, pero no era el negro que se asociaría al agua por la noche o en un día muy nublado; era como si el agua estuviera hecha de alquitrán, solo que mucho más líquida. Quiso sumergir la mano para sentirla, pero no se atrevió. No obstante, Tristan pensaba meterse en el agua para empujar la canoa, de modo que no podía ser demasiado venenosa. Esa idea la reconfortó, y se preparó para bogar sobre aquel extraño lago.

Apoyó un pie en la rueda del carro, se sujetó de la parte trasera de la embarcación diminuta y pasó la otra pierna por encima del lateral. Tomó demasiado impulso y casi fue a parar con la cara contra el pequeño asiento de madera; su mano la salvó justo a tiempo, y la sacudida viajó hasta su hombro. Se enderezó con toda la dignidad que pudo e intentó ponerse cómoda en el único asiento. No tenía ni idea de dónde pensaba sentarse Tristan. Ni de cómo guiaría la canoa. Ni, lo que era más importante, cómo pensaba hacer que se moviera.

En cuanto Tristan la vio sentada y en equilibrio, empezó a empujar el bote. Pesaba más con ella dentro, y sus músculos se tensaron con fuerza. El agua negra estaba helada, y había cosas invisibles que se le enredaban en los tobillos, de manera que cada paso requería un gran esfuerzo. Por fin, sintió que la canoa se levantaba del carro y flotaba en la superficie del lago. Tristan aprovechó la estructura del carro para impulsarse y subió a la embarcación con ligereza. El movimiento hizo que esta se balanceara con violencia, y al subir, sus piernas salpicaron a Dylan con gotitas heladas. Ella chilló y se aferró a los laterales de la canoa, cerró los ojos con fuerza y apartó la cara.

—¡Ten cuidado! —exclamó.

—Lo siento —respondió Tristan, con una sonrisa y sin el menor asomo de arrepentimiento en la voz. Se sentó en otro asiento que, Dylan estaba segura, no estaba allí un segundo antes.

Se miraron un momento: una, irritada, y el otro, divertido. La embarcación se mecía con suavidad sobre las olas leves y el viento estaba en calma. Habría sido sumamente agradable de haber estado el sol irradiando calor justo encima de ellos, si no fuera por el agua oscura y ominosa.

CAPÍTULO DIECIOCHO

—Pero qué agradable es esto —comentó Dylan con sarcasmo, para romper el silencio y, con un poco de suerte, lograr que Tristan hiciera algo.

—Sí.

Tristan suspiró, contemplando el lago.

Tal vez una pregunta directa daría mejor resultado, pensó Dylan.

—Tristan, ¿cómo vamos a llegar al otro lado?

—Remando —respondió simplemente.

Extendió la mano bajo el asiento de Dylan, con lo cual ella movió las piernas rápidamente a un lado, y sacó dos remos maltrechos. Esta vez Dylan estaba segura: *no* estaban allí cuando ella había subido al bote. Tristan enganchó un remo en cada uno de los escálamos en los laterales de la canoa —¿de dónde diablos habían salido?— y los bajó hacia las olas oscuras. Se sumergieron y Tristan empezó a remar lentamente, primero con un solo remo hasta girar la embarcación, y luego con más potencia y ambos brazos. Se había quitado el jersey antes de subir al bote, y la camiseta que tenía puesta revelaba su físico impactante. Maniobraba en la canoa con seguridad, las manos cerradas en torno a los remos, aferrándolos con firmeza. Sin esfuerzo, fue avanzando por el agua.

Dylan observó el modo en que los músculos de Tristan se contraían y se estiraban al remar, y el movimiento le tensaba el fino algodón de la camiseta contra el pecho. Sintió calor en las mejillas, y una extraña necesidad de moverse que le dificultaba estarse quieta. Tragó en seco, y al levantar la vista, vio que él la observaba. Mortificada porque la había descubierto devorándolo con los ojos, bajó la mirada hacia los remos, que iban cortando la superficie ondulada del lago.

Mientras contemplaba el continuo movimiento circular del remo, Dylan tuvo un pensamiento espantoso.

—No esperarás que nos turnemos, ¿verdad?

Tristan lanzó una risotada.

—No, quisiera llegar antes del fin de los tiempos, si no te importa.

Dylan alzó las cejas, pero como la respuesta era la que ella quería, no discutió y siguió observando el paisaje. La colina que acababan de descender parecía ser el centro de una serie de cimas que rodeaban la mitad del lago como una herradura. Formaban una curva hacia adentro que brindaba cierta protección contra las inclemencias del tiempo. Quizá por eso el agua estaba tan en calma y sus ondulaciones apenas mecían la canoa diminuta. Sin embargo, en la dirección hacia donde se dirigían, no había nada. Era como si se acabara el mundo. Resultaba muy desconcertante.

Aunque Tristan remaba con bastante lentitud, la fuerza de sus movimientos estaba trasladándolos rápidamente por el lago, y Dylan apenas alcanzaba a ver la orilla desde la que habían partido. La otra orilla tampoco se veía aún, y por un momento sintió temor. ¿Y si el botecito maltrecho empezaba a hacer aguas? Dylan no estaba segura de poder llegar a la costa; no nadaba muy bien. Su madre la había obligado a tomar clases de natación cuando era pequeña, pero en cuanto había tenido edad suficiente para tomar conciencia de que tenía un cuerpo, se había negado rotundamente a seguir. No era que se avergonzara de su escasa habilidad, sino que la humillaba caminar desde el vestuario —unisex, nada menos— hasta la piscina con tres cuartas partes del cuerpo desnudo.

Además, estaba la cuestión de tener que zambullirse en *esa* agua. Allí, en el centro, era igualmente negra y Dylan no llegaba a ver nada debajo de la superficie. No había manera de saber cuál era la profundidad ni qué podía ocultarse allí debajo. Pasó el brazo por encima del lateral de la canoa y dejó que sus dedos trazaran una estela en el agua. En pocos segundos, le dolían los dedos por el agua helada. La temperatura del aire era muy agradable; el agua no tenía por qué estar tan fría. No era natural. Además, parecía ligeramente más densa que el agua, lo que le resultó extraño. No llegaba a tener la consistencia del aceite, sino algo intermedio. Sí, sin duda sería muy malo que la canoa se hundiera.

—Yo, en tu lugar, no haría eso —comentó Tristan, y la sacó de sus cavilaciones.

—¿Qué? —preguntó ella.

Tristan señaló con la cabeza hacia la mano que aún iba rozando la superficie del lago.

—Eso.

Al instante, Dylan sacó la mano del agua y la examinó con atención, como si esperara ver que se había vuelto negra como el agua, o que le faltaba la punta de algún dedo. Estaba bien, por supuesto.

—¿Por qué no?

Tristan la miró fijamente.

—Más vale prevenir que curar —respondió por fin—. Nunca se sabe lo que se esconde ahí abajo.

Dylan tragó saliva y apoyó ambas manos con firmeza sobre su falda, aunque no pudo evitar el impulso de inclinarse ligeramente por la borda y espiar las olas. Pero fue inútil: no vio nada. No obstante, siguió observando el agua, como hipnotizada por sus ondulaciones.

Lo único que se oía era el leve chapoteo de los remos, que rompían rítmicamente la superficie.

Tristan la observó mirar atentamente las olas. Ella tenía los ojos dilatados; reflejaban la luz que resplandecía sobre la superficie, pero en realidad no veían nada. Su rostro estaba en paz, la frente lisa, y tenía una leve sonrisa en los labios. Ahora llevaba las manos apretadas entre las rodillas, y la postura le provocó una sonrisa, aunque se le borró muy pronto. Hacía bien en hacerle caso; allí abajo había cosas de pesadilla. Criaturas de las profundidades que pertenecían más a una novela de ciencia ficción o de fantasía. Sin embargo, Dylan estaba en calma, y el tiempo acompañaba su estado de ánimo. A ese ritmo, llegarían al otro lado sin peligro mucho antes del anochecer. A la casa segura. No se atrevía a pensar más allá de eso.

—¿Cuánto más? —murmuró Dylan.

Tristan la miró, confundido.

—Cuánto falta para llegar —aclaró.

—¿A la casa segura?

Por favor, que sea esa la pregunta, pensó Tristan, entrando en pánico.

—Para llegar al final.

En ese momento, Dylan levantó la vista y sus ojos lo horadaron.

Tristan no pudo mentirle.

—Mañana —respondió, con voz ronca.

Mañana. Tan pronto. Una noche más, y luego tendría que dejarla ir y no verla nunca más. Se le cerró la garganta al pensarlo. Por lo general, el cruce del lago era lo mejor del viaje. Usualmente estaba ansioso por librarse del alma con la que estuviera cargando, desesperado por alejarse de los lloriqueos, las quejas y la autocompasión. Pero esta vez, no. Sería una tortura verla alejarse hacia donde merecía estar, pero adonde él nunca podría seguirla. Vio que los ojos de Dylan se dilataban al asimilar sus palabras. Los vio brillar ligeramente y se preguntó, por un momento breve y eufórico, pero doloroso, si había lágrimas en ellos. Apartó la mirada y se concentró en el rumbo que llevaba. No soportaba seguir mirando su rostro. Le temblaban ligeramente los dedos, y aferró los remos con más fuerza para seguir acercándolos al adiós.

La mente de Dylan, a su vez, era un torbellino. La aterraba dar el siguiente paso. Tristan no podía darle ninguna idea de lo que le esperaba; él nunca había ido más allá del páramo. La poquísima instrucción religiosa a la que la habían sometido le indicaba que se dirigía a un lugar mejor, pero ¿quién sabía si eso era verdad o no? Podía estar dirigiéndose a cualquier parte: al Cielo, al Infierno, o tal vez a una nada eterna. Y tendría que hacer esa caminata —¿sería una caminata?— sola. Tristan le había dicho que no podía ir con ella. En algún momento tendría que continuar el viaje sin él.

Las olas diminutas del lago empezaron a crecer y a sacudir un poco el bote. Tristan frunció el ceño ligeramente y empezó a remar más rápido.

Dylan estaba demasiado inmersa en sus pensamientos para reparar en el cambio. No era solo que tendría que seguir sola, sino que tendría que separarse de Tristan. La idea le produjo un dolor profundo en el pecho y se le llenaron los ojos de lágrimas. Él había llegado a ser su protector, su consuelo, su amigo. Había además otros sentimientos, un deseo de estar cerca de él. Todo el tiempo era hiperconsciente de él. Una simple palabra tenía la capacidad de llenarle el estómago de mariposas, o de sumirla en la duda y la tristeza. En el fondo de su mente, se preguntó si él era la causa de eso, si estaba jugando con sus emociones para mantenerla controlada y facilitar su vida, pero algo le decía que era real, y confiaba en eso.

Ya no lograba imaginarse sin él. Le parecía que llevaban mucho más que unos días acompañándose constantemente. Lo miró, observó la imagen de su rostro, intentando memorizar cada detalle. La desesperación ofuscó sus pensamientos, y el cielo pareció oscurecerse al instante. Se levantó un viento cortante que le alborotó el cabello y jaló el jersey que llevaba puesto. Dylan no se percató; estaba sumida en su dolor. Tristan, en cambio, echó un vistazo al cielo con nerviosismo y se puso a remar más rápido aún. Quería llegar a la otra orilla sin incidentes; sabía que el agua ponía nerviosa a Dylan. Pero las emociones de ella estaban trabajando en su contra. La canoa se mecía con un movimiento irregular mientras el viento levantaba olas altas coronadas de blanco.

—¡Dylan! ¡Dylan, mírame! —le ordenó.

Ella se sobresaltó un poco y enfocó sus ojos en él. Era como si estuviera regresando a él desde muy lejos.

—Tienes que calmarte, Dylan. Mira el tiempo.

A esa altura, casi tenía que gritar para que lo oyera por sobre el viento. Dylan asintió, pero Tristan no estaba seguro de que hubiera entendido sus palabras. No lo había hecho. Ella estaba mirándolo, pero lo único que veía ante sus ojos era a él alejándose, dejándola sola en un mundo de miedo e incertidumbre. Por dentro gritaba llamándolo, le rogaba que regresara, pero él bajaba la cabeza y seguía caminando. Mañana la dejaría. Nada más tenía importancia.

Los remos ya no servían en las manos de Tristan. El lago estaba tan encrespado que ya no podía remar, y estaban agitándose a merced de las olas. El agua los salpicaba como una lluvia helada. Bajo la superficie, el lago parecía estar retorciéndose, aunque era imposible saber si se debía a la turbulencia del agua o al despertar de cosas desconocidas.

—¡Dylan, sujétate a los laterales! —le ordenó.

Ella no levantó la vista, aún absorta en sus pensamientos. A esa altura, la pequeña embarcación estaba sacudiéndose violentamente y Tristan estaba aferrado a los costados de madera con ambas manos. Dylan estaba increíblemente inmóvil, como si el vendaval no la afectara, como si se hubiera abstraído por completo de ese mundo.

Los golpeó una ráfaga intensa, que los empujó con violencia hacia un lado. Tristan se aferró con más fuerza, pero las tablas podridas se astillaron y se rompieron. La parte de la que él se sostenía se soltó y quedó en su mano. Al perder sujeción, Tristan se desequilibró y se golpeó contra el otro lateral del bote. El peso agregado al agua encrespada alteró el delicado equilibrio que había mantenido la canoa sobre las olas. Tristan experimentó una súbita ingravidez, acompañada por una sensación de horror, pero no pudo evitar que la canoa se volcara, y las olas negras se levantaron a su encuentro.

A Tristan le preocupaba que la embarcación cayera sobre ellos, y se lanzó al agua. Estaba helada y oscura. Apenas por debajo de la superficie, no alcanzaba a ver el cielo. La corriente lo jalaba y retorcía, y aturdía sus sentidos. Pataleó a ciegas en la dirección que esperaba que fuera hacia arriba, y segundos después salió a la superficie. Flotó allí un momento, girando la cabeza de lado a lado, buscando. La canoa flotaba invertida a su lado, y Tristan dio la vuelta rápidamente para mirar al otro lado, con un pánico cada vez más intenso estallando en su interior. No podía perderla, no allí, en las aguas agitadas del lago.

—¡Dylan! —gritó.

No hubo respuesta, ni rastros de ella en la superficie.

Manteniéndose a flote, intentó buscarla por debajo con la mirada, pero fue imposible. No le quedó otra opción más que volver a sumergirse.

Dylan estaba perdida. La caída al agua la había arrancado de su parálisis temporal, pero el impacto la había tomado totalmente desprevenida y el frío del agua la había sorprendido. Enseguida le había entrado agua en la boca y en la nariz. El instinto le había cerrado la tráquea antes de que el líquido pudiera llegar a sus pulmones y ahogarla. Expulsó el agua y apretó los labios, pero ya le ardían los pulmones, desesperados por recibir aire. Dylan intentó recordarse que su cuerpo no era real, que no necesitaba respirar, pero no importó: sus pulmones siguieron gritándole. Abrió los ojos, que había cerrado por voluntad propia al caer al lago. No pudo ver nada. El agua le hizo arder los ojos, pero se obligó a mantenerlos abiertos, con la ilusión desesperada de ver el cielo, o de ver aparecer el rostro de Tristan frente a ella.

Las corrientes del vendaval la golpeaban desde todos los ángulos y la hacían dar vueltas. No tenía ni idea de dónde era arriba, de modo que nadó a ciegas bajo el agua, esperando un milagro. Cada brazada y cada patada le exigían un esfuerzo monumental. La ropa le pesaba y le dolían las piernas.

Algo le rozó el abdomen al pasar. Dylan hundió el vientre, y al hacerlo exhaló más aire. Aquella cosa se deslizó por su brazo y se enroscó en él como para ver de qué se trataba. Otra cosa pasó nadando junto a su rostro, y su textura áspera le raspó la mejilla. Dylan entró en pánico y empezó a agitar los brazos y las piernas con desesperación bajo el agua, intentando a ciegas espantar cosas invisibles. De pronto, el agua se llenó de criaturas que se retorcían. La invadió el terror. *Se acabó*, pensó. *Es el fin.*

Siempre había tenido miedo de ahogarse; durante toda su niñez había tenido pesadillas sobre eso. Una razón más para no ir a la piscina. El frío y la falta de aire la debilitaban, pero el miedo mantuvo sus brazos y piernas luchando contra sus atacantes desconocidos. La necesidad de respirar aumentaba más y más. Tenía los labios tan apretados como podía, pero cada uno de sus nervios le exigía inhalar.

Algo le aferró el pelo y le dio un tirón, y la sacudida y la sorpresa hicieron que olvidara por un momento la necesidad de mantener la boca cerrada. La abrió, y sus pulmones inhalaron agradecidos. Se llenaron de agua tóxica. Entraron en convulsión e intentaron tomar aire, lo que la hizo toser y atragantarse. Le entró más líquido repugnante en la garganta, y sus ojos empezaron a desorbitarse de terror. Le dolían los oídos por la profundidad del agua. El dolor breve fue reemplazado por un fuerte zumbido. En su rostro apareció un grito, un último jadeo, mientras empezaba a perder el conocimiento. Lo último que percibió fue que una de las criaturas la aferraba por la pierna y tiraba de ella hacia abajo, abajo, más y más hacia el fondo del lago.

Capítulo diecinueve

Por segunda vez, Tristan salió a la superficie del agua. Levantó a Dylan y apoyó la cabeza de ella en su hombro, para mantenerla por encima de las olas. Ella tenía los ojos cerrados y el rostro sin vida. Por dentro, Tristan sentía alivio mezclado con angustia. Había tenido mucha suerte al encontrarla en el agua oscura como la tinta, al rozar apenas con los dedos el dobladillo de sus jeans. Sin siquiera esperar a enderezarla, la había aferrado y había nadado hacia arriba. Pero temía que fuera demasiado tarde. ¿Sería cierto que ella ya no estaba?

Ya se divisaba la costa opuesta, y Tristan nadó con fuerza hacia allí. No tardó mucho en llegar, y pronto sus pies rozaron el fondo del lago al hacerse este menos profundo cerca de la orilla.

Tristan caminó con dificultad por la playa cubierta de gravilla, con el cuerpo exánime de Dylan en sus brazos. Se desplomó a pocos metros del agua, cayó de rodillas y depositó a Dylan con cuidado en el suelo. La tomó de los hombros y la sacudió suavemente, intentando despertarla.

«¡Dylan! Dylan, ¿me oyes? Abre los ojos».

Ella no respondió; se quedó inmóvil. Tenía el cabello empapado y adherido al rostro. Tristan levantó cada mechón con cuidado y se lo acomodó detrás de las orejas. En los lóbulos brillaban unas diminutas joyas púrpuras que él nunca había notado. Se inclinó y acercó la mejilla a la boca de ella. No la oyó respirar. Pero lo sentía. Aún no la había perdido. ¿Qué hago?, pensó Tristan con desesperación.

«Cálmate», se reprendió con severidad. «Ha tragado mucha agua».

La tomó por el hombro y la giró hasta que Dylan quedó boca abajo, con el pecho sobre las rodillas de él. Con la mano plana, le golpeó la espalda para que expulsara el agua. Dio resultado. De la boca de ella empezó a salir líquido, y luego Dylan empezó a atragantarse y a tener arcadas, hasta que al fin vomitó una gran cantidad del agua negra y putrefacta. Luego empezó a respirar con inhalaciones ásperas, y Tristan suspiró con alivio.

Dylan volvió en sí con una sensación horrible. Estaba en una posición incómoda, con el pecho aplastado contra las rodillas de Tristan. Intentó incorporarse sobre sus brazos, y al darse cuenta de lo que quería, Tristan la ayudó. Con su ayuda, Dylan se incorporó a cuatro patas, respiró con dificultad y vomitó el resto del agua. Tenía en la boca un sabor repugnante, como si el agua hubiera estado contaminada con cosas sucias, muertas, podridas. De hecho, lo estaba, se recordó, al evocar los dientes y las manos que habían intentado arrastrarla hacia abajo. De pronto la invadió una mezcla de conmoción y frío, y empezó a temblar violentamente.

—T… Tristan —tartamudeó con los labios azules.

—Aquí estoy —respondió él, con la voz cargada de angustia.

Dylan se estiró, y dos brazos fuertes la tomaron por la cintura y la atrajeron hacia él. Tristan la acomodó en sus brazos y empezó a frotarle los brazos y la espalda para que entrara en calor. Dylan acomodó la cabeza bajo el mentón de él, intentando acercarse lo máximo posible al calor de su cuerpo.

—Ya ha pasado, mi ángel —murmuró Tristan. La palabra cariñosa salió de sus labios con facilidad, lo que lo sorprendió.

Al oírlo, Dylan sintió calidez, y la afluencia súbita de emoción, combinada con la adrenalina que aún circulaba por sus venas y el trauma que acababa de sufrir, la superó. Se le llenaron los ojos de lágrimas, que se derramaron al instante y rodaron por la piel fría de sus mejillas. Su respiración salía entrecortada, y de pronto ya no pudo contenerse. Empezó a sollozar histéricamente. Todo su cuerpo temblaba. Inhalaba bocanadas de aire y exhalaba entre sollozos y lamentos quejumbrosos. Los sonidos desgarraron el corazón de Tristan, que instintivamente la abrazó con más fuerza y empezó a mecerla con suavidad.

—Ya ha pasado, ya ha pasado —repetía una y otra vez.

Dylan lo entendía, pero no podía dejar de llorar. Se callaba un momento y se relajaba en los brazos de él, pero enseguida volvía a sollozar sin poder contenerse.

Momentos después, el llanto cesó. Tristan seguía sin moverse, abrazándola como si temiera hacer algo que pudiera volver a detonar las lágrimas. Pero al cabo de un rato, el cielo cada vez más oscuro lo obligó a hablar.

—Vamos a tener que movernos, Dylan —le susurró al oído—. No te preocupes, no estamos lejos.

Sus brazos la soltaron, y fue como si toda la tibieza que le había generado la cercanía se hubiera evaporado. Los temblores volvieron, pero afortunadamente, las lágrimas, no. Dylan hizo un esfuerzo por ponerse de pie, pero sus piernas no la sostenían y sus brazos se negaban a hacer lo que ella les ordenaba. Haber estado a punto de ahogarse había agotado todas sus reservas de energía, y no tenía voluntad para luchar con sus extremidades cansadas. Al día siguiente perdería a Tristan. Ese pensamiento lo consumía todo. Tenía más sentido quedarse allí y dejar que los demonios fueran a por ella. El dolor físico sería un alivio en comparación con la angustia que sentía.

Tristan ya se había puesto de pie. Bajó las manos y las enganchó bajo los brazos de ella. La levantó como si no pesara nada, y la hizo pasar el brazo por encima de su hombro. Con el brazo izquierdo, le rodeó la cintura, y así fue llevándola, entre jalándola y cargándola, por la playa y luego por un sendero de tierra hasta una casa.

—Encenderé el fuego para que entres en calor —le prometió, pues a Dylan le castañeteaban los dientes de frío. Ella no pudo más que asentir, aturdida, aunque el frío no tenía importancia: era un asunto insignificante y fastidioso que apenas notaba.

La puerta de la casa era vieja, y por su proximidad con el agua, la madera se había hinchado y estaba trabada en el marco. Para abrirla, Tristan tuvo que soltar a Dylan, que se recostó contra la pared con la mirada fija en el suelo. Giró la manija y empujó la puerta con el hombro. Al principio, la puerta se resistió con un chirrido, pero por fin cedió, y Tristan casi cayó hacia el interior. Dylan no se movió. Entrar significaba iniciar su última noche con él; era el comienzo del fin. Oyó apenas unos aullidos agudos que llegaban desde alguna parte a su izquierda, pero no sintió miedo.

Tristan también los oyó desde el interior de la casa, donde estaba encendiendo el fuego. Se dio la vuelta para ver cómo estaba Dylan y cayó en la cuenta de que ella no había entrado.

—¿Dylan? —la llamó.

Ella no respondió, y el silencio bastó para que se le erizaran todos los vellos del brazo. Se puso de pie de un salto y llegó a la puerta de la casa con tres zancadas largas y potentes. Allí estaba, donde la había dejado, apoyada en la pared de piedra y con la mirada perdida y los ojos ensombrecidos.

—Vamos —le dijo, doblando un poco las rodillas para poder mirarla a los ojos.

Ella no lo miró. Solo cuando la tomó de la mano pareció tomar conciencia de él. Lo miró y vio la tristeza grabada en cada uno de sus rasgos. Tristan intentó esbozar una sonrisa tranquilizadora, pero sus músculos parecían haber olvidado cómo se hacía eso y sintió que no lo estaba haciendo bien. Tiró suavemente de su mano y ella lo siguió en silencio.

La llevó dentro y la sentó en la única silla, que había colocado frente al fuego, y cuando cerró la puerta, la temperatura dentro de la casa subió rápidamente. Al mirar hacia el hogar, lo sorprendió ver la figura diminuta de Dylan. Estaba sentada con las piernas recogidas y las manos unidas sobre el regazo. Tenía la cabeza gacha como si estuviera dormida o rezando. Era como mirar un cascarón vacío en un asilo de ancianos, un cuerpo que espera el fin. Tristan odiaba verla así, sentada tan sola, y cruzó la habitación para estar con ella. No había nada más donde sentarse, de modo que se acomodó con las piernas cruzadas sobre una alfombra deshilachada que había frente al hogar. La miró y quería decirle algo. Algo para romper el silencio. Algo que la hiciera sonreír otra vez. Pero ¿qué podía decirle?

—No puedo —murmuró Dylan, mientras levantaba la mirada del suelo y lo miraba con ojos apasionados pero aterrados.

—¿Qué?

La pregunta fue apenas audible por encima del crepitar de las llamas. Todo le gritaba a Tristan que no tuviera esa conversación, que la postergara; no podía enfrentarse al dolor de ella además de al suyo. Pero Dylan necesitaba hablar de eso, de modo que decidió escucharla.

—No puedo hacerlo sola. Caminar el resto del viaje, o lo que sea que tenga que hacer. Tengo demasiado miedo. Yo… te necesito.

Las últimas palabras fueron las más difíciles de decir, pero también las más ciertas. Dylan había aceptado su muerte con una calma que la había sorprendido, y solo se había lamentado un poco por aquellos a quienes había dejado atrás. Sin duda, si ella estaba haciendo ese viaje, ellos también lo harían en algún momento. Volvería a verlos con el tiempo.

Tristan, en cambio, al día siguiente se alejaría de ella y desaparecería de su vida para siempre. Iría a buscar a la siguiente alma, y pronto ella sería un recuerdo lejano, si la recordaba siquiera. Dylan le había pedido que le contara cosas de algunas de las otras almas a las que había guiado, y lo había visto torcer el rostro intentando evocar recuerdos casi olvidados. Eran tantos los que habían pasado por sus manos que ninguno destacaba más que los demás. Dylan no soportaba ser para él alguien sin rostro, cuando él había llegado a serlo todo para ella.

No, no tenía ningún deseo de hacer ese viaje final. No lo dejaría, no podía dejarlo.

—¿No puedo quedarme aquí contigo? —le preguntó tímidamente, con poca esperanza en la voz.

Tristan meneó la cabeza y ella bajó la mirada, intentando con desesperación impedir que cayeran más lágrimas. ¿No era posible, o él no quería? Tenía que saberlo, pero ¿y si la respuesta no era la que ella esperaba?

—No —respondió Tristan, con voz serena aunque con un esfuerzo monumental—. Si te quedas aquí, a la larga los espectros te atraparán y te harán una de ellos. —Señaló hacia fuera con un gesto—. Es demasiado peligroso.

—¿Esa es la única razón?

De no haberla visto mover los labios, Tristan no habría estado seguro de que hubiera hablado, pues lo hizo con un hilo de voz. Pero a pesar del susurro, las palabras entraron a sus oídos como un torrente y cobraron forma en su cerebro, y su corazón se convirtió en hielo. Ese era el momento, el momento de decirle que no sentía nada por ella y de asegurarse de que ella supiera que hablaba en serio. Para Dylan sería mucho más fácil dar ese último paso si creía que él no lamentaba dejarla.

La pausa la hizo levantar la vista, sus ojos verdes preparándose para el dolor, sus dientes mordiendo el labio inferior para que no temblara. Estaba muy frágil, como si bastara una sola palabra dura para aplastarla. La decisión de Tristan flaqueó: no podía lastimarla así.

—Sí —respondió. Levantó la mano, la tomó por la muñeca y tiró de ella para que se sentara con él en la alfombra gastada. Luego apoyó la mano en la mejilla de Dylan y acarició con el pulgar la piel suave de su pómulo. La sintió entibiarse bajo su mano, y adquirir un leve tono rosado—. No puedes quedarte aquí, aunque quiero que te quedes.

—¿Sí quieres? —preguntó, con el rostro iluminado por la esperanza.

¿Qué estaba haciendo? No debía darle esperanzas, sabiendo que tendría que quitárselas después. No debía pero se encontró impotente. Pensó en todas las caras que ella le había mostrado: asustada pero aliviada al salir del túnel ferroviario; disgustada y molesta cuando la había obligado a caminar todo el día y a dormir cada noche en una casa derruida; airada y resentida cuando se había burlado de ella; avergonzada cuando se había quedado atascada en el barro; la alegría al despertar y ver que él había regresado. Cada uno de esos recuerdos lo hizo sonreír, y los guardó en su mente para acudir a ellos cuando ella lo dejara y ya no pudieran crear más recuerdos.

—Digamos que te he tomado cariño. —Tristan rio, sonriendo aún por los recuerdos. Ella no pudo sonreír con él; aún estaba demasiado necesitada, demasiado nerviosa—. Pero mañana debes seguir tu viaje. Tienes que ir, Dylan. Es lo que mereces.

—Tristan, no puedo. No puedo hacerlo —insistió.

Tristan suspiró.

—Entonces… iré contigo. Hasta el final —prometió.

—¿Me lo prometes? —preguntó rápidamente, desesperada por atraparlo con palabras.

Tristan la miró a los ojos y asintió. Por un momento, ella pareció confundida.

—¿No me dijiste que no podías?

—No debería, pero lo haré. Por ti.

Dylan lo miró. Levantó una mano y la apoyó en la de él contra su rostro.

—¿Lo juras? ¿Juras que no me abandonarás?

—Lo juro —respondió Tristan.

Dylan le sonrió, insegura. Aún tenía la mano sobre la de él, y Tristan sentía que el calor de ese contacto lo quemaba hasta los huesos. Dylan lo soltó, y al instante él echó de menos esa tibieza; pero luego ella extendió la mano y sus dedos se detuvieron en el aire, a pocos centímetros del rostro de Tristan. Este sintió en la piel de su mandíbula un cosquilleo de expectación, pero el rostro de ella reflejaba a las claras su inseguridad, y parecía temerosa de completar el movimiento. Tristan alzó la comisura derecha de los labios en una sonrisa alentadora.

El corazón de Dylan saltaba enloquecido en su pecho: se aceleraba por momentos, y luego se detenía un instante brevísimo. Su brazo cansado le dolía por mantenerlo en suspenso, pero por encima de ese dolor apagado, sentía en las puntas de los dedos un hormigueo casi rayano en el dolor, un dolor que solo se calmaría al contacto con las mejillas, la sien, los labios de Tristan. Pero estaba nerviosa. Nunca lo había tocado, así no.

Dylan vio el esbozo de sonrisa y sus dedos se movieron casi con voluntad propia, atraídos como por un imán. Amoldó la mano a la forma del rostro de Tristan y sintió cómo se movían los músculos en la mejilla de él al tensar y aflojar la mandíbula. Sus ojos tenían un azul vívido, demasiado brillante para la luz tenue de la habitación, pero no la asustaron. Era como si la hipnotizaran y, como una polilla atraída por la llama, no pudo apartar la mirada. Tristan le soltó el rostro y cubrió la mano de ella con la suya, sosteniéndola contra su propia mejilla. Pasaron cuatro, cinco, seis segundos en silencio, hasta que Dylan inhaló súbitamente; no se había percatado de que estaba conteniendo la respiración.

Fue como si se rompiera el hechizo. Tristan se apartó, apenas un centímetro o dos, mas no le soltó la mano al apartar la suya. Pero sus ojos aún irradiaban calidez, y en lugar de soltarla, acercó la mano de ella a sus labios y besó suavemente la piel suave de los nudillos.

Después de eso, no hablaron mucho; se conformaron con estar cerca, acompañándose en silencio. Dylan intentó demorar el tiempo, saborear cada instante. Pero, por más que lo intentara, era como contener un huracán con papel tisú. El tiempo siguió transcurriendo a una velocidad pasmosa, y apenas pudo creerlo cuando empezó a filtrarse luz por las ventanas. Hacía ya tiempo que se había apagado el fuego, pero había cumplido su cometido de secar la ropa de Dylan y entibiar su cuerpo aterido. No obstante, los dos siguieron contemplando el hogar, viendo humear los leños grises. Durante la noche, Tristan había cambiado de posición: le había rodeado los hombros con un brazo y la había acomodado contra su costado, como en un capullo. Estaban de espaldas a las ventanas y, si bien ambos podían ver la luz que empezaba a llegar por encima de sus hombros e iluminaba la pared del fondo, con su pintura amarilla desvaída y un cuadro viejo tan cubierto de polvo y suciedad que apenas se veía la imagen, no se dieron la vuelta.

Pero llegó un momento en el que los rayos del sol entraron a raudales, y el polvo que flotaba en el aire adquirió un brillo dorado con la luz. El primero en moverse fue Tristan. No quería afrontar el día. Pensó en lo que le había prometido a Dylan y se le hizo un nudo en el estómago por el desasosiego. En su mente había una batalla entre lo posible, lo correcto y lo que él quería. Esas tres cosas no podían coexistir.

Dylan, en cambio, tenía una calma sorprendente. Había pasado gran parte de la noche pensando en lo que podría suceder ese día, y había llegado a la conclusión de que no podía hacer mucho más que dar esos últimos pasos y ver a dónde la llevaban. Tristan estaría con ella. Eso le bastaba. Podía enfrentarse a todo y a cualquier cosa mientras él estuviera a su lado. Y allí estaría. Se lo había prometido.

Capítulo veinte

—¿Lista para el último tramo del viaje? —le preguntó Tristan, con cierto humor forzado en la voz. Estaban de pie fuera de la casa, preparándose para ponerse en marcha.

—Sí —respondió Dylan, con una sonrisa tensa—. ¿Por dónde vamos?

—Por aquí.

Tristan empezó a rodear la casa, alejándose del lago. Dylan echó un último vistazo al agua. Hoy la veía en calma y tranquila; la superficie se ondulaba suavemente, y emitía destellos donde el sol caía sobre las crestas de las olas diminutas. Se estremeció al recordar los horrores que se ocultaban abajo y corrió detrás de Tristan como si pudiera dejar atrás los malos recuerdos. Él se había detenido a esperarla al otro lado de la casa. Estaba de pie como cualquier otro día, escudriñando a lo lejos con una mano en la frente para protegerse los ojos del sol.

—¿Ves aquello?

Dylan miró hacia donde Tristan estaba mirando. El paisaje era llano y despejado. Había un arroyo que se alejaba serpenteando perezoso hacia el horizonte. En la margen izquierda del arroyo, un camino discurría paralelo al agua, y fuera de algunos arbustos, no se veía nada más. Dylan alzó una ceja, confundida.

—Eh… no.

Al oír el tono de su respuesta, Tristan se volvió hacia ella. Sonrió y puso cara de impaciencia.

—Mira bien.

—Tristan, allí no hay nada. ¿Qué debería ver?

Él suspiró, pero Dylan se dio cuenta de que estaba disfrutando al sentirse superior. Se ubicó detrás de ella y se inclinó sobre su hombro. Su aliento le hacía cosquillas en el cuello y le abrasaba la piel.

—Fíjate en el horizonte. —Señaló justo delante de ella—. ¿Ves aquel resplandor?

Dylan entornó los ojos. El horizonte estaba muy lejos. Le pareció ver cierto brillo donde se encontraban la tierra y el cielo azul, pero fácilmente podía ser una ilusión óptica, o simplemente el hecho de que estaba intentando ver algo.

—No mucho —admitió.

—Pues bien, hacia allí vamos. Es el límite entre el páramo y… el más allá.

—Ah —dijo Dylan—. ¿Y después qué pasa?

Tristan se encogió de hombros.

—Ya te lo dije, nunca he estado allí. Esto es lo más lejos que he llegado.

—Lo sé, pero ¿qué viste? Es decir, ¿es como una escalera al cielo o algo así?

Tristan la miró con incredulidad. Cuando habló, resultó evidente que estaba conteniendo la risa.

—¿Crees que hay una enorme escalera mecánica que baja del cielo?

—Pues qué sé yo —replicó ella, avergonzada y disimulándolo con enfado.

—Lo siento —añadió Tristan, con una sonrisa tímida—. Desaparecen y ya. Es así. Dan un paso y desaparecen.

Dylan frunció la nariz. Se dio cuenta de que él decía la verdad, pero eso no era mucha información.

—Vamos, tenemos que ponernos en marcha —dijo Tristan, al tiempo que le daba un empujoncito en la espalda.

Dylan volvió a mirar hacia el horizonte, forzando la vista para divisar el dichoso resplandor. ¿Lo veía? Era difícil estar segura. Sin embargo, el esfuerzo estaba provocándole una jaqueca, de modo que se dio por vencida y se conformó con observar, malhumorada, el camino que tenían por delante. Parecía lejos. Al menos no había que escalar nada, pero era lejos.

—Ya que es el último día… —empezó a decir, esperanzada.

—No voy a llevarte a caballito —respondió Tristan sin darle tiempo a completar la oración. Apretó el paso y rápidamente le sacó ventaja. Dylan lo siguió, rezongando.

—Sabes, ayer casi me ahogué —le recordó; estaba segura de que no accedería a cargarla, pero la deprimía pensar en cruzar toda aquella llanura a pie. Además, el incidente del lago la había afectado mucho. Tenía las piernas tiesas y le dolía el pecho. Le ardía la garganta por haber vomitado el agua y por haber tosido constantemente para limpiar sus pulmones.

Tristan la miró con una expresión extraña, pero se dio la vuelta otra vez y siguió caminando.

—Está bien, tal vez no me habría muerto, dado que ya estoy muerta, pero sí fue muy traumático.

Esta vez Tristan sí se detuvo, pero no se dio la vuelta. Dylan lo alcanzó con tres pasos largos, pero se detuvo. Había algo en la postura de él que la puso en alerta.

—Sí, habrías muerto.

Fue un susurro, pero bastó para llegar a los oídos de Dylan.

—¿Qué? —preguntó, asustada.

Tristan alzó la vista al cielo, inhaló profundamente y se volvió hacia ella.

—Que habrías muerto.

Pronunció cada palabra lentamente y con claridad, y cada una fue como una puñalada al cerebro de Dylan.

—¿Podría haber muerto otra vez? —preguntó, confundida. Si estaba muerta, no podía volver a morir, ¿o sí?

Tristan asintió.

—Pero ¿cómo? ¿A dónde habría ido? No…

Dylan no completó la frase.

—Aquí puedes morir. Es decir, tu alma puede morir. Cuando estás viva, la protege tu cuerpo. Cuando mueres, pierdes esa protección. Eres vulnerable.

—¿Y si el alma muere?

—Desapareces —respondió Tristan simplemente.

Dylan se quedó con la mirada perdida, consternada por lo cerca que había estado de la desaparición total. Había tomado la muerte de su cuerpo sin muchas protestas porque, bueno, aún estaba allí. Pero saber que podría haber desaparecido, haber perdido la posibilidad de ver a las personas a quienes estaba segura de que volvería a ver, la conmocionó tanto que quedó callada.

—Vamos. Lo siento, pero no tenemos tiempo para detenernos, tenemos que seguir. Ya no hay más casas seguras, Dylan.

Al oírlo mencionar su nombre, salió del trance.

—Está bien —murmuró.

Sin mirarlo, empezó a caminar. Aunque le dolían las piernas y se sentía exhausta, no quería que la oscuridad la sorprendiera allí. Tristan la observó alejarse. Ella caminaba a buen paso y con la cabeza en alto, pero iba renqueando un poco y se frotaba la garganta, distraída. Tristan sabía que debía de estar sufriendo después del trauma del día anterior.

—Espera —la llamó, y corrió para alcanzarla.

Dylan se detuvo a esperarlo y se dio la vuelta. Cuando la alcanzó, Tristan no se detuvo sino que dio un paso más para quedar justo delante de ella. Sonrió, y luego le dio la espalda.

—Sube.

—¿Qué?

Tristan se volvió y la miró con impaciencia.

—Sube. Arriba.

—Ah.

A Dylan se le iluminó el rostro con alivio. Se apoyó en los hombros de él y saltó, le rodeó la cintura con las piernas y el cuello con los brazos. Tristan la sujetó por debajo de las rodillas y reanudó la marcha.

—¡Gracias! —le susurró ella al oído.

—Lo hago solo porque me das lástima —bromeó Tristan.

Caminaba con zancadas largas y potentes que hacían que Dylan se sacudiera ligeramente a cada paso. Pronto empezó a sentirse tiesa e incómoda contra la espalda de Tristan. Le dolían los brazos de aferrarse a sus hombros, y los brazos de él bajo sus rodillas empezaban a hacerle daño. Aun así, era mucho mejor que caminar. Intentó relajar los músculos y concentrarse en estar tan cerca de Tristan. Él tenía hombros anchos y fuertes, y llevaba el peso extra como si ella estuviera hecha de plumas. Iba con el rostro contra el cuello de él, e inhaló profundamente, disfrutando de su olor almizclado. El cabello color arena de Tristan subía y bajaba al caminar, y le hacía cosquillas en la mejilla. Dylan contuvo el impulso de acariciárselo.

—Cuando lleguemos —dijo Tristan, y la sobresaltó—, tendrás que bajarte y caminar.

Compulsivamente, ella se aferró con más fuerza.

—¿No habías dicho que vendrías conmigo?

—Sí —respondió él de inmediato—, pero tú misma tienes que dar los últimos pasos. Yo te seguiré de cerca.

—¿Y no puedes pasar tú primero? —preguntó, dubitativa.

—No. No se puede entrar al otro mundo siguiendo a alguien; uno mismo tiene que dar el paso. Es una especie de regla —añadió, como si eso lo explicara.

—Pero ¿tú entrarás detrás de mí? —insistió, nerviosa.

—Te lo prometo. Te dije que lo haría.

—¡Tristan! —chilló, con súbito entusiasmo—. ¡Puedo verlo!

Menos de un kilómetro más adelante, el aire parecía cambiar. Más allá, el suelo tenía exactamente el mismo aspecto que antes, pero extrañamente distorsionado, como detrás de una pantalla transparente. En efecto, el punto donde la pantalla limitaba con el suelo tenía un leve resplandor. Al verlo, Dylan sintió que se le hacía un nudo en el estómago. Habían llegado.

—Bájame —susurró.

—¿Qué?

—Quiero caminar.

Tristan le soltó las piernas, y ella se deslizó por su espalda hasta el suelo. Sentía un hormigueo en los pies y en la parte inferior de las piernas, y extendió los brazos. Luego enderezó los hombros y se volvió hacia el fin de su viaje. Sin mirar a Tristan, empezó a caminar.

Iba con el corazón acelerado, latiendo a más no poder en su pecho. Sentía que la adrenalina corría por sus venas. Aunque un momento antes le dolían los brazos y las piernas, ahora los sentía como si no le pertenecieran y no pudiera dominarlos del todo. Empezó a respirar con inhalaciones profundas y regulares, e intentó concentrarse en no hiperventilar. El suelo parecía volar bajo sus pies. Ya faltaban poco más de cien metros. A medida que se acercaban, resultaba más fácil ver la línea que separaba los dos mundos. El mundo que estaba más allá se veía ligeramente desenfocado, como si estuviera mirándolo con unas gafas ajenas. Eso empezó a marearla un poco, de modo que se concentró en mirar el suelo y solo de vez en cuando alzaba la vista hacia la línea resplandeciente que cruzaba el camino.

Tristan la observaba con ojos cautelosos. Aunque Dylan caminaba sin mirarlo ni hablarle, él presentía que estaba muy atenta a sus movimientos. Deliberadamente, se mantuvo un paso detrás de ella. Cuando llegó a cinco metros de la línea divisoria, Dylan se detuvo y clavó la mirada en ella, con la respiración serena. Tenía el rostro contraído y la boca tensa. Tristan percibió la tensión en todos los músculos del cuerpo de ella.

—¿Estás bien? —le preguntó.

Dylan se volvió hacia él con ojos desorbitados. Tristan había creído que estaba serena, pero era obvio que por dentro estaba petrificada.

En realidad, eso no era del todo cierto. Dylan sentía emociones que le recorrían todo el cuerpo vertiginosamente, emociones que nunca había experimentado.

La tensión del momento había traído a su mente varias cosas; la había hecho concentrarse en aquello que era realmente importante. No sabía qué había al otro lado de aquella línea, y aunque Tristan le había prometido que la seguiría, había algo que tenía que decirle.

Aunque la aterraba la idea y sabía que, al decirlo, estaba poniéndose en una situación más vulnerable emocionalmente que nunca, estaba decidida a hacerlo. Los últimos días le habían enseñado mucho sobre sí misma; ya no era la misma chica que había vacilado entre meter o no su osito de peluche en la maleta. Ahora era más fuerte, más valiente. Se había enfrentado al peligro, había hecho frente a sus miedos, y Tristan había tenido muchísimo que ver con eso. La había protegido, consolado, guiado, y le había abierto los ojos a sentimientos que ni siquiera sabía que existían. Era importante que le dijera lo que sentía, aunque le provocara un nudo en el estómago y le hiciera arder las mejillas. *Hazlo y ya*, se dijo.

—Te quiero.

Sus ojos no se apartaron del rostro de Tristan, ansiosos por ver su reacción. Fue como si las palabras quedaran en el aire entre ellos. Todos los nervios de Dylan estaban despiertos y atentos, y sus hormonas palpitaban en sus venas. No había sido su intención soltárselo así, pero no sabía cómo abordar el tema y necesitaba decirlo. Siguió mirando a Tristan, esperando una sonrisa o un ceño fruncido, que sus ojos brillaran o se paralizaran, pero el rostro de él permaneció impasible.

No sentía lo mismo. Por supuesto que no. Ella era apenas una niña. Había interpretado sus palabras y sus caricias como ella había querido. Empezaron a arderle los ojos mientras las lágrimas luchaban por aflorar. Dylan apretó los dientes, decidida a no perder el control. Cerró los puños y los apretó con fuerza, y las uñas se le clavaron dolorosamente en la palma de las manos. No le bastó. Sentía un dolor agudo en el pecho, como si tuviera cientos de cuchillos ardientes clavados en el centro mismo de su ser. Eso superaba a cualquier otra sensación y le dificultaba respirar.

Tristan la miró, luchando consigo mismo. Él también la quería; lo sabía con cada fibra de su ser. Lo que no sabía era si debía decírselo. Pasaron algunos segundos y aún no lograba decidirse. Vio que a ella se le dilataban los ojos y que su respiración se agitaba, y supo que estaba interpretando su silencio de la peor manera posible. Ella creía que no la quería. Tristan cerró los ojos, intentando poner las cosas en perspectiva. Si Dylan creía que él no la quería, tal vez no le dolería tanto el final. Tal vez sería más fácil. Estaba bien no decirle nada. Con la mente decidida, abrió los ojos y los clavó en un mar de un verde brillante.

No. Ese dolor, ese rechazo… no podía ser el último recuerdo que tuviera de él. Tenía que darle esa verdad, les costara lo que les costara a ambos. Temeroso de que le temblara la voz, abrió la boca.

—Yo también te quiero, Dylan.

Ella lo miró un momento, como si el tiempo se hubiera detenido. Su corazón latía triunfante mientras procesaba las palabras. Tristan la quería. Exhaló en una mezcla de suspiro y risa, y con ojos brillantes, esbozó una amplia sonrisa. El dolor desapareció de su pecho, y en su lugar quedó una suave tibieza que ascendió por su garganta y brilló en su sonrisa. Con cautela, dio un paso hacia él. Sintió en el rostro el aliento de Tristan, y notó que también respiraba agitado. Los ojos de él ardían con un azul brillante que penetró hasta lo más hondo de su ser y la hizo temblar ligeramente. Se acercó más a él, hasta el punto de poder ver cada una de las pecas que tenía en la nariz y las mejillas, luego se detuvo.

—Espera —dijo, al tiempo que se apartaba—. Bésame cuando estemos al otro lado.

Pero de pronto la mano de Tristan envolvió la suya con una fuerza inquebrantable.

—No —respondió, con voz baja y ronca—. Ahora.

Con una mano, la atrajo hacia su cuerpo; con la otra, la tomó por la nuca y deslizó los dedos entre su cabello. A Dylan se le erizó la piel, y su protesta poco convencida no llegó a salir de su garganta. El pulgar de Tristan subía y bajaba por la nuca de Dylan, y ella observó sin parpadear cómo el rostro de él se acercaba más y más hasta apoyar la frente en la de ella. Estaban tan cerca que el aliento de los dos se mezclaba, tan cerca que Dylan podía sentir el calor del cuerpo de él. Tristan cubrió la distancia que aún quedaba entre ellos, le soltó la mano y la nuca y la rodeó con sus brazos para acercarla más aún. Dylan inclinó la cabeza ligeramente hacia atrás, cerró los ojos y esperó.

Tristan vaciló. Al quedar liberado de la profundidad de aquellos ojos verdes como el bosque, las dudas regresaron a su mente. Aquello estaba mal. No estaba permitido. Pero todo lo que sentía por ella estaba mal. No debería sentirse así; se suponía que no era posible. Pero así era. Y esa sería su única oportunidad de experimentar la maravilla por la cual los seres humanos vivían y mataban. Dejó que sus ojos se cerraran y presionó los labios contra los de Dylan.

Eran blandos. Ese fue su primer pensamiento. Blandos, dulces y temblorosos. Sintió que los dedos de ella aferraban su jersey, y que sus manos temblaban ligeramente a sus costados. Dylan separó los labios y los acercó a él. La oyó emitir un leve gemido, y ese sonido llegó como una oleada hasta la boca de su estómago. La abrazó con más fuerza y sus labios ejercieron más presión sobre los de ella. Tristan sentía que su corazón golpeaba contra sus costillas, y respiraba agitado. Lo único de lo que tenía conciencia era de la tibieza y la suavidad de Dylan. Sintió que ella se atrevía un poco más, que se ponía de puntillas para acercarse aún más a él, al tiempo que alzaba las manos y lo tomaba por los hombros y el rostro. Tristan imitó ese movimiento, y sus dedos se deslizaron por la línea del nacimiento del cabello de ella, por el mentón. Memorizándola.

Encerrada entre los brazos de Tristan, Dylan se sentía un poco mareada. Con los ojos cerrados, era como si el mundo que la rodeaba no existiera. No había nada más que la boca de Tristan contra la suya, y sus manos abrazándola, acariciando suavemente su piel. La sangre vibraba en sus venas, y cuando él se apartó por fin, quedó agitada. Tristan tomó el rostro de ella entre sus manos y la miró un largo rato con sus ojos de aquel azul tan vívido. Luego volvió a acercar la cabeza y le dio dos besos suaves en los labios. Le sonrió, una sonrisa lenta y lánguida que hizo que a Dylan se le contrajeran los músculos del abdomen.

—Tenías razón —dijo ella, sin aliento—. Antes es mejor.

Se apartó de él y examinó la línea divisoria. Ya no le producía temor. Tristan la quería, y la acompañaría adonde fuera que ella debiera ir. Con diez pasos seguros, llegó a la línea. Bajó la mirada, disfrutando la sensación. Era su último momento en el páramo. Podía despedirse de los demonios, de las caminatas colina arriba y de dormir mal en casas derruidas. Alzó el pie izquierdo y se detuvo justo encima de la línea. Respiró hondo una vez más y cruzó de un salto.

Se detuvo, para ver si percibía algo. No notó diferencia alguna. El aire aún estaba templado y había una brisa leve, y sus pies producían el mismo sonido en el camino de tierra. El sol seguía brillando en el cielo, y las colinas aún circundaban el paisaje. Frunció el ceño ligeramente, con curiosidad pero sin mucha preocupación. Había esperado un cambio más perceptible.

Se giró hacia Tristan con una sonrisa nerviosa en los labios. La sonrisa se le congeló en el rostro. Unas manos frías le apretaron el corazón, e inhaló en forma entrecortada. Su boca se abrió y articuló un «No» en silencio.

No había nadie en el camino.

Dio un paso, pero la línea resplandeciente había desaparecido. Extendió las manos para tantear el lugar donde había estado Tristan hacía apenas un instante. Aunque no había más que aire, sus dedos entraron en contacto con una pared invisible, sólida e impenetrable.

Estaba sola otra vez. Había cruzado y no podía regresar. Tristan había desaparecido.

Todo su cuerpo empezó a temblar, y por sus venas corría una mezcla nauseabunda de adrenalina, conmoción y horror. Se tambaleó y luego cayó de rodillas, con las manos sobre la boca como si pudiera contener los sollozos. No pudo. Estos se derramaron, primero en forma de gemidos leves, que fueron haciéndose más profundos hasta convertirse en lamentos angustiados que gritaban el dolor que le desgarraba el corazón. Las lágrimas rodaban por sus mejillas y caían al suelo.

Tristan le había mentido. Sus promesas de acompañarla no habían sido más que engaños traicioneros, y ella había sido una tonta al creerle. Seguramente ese había sido su plan todo el tiempo.

Volvió a ver en su mente cómo él le sonreía, con ojos brillantes, pero luego, de pronto, la expresión se le borraba y se transformaba en una máscara fría e indiferente. Él lo sabía. Pero ¿y sus últimas palabras? ¿También habían sido una mentira?

No, Dylan no lo creía. Cada fibra de su ser le decía la verdad: él la quería. Se querían, pero jamás estarían juntos.

Ya empezaba a costarle recordar con claridad el rostro de Tristan. Los detalles comenzaban a escapársele. No recordaba el tono exacto de su cabello, la forma de sus labios. Como granos de arena al viento, no podía retenerlos en su mente. De sus labios escapó un sonido desgarrador, una angustia que le incendiaba cada nervio. Sabiéndose sola, sabiendo que no había nadie para ser testigo de su dolor, se rindió a la desesperación que la envolvía.

Dio un puñetazo contra la pared con frustración, y luego apoyó allí la palma de su mano, deseando con todo su ser que la pared se disolviera y le permitiera regresar.

Tristan estaba de pie del otro lado de la línea, observándola desmoronarse. Como un policía al otro lado de un espejo falso, sabía que ella no podía verlo. Su engaño había dado resultado, y en el rostro de Dylan era evidente el dolor que le había causado. Ella sabía que le había mentido, que él había planeado ese final. Sabía que nunca volvería a verlo. Aunque le desgarraba el corazón, Tristan se obligó a observar cada lágrima, a oír cada sollozo y cada grito. Ansiaba correr a consolarla, abrazarla y enjugarle las lágrimas de las mejillas. Sentir de nuevo el calor de ella en sus brazos, su suavidad. Alzó una mano y la colocó en el aire, palma contra palma con la de ella, como una fría tortura: una pared de cristal los separaba. Tristan ordenó a sus pies que avanzaran, que cruzaran la línea, pero nada ocurrió. No pudo cruzar.

Se había permitido decirle que la amaba, alimentar sus esperanzas, y ese era su castigo. Él había provocado ese dolor y estaba dispuesto a soportar cada segundo. Solo esperaba que ella comprendiera que su última confesión había sido verdadera. Más allá de las mentiras y del engaño, su amor por ella había sido sincero y real.

Tristan siempre había sabido que no podría cruzar con ella. Su promesa había sido un truco, una farsa perversa para darle el coraje de dar el último paso. Había necesitado todas sus fuerzas para hacer que ella le creyera, para ver su gratitud y su alivio, para dejar que confiara en él, sabiendo que llegaría ese momento. Para permitirse besarla y abrazarla, sabiendo que no podría conservarla. Sabiendo que, cuando ella cruzara la línea y mirara atrás, descubriría su traición.

A través del velo que separaba los mundos, la observó llorar. La observó gritar su nombre, con las mejillas bañadas en lágrimas. Se llenó de vergüenza, desprecio por sí mismo y angustia. Estaba desesperado por apartar la mirada, por esconder sus ojos de las consecuencias de sus actos, pero estaba empeñado en no hacerlo.

«Lo siento», murmuró, sabiendo que ella no podía oír sus palabras pero con la esperanza de que, de alguna manera, comprendiera.

Aunque cada segundo de observarla era como horas de tortura, llegó un momento en el que Dylan empezó a desdibujarse. Los contornos de su bella figura comenzaron a hacerse borrosos, y ella empezó a perder consistencia. Ante sus ojos, Dylan se volvió transparente, y fue borrándose más y más hasta llegar a ser poco más que humo. La observó abandonarlo. Era lo que ella merecía. Mientras el cuerpo de ella iba convirtiéndose en una bruma, los ojos de él se deleitaron con su rostro, intentando memorizar cada detalle, grabar en su corazón el tono exacto de sus ojos.

«Adiós», murmuró, deseando con todo su ser poder ir con ella.

En un abrir y cerrar de ojos, Dylan desapareció. Tristan se quedó un momento más mirando el suelo donde ella había estado; luego tragó en seco para apaciguar el dolor de su garganta y respiró hondo. Se volvió hacia el camino y empezó a alejarse.

Capítulo veintiuno

Mientras Tristan caminaba, el paisaje que lo rodeaba fue difuminándose poco a poco hasta que todo quedó blanco. Él casi no se percató. Las colinas desaparecieron: fueron desintegrándose y reduciéndose a arena que flotaba y se evaporaba como una neblina. El sendero por el que iba fue reemplazado por una superficie uniforme que se extendía hacia todas las direcciones hasta donde alcanzaba la vista. Se encendió una luz blanca que lo cegó en su cenit.

A medida que la luz se atenuaba, empezaron a formarse partículas de color, que giraban en torno a la cabeza de Tristan y descendían al suelo. Así se fue creando el entorno, el mundo que su próxima misión, la próxima alma, estaba a punto de abandonar. Mientras caminaba, bajo sus pies se formó pavimento, negro y mojado por la lluvia. Surgieron edificios del suelo a ambos lados de Tristan, con ventanas iluminadas que alumbraban jardines descuidados, con malezas crecidas y cercas rotas. Los automóviles estacionados junto a la acera y en algún que otro jardín con entrada estaban viejos y oxidados. De las puertas abiertas salían ritmos musicales pesados y risotadas. Todo el lugar tenía un aire de pobreza y descuido. Era un cuadro deprimente.

Tristan no sentía entusiasmo alguno ante la perspectiva de recoger a la siguiente alma. Ni siquiera sentía el desdén y la indiferencia que se le habían hecho habituales en los últimos años. Lo único que sentía era el dolor lacerante de la pérdida.

Se detuvo frente a la penúltima casa al final de la calle. Entre los edificios descuidados y semiderruidos, esa casa sorprendía por su buen estado. Tenía un patio con césped cuidado rodeado de flores. Los escalones con aves talladas eran como una invitación a la puerta roja recién pintada. Había una sola ventana con luz: la de una habitación en la planta alta. Tristan sabía que allí se encontraba la próxima alma, a punto de separarse de su cuerpo. No entró a la casa, sino que esperó afuera.

Varias personas que pasaban observaron al extraño que esperaba frente al número veinticuatro. Se daban cuenta de que no era de por allí. Sin embargo, no era la clase de lugar donde se podía cuestionar a un desconocido, de modo que seguían su camino sin hacer ningún comentario. Tristan, con la mirada perdida, no reparaba en las miradas perplejas, no registraba que podían *verlo*. Estaba ciego a los ojos curiosos de los transeúntes y sordo a los murmullos que se iniciaban un paso o dos antes de que se alejaran lo suficiente.

Ya sabía todo lo que necesitaba saber acerca de la persona que había vivido allí. Era una mujer que llevaba diez años viviendo sola, que salía poco salvo para trabajar y hacer visitas semanales a su madre, que vivía al otro lado de la ciudad. No se mezclaba con los vecinos, y estos la consideraban altanera y distante, cuando en realidad ella les tenía miedo. Acababa de apuñalarla en su cama un ladrón que había esperado encontrar más objetos de valor que los que ella poseía y la había asesinado lleno de ira. Pronto, ella despertaría, se levantaría y se dedicaría a su rutina matinal como de costumbre. No repararía en que faltaba su joyero, ni en que la cámara digital que había comprado tras ahorrar todo un año ya no estaba a salvo en el cajón de su cómoda. Decidiría no desayunar, pensando que se le había hecho un poco tarde. Cuando saliera, la recibiría Tristan y, de un modo u otro, ella lo seguiría.

Toda esta información estaba ya en la mente de Tristan. Datos e historias que se entretejían para conformar el conocimiento que necesitaba para hacer su trabajo. Él lo sabía, pero no pensaba en ello. El viaje de esta alma se completaría porque esa era la función de Tristan. Él estaba allí simplemente porque tenía que estar. Pero no sentiría pena alguna por esa criatura infortunada. No le brindaría consuelo ni solidaridad. La guiaría, y nada más.

La luna estaba en lo alto, una fuerte luz blanca que resaltaba y ahuyentaba las sombras. Tristan se sentía expuesto, en ese estado vulnerable, como en carne viva. Era como si todas sus emociones y todos sus pensamientos quedaran a la vista. Sabía que tendría que esperar varias horas hasta que emergiera el alma. Se preguntó cuánto tiempo más podría seguir así. Cada fibra de su ser ansiaba escapar y esconderse, entregarse al dolor. Su cerebro ordenó a sus pies que se movieran, que dieran la vuelta y caminaran hasta que la tristeza quedara atrás.

Pero no ocurrió nada.

Por segunda vez, sus penetrantes ojos azules se llenaron de lágrimas. Por supuesto que no le permitirían abandonar su puesto. Había un orden superior, un plan mayor del cual él formaba parte. Y su dolor, su desesperación, su deseo de renunciar a esa responsabilidad no significaban nada. Él no controlaba su destino. Ni siquiera podía controlar sus pies.

—Dylan.

Oyó que alguien la llamaba desde atrás, pero no se dio la vuelta. Igual que la noche que había pasado sola en la casa segura, no lograba apartar los ojos de la escena que tenía delante. Si apartaba la vista, Tristan se iría para siempre.

¿A quién quería engañar? Ya se había ido. Se había ido y no regresaría. Solo que ella aún no estaba lista para aceptarlo. Siguió observando el camino con obstinación. Sus dientes se clavaron en su labio inferior con suficiente fuerza para partirle la piel y sentir el sabor de la sangre. Pero no lo sintió. Sus sentidos estaban apagados.

—Dylan.

Hizo una mueca cuando la voz repitió su nombre. No pudo distinguir si se trataba de un hombre o una mujer, de alguien anciano o joven. No parecía impaciente ni ansiosa. Era una voz que le daba la bienvenida.

Pero ella no quería que le dieran la bienvenida.

—Dylan.

Ella resopló, irritada. Se dio cuenta de que la voz seguiría llamándola hasta que respondiera. Lentamente, con desgana, se dio la vuelta.

Por un segundo se detuvo, sorprendida. Allí no había nada. Abrió la boca, lista para llamarla, con la esperanza de que la voz volviera a hablar, pero la cerró lentamente. ¿Qué demonios importaba?

Estaba a punto de darse la vuelta para retomar su labor de centinela, observando el camino con la vana esperanza de que Tristan reapareciera milagrosamente, pero cuando apartó la mirada, le llamó la atención algo extraño, fuera de lugar. Una luz brillante. Por un segundo, su corazón dio un vuelco al pensar en las esferas que había visto flotando en el páramo rojo sangre, pero no era lo mismo. Crecía y cambiaba de forma, se alargaba, volvía a formarse. Le sonreía, y la expresión también era una bienvenida. Estaba en medio de un rostro pálido y perfecto rodeado por una nube de cabello que, de tan rubio, parecía blanco. El cuerpo parecía tener forma humana, pero había algo en él que no estaba del todo bien. Como las almas que había vislumbrado, estaba allí, pero a la vez, no; en parte sí, en parte desenfocada.

—Bienvenida —le dijo alegremente, con los brazos abiertos.

Dylan la miró con cara de pocos amigos. La irritaba que la mirara con esa indulgencia radiante, como si debiera estar feliz de encontrarse allí.

—¿Quién eres?

—Soy Caeli. Estoy aquí para recibirte. Bienvenida. Bienvenida a casa.

¿A casa? ¡A casa! Ese no era su hogar. Su hogar era el sitio que acababa de dejar. Dos veces.

—Seguramente tendrás preguntas. Por favor, ven conmigo.

La sonrisa seguía allí, igual que el brazo extendido. Dos ojos dorados, sin pupilas pero cálidos, no temibles, la observaban y esperaban.

Lentamente, con decisión, Dylan meneó la cabeza. Aquel ser —no era justo llamarlo «cosa», aunque sin duda alguna no era una persona— la miró con amable confusión.

—Quiero regresar —dijo Dylan con calma.

La confusión se transformó en entendimiento.

—Lo siento. No puedes regresar. Tu cuerpo ya no está. No temas, pronto volverás a ver a tus seres queridos.

—No, no me refería a eso. Al páramo. Quiero volver al páramo.

Dylan contempló la extensa llanura cubierta de brezo que aún la rodeaba. Le bastó un vistazo por encima del hombro para confirmar que la herradura de colinas aún estaba allí. A decir verdad, le parecía estar aún en el páramo, pero desde que había cruzado la línea, no era el mismo lugar. En absoluto.

—Quiero...

Dylan no concluyó la frase. Aquel ser, Caeli, estaba mirándola con incredulidad.

—Ya has cruzado —dijo con aire enigmático.

Dylan frunció el ceño aún más. Era obvio que no entendía lo que ella intentaba decir.

—¿Dónde está mi guía? ¿Dónde está Tristan?

Se trabó un poco al pronunciar su nombre.

—Ya no lo necesitas. Ha cumplido su función. Por favor, acompáñame.

Esta vez el ser giró y señaló detrás de él. Había aparecido una especie de puerta en el camino, un poco más allá, con cinco barrotes y un amplio guardaganado en la base. Le pareció ridículo que estuviera allí sin razón, sin una cerca que se extendiera a ambos lados.

Dylan se cruzó de brazos y levantó el mentón.

—No —respondió, obligándose a pronunciar la palabra entre los dientes apretados—. Quiero a Tristan. No me iré de aquí hasta que lo vea.

—Lo siento, pero eso no es posible.

—¿Por qué? —replicó Dylan.

Caeli no pareció entender la pregunta.

—No es posible —repitió—. Por favor, ven conmigo.

Dio un paso a un lado y volvió a señalar la puerta que estaba a su espalda. Sonrió con paciencia, esperando. Dylan presintió que se quedaría allí, con toda calma y serenidad, hasta que ella se moviera.

¿Qué haría si ella lo ignorara, si intentara volver por donde había llegado, volver al lago?

¿La detendría? Se puso de pie, dio medio paso hacia atrás y observó con cautela la reacción del ser. Caeli siguió sonriendo, ladeó ligeramente la cabeza y sus cejas se juntaron con confusión. Otro paso. El ser aún no se movía. Solo la observaba. O sea que podía optar por ignorarlo.

Apartó los ojos de Caeli un momento y se arriesgó a echar un segundo vistazo hacia atrás. Las colinas seguían allí. Le pareció distinguir a lo lejos el contorno de la última casa segura, una forma borrosa del otro lado de la línea que dividía los dos mundos. No había señales de los espectros, no había peligro. Podía quedarse allí.

Pero ¿de qué le serviría?

Tristan no estaba allí. Tristan le había mentido. Probablemente ya estaba con su siguiente trabajo, con la siguiente alma.

Probablemente, ya se había olvidado de ella.

No, gritó una vocecita desde el fondo de su mente. Le había dicho que la quería. Lo había dicho en serio.

Tal vez. Tal vez no. Era imposible saber la verdad. Y si Tristan no iba a volver, ¿qué sentido tenía quedarse allí?

Con un suspiro, Dylan descruzó los brazos y los dejó caer a los costados. Sus manos palpitaron al regresarle la sangre a las puntas de los dedos. No se había dado cuenta de que había apretado tanto, como si hubiera estado sosteniéndose para no desmoronarse.

—Está bien —murmuró, y dio primero un paso, y luego otro, hacia Caeli—. Está bien.

El ser le sonrió con calidez y esperó hasta que Dylan llegó a su lado para darse la vuelta y caminar con ella.

Llegaron a la puerta, pero cuando Caeli la abrió, no fue solo un movimiento de los barrotes de metal oxidado. Fue como si Caeli abriera un agujero en el mundo. En el espacio donde había estado la puerta, ahora había una ventana que daba a un lugar completamente distinto.

—Por favor —dijo Caeli en tono suave, indicando que Dylan debía cruzarla.

—¿Dónde estamos? —murmuró ella, ya al otro lado.

Era una habitación gigantesca, casi sin proporciones. No podía ver las paredes, pero de alguna manera le parecía un espacio cerrado. El suelo estaba limpio y descolorido.

—Esta es la sala de archivos. Me pareció que sería un buen punto de partida para ti, para encontrar a las almas que vinieron antes que tú. Aquellos que murieron y cruzaron el páramo.

—¿Cómo? —murmuró Dylan, intrigada a su pesar.

Apenas la palabra salió de sus labios, se empezó a hacer el orden. Los bordes de la habitación se contrajeron y formaron paredes definidas, cubiertas del suelo al techo de estanterías cargadas de volúmenes pesados. Bajo sus pies se materializó una alfombra gruesa y oscura, hecha para dar al lugar un aspecto de grandeza y para amortiguar el sonido de los pasos. Al mirar alrededor, Dylan tuvo una extraña sensación de *déjà vu*; la imagen le evocó recuerdos de una visita a una biblioteca con Joan. A sus diez años, le había parecido un laberinto cavernoso y callado. Se había perdido, y un amable empleado de mantenimiento la había encontrado llorando debajo de un escritorio. ¿Acaso ese lugar era una proyección más de su mente, como el páramo?

Caeli habló a su lado con voz suave.

—Seguramente tendrás familiares, amigos a los que te gustaría encontrar, ¿verdad? —Esperó un segundo—. ¿Quieres que te ayude a localizar a alguien? ¿A tu abuela Moore? ¿A tu tía Yvonne?

Dylan miró a Caeli, asombrada de que conociera los nombres de sus parientes.

—¿Se puede encontrar a cualquiera?—preguntó.

—A cualquiera que haya completado el cruce, sí. Tenemos registros de todas las almas. Cada barquero tiene un libro de aquellos a quienes ha guiado.

¿Qué? Dylan observó la habitación mientras procesaba las palabras de Caeli. Pero no estaba pensando en encontrar a su abuela ni a su tía, que había muerto de cáncer hacía apenas tres años. Tuvo otra idea.

Dylan se volvió hacia el ser, con un brillo repentino en los ojos.

—Quiero ver el libro de Tristan —le dijo.

Caeli no respondió de inmediato.

—Este lugar no es para eso… —empezó a replicar.

—El libro de Tristan —repitió Dylan.

El ser no parecía en absoluto contento; su rostro denotaba una mezcla de preocupación y desaprobación, pero la llevó entre estanterías inmensas, pasando junto a innumerables libros, hasta llegar a un rincón oscuro. Extendió la mano hacia un estante que estaba casi vacío, solo había un tomo enorme. Era de color verde desvaído, con páginas bañadas en oro. Las esquinas del libro parecían gastadas, blandas, como si mil dedos hubieran levantado la cubierta y lo hubieran hojeado.

—Este es el libro de tu barquero —le dijo Caeli, al tiempo que lo apoyaba en una mesa desocupada—. ¿Puedo preguntarte qué buscas?

Dylan no respondió; ella misma no estaba del todo segura de la respuesta. Extendió la mano y levantó la cubierta, y vio que se trataba de un libro de contabilidad. La página estaba llena de registros. Hilera tras hilera de almas inscritas con letra cuidada. En cada renglón había un nombre, una edad y una fecha. No eran las fechas de nacimiento, se dio cuenta Dylan con asombro. Eran los días en que habían muerto.

Sin hablar, Dylan empezó a pasar las páginas. Un nombre tras otro, y otro más. Cientos. Miles. Incontables almas que debían a Tristan la continuidad de su existencia. Y ella era apenas un nombre más en aquel mar de nombres. Levantó un gran bloque de hojas y recorrió el libro hasta llegar a las hojas en blanco. Desde allí retrocedió hasta hallar el último asiento. El suyo. Le resultó extraño ver su nombre escrito en letras más elegantes que las que ella habría podido trazar. ¿Sería la letra de Tristan? No, no podía ser. Al lado de su nombre figuraba la fecha en la que había tomado el tren. Apoyó el dedo en el siguiente renglón en blanco y se preguntó qué nombre ocuparía ese espacio.

¿Dónde estaba Tristan en ese momento? ¿Habría llegado ya a la primera casa segura?

Dylan suspiró, siguió hojeando el libro y lo abrió por una página al azar. No quería pensar en Tristan guiando a otra alma. Era *su* barquero. Solo de ella. Sonrió con tristeza. Era difícil creer eso, con aquel libro delante. Examinó la lista y frunció el ceño.

—¿Qué es esto? —preguntó, señalando una línea cerca del pie de la página. El asiento estaba tachado, y casi no se veía el nombre bajo una gruesa línea de tinta.

No hubo respuesta. Dylan miró a su izquierda, preguntándose si había quedado sola, pero el ser aún estaba allí. Tenía el rostro apartado, pero no parecía estar mirando nada en particular.

—Disculpa… ¿Caeli? —Vaciló un poco al llamar al ser por su nombre—. ¿Qué significa esto? ¿Por qué está tachado este nombre?

—Esa alma no está aquí —respondió Caeli, aún sin mirarla.

¿Que no estaba allí? ¿Serían esas las almas que se habían llevado los espectros? Si Dylan buscaba, ¿encontraría allí al niñito que había muerto de cáncer, al que Tristan había perdido huyendo de los demonios? Abrió la boca para preguntarlo, pero Caeli giró la cabeza y la miró con una sonrisa deslumbrante que la frenó.

—¿Por qué te interesa ese libro? Si me lo dices, puedo ayudarte.

Desarmada por aquellos ojos dorados, Dylan perdió el hilo de sus pensamientos por un momento. El misterio del asiento tachado quedó relegado al fondo de su mente.

—¿Conoces a todas las almas que están aquí? —preguntó, señalando el libro.

El ser bajó la cabeza en señal de asentimiento.

—Estoy buscando a alguien, pero no sé su nombre. Era soldado. Un soldado nazi.

Dylan parpadeó, un poco sorprendida de sí misma. No era para eso que había pedido ver el libro, pero acababa de ocurrírsele esa idea y supo al instante que, al menos subconscientemente, ese había sido siempre su plan. Quería hablar con alguien más que conociera a Tristan. Quería hablar de él con alguien que lo conociera como ella. De todas las historias que le había narrado Tristan, el soldado joven de la Segunda Guerra Mundial había sido el alma que más se había grabado en su mente.

Supuso que el ser menearía la cabeza y le diría que necesitaría más datos, pero vio con sorpresa que se acercaba al escritorio y pasaba las hojas color crema con seguridad hasta dar con la página que buscaba.

—Aquí. —Señaló el penúltimo renglón—. Esta es el alma que buscas.

Dylan se inclinó por delante y examinó el nombre.

—Jonas Bauer —murmuró—. Dieciocho años. Muerto el 12 de febrero de 1941. ¿Es él?

Caeli asintió.

Dylan se mordisqueó el labio inferior, pensativa. Dieciocho años. Tenía apenas unos años más que ella. Por alguna razón, cuando había imaginado a esa alma, la había visto como un hombre. Pero bien podría haber estado aún en el instituto. Pensó por un instante en los alumnos del último curso en Kaithshall. El delegado de la clase, los monitores. Eran inmaduros, unos chicos tontos. No los imaginaba de uniforme, con un arma en la mano. No los imaginaba haciendo frente a alguien, sabiendo que esa decisión equivalía a firmar su propia condena a muerte.

Dieciocho años. Un chico y un hombre. ¿Quién habría sido Tristan para él? ¿Cómo habría hecho que Jonas lo siguiera?

Dylan levantó la cabeza y miró a Caeli.

—Quiero hablar con él.

Capítulo veintidós

Caeli no había discutido ni había preguntado el motivo de la extraña petición de Dylan. Había extendido un brazo, indicando que debían atravesar la biblioteca. Ella vaciló, y echó un último vistazo a la página antes de seguir al ser. Antes de apartar la mirada, algo le llamó la atención. Allí, al pie de la página, había otro de esos asientos curiosos. Otra alma tachada.

Sin embargo, no tuvo tiempo para interrogar a Caeli acerca de aquellas extrañas líneas eliminadas. El ser se alejó unos metros hasta una puerta que había en una pared y que tal vez estaba allí un momento antes, o tal vez no. Dylan no estaba segura. Frunció el ceño y se frotó la frente, desorientada.

—¿Eso…? —empezó a preguntar, volviéndose hacia Caeli.

El ser le sonrió, esperando el resto de la pregunta, pero Dylan no la completó. En realidad, no tenía importancia. Ahora la puerta estaba allí, y debía concentrarse en lo que fuera que hubiera del otro lado. Todo era muy confuso.

—¿Por allí? —le preguntó, mirando la puerta de aspecto sólido. Era oscura, tal vez de caoba, y tenía paneles con tallas elegantes, acordes al entorno imponente. El pomo era pequeño y redondo, de bronce bruñido.

Caeli asintió. Dylan esperó que le abriera la puerta —no era que estuviera acostumbrada a la caballerosidad, pero aparentemente ese ser estaba a cargo allí—, pero Caeli no se movió. ¿Sería otra de esas cosas que tenía que hacer ella misma, como cruzar el límite del páramo? Miró a aquel ser en busca de confirmación, extendió una mano y aferró el pomo. Lo hizo girar con facilidad, y Caeli retrocedió para que pudiera abrirla de par en par. Así lo hizo Dylan, y tras dedicarle otro vistazo nervioso a aquel ser, cruzó la puerta y observó el entorno.

Una calle. Al instante, Dylan se sintió más cómoda. Aunque los edificios no se parecían a nada que ella hubiese visto: eran muy diferentes de las torres de apartamentos de arenisca roja de Glasgow. Ante ella se extendía hilera tras hilera de casas de una sola planta, con césped bien cortado y macetas con flores en la parte frontal. Había vehículos, casi todos de color negro lustroso, con capós largos y curvos y unos relucientes estribos plateados a lo largo de sus laterales, estacionados en las entradas de las casas o junto al borde de la acera. Parecía una imagen de aquellas películas viejas que Joan le hacía ver a veces, cuando invitaban a cenar a alguno de sus muchos vecinos de edad avanzada. El sol partía el cielo, y en el lugar había un ambiente sereno y apacible.

Dylan salió a un sendero bien pavimentado que atravesaba un jardín delantero. Oyó un chasquido suave a su espalda, y al darse la vuelta vio que se cerraba la puerta. Por lo visto, había salido de uno de los edificios: una casa con buhardilla y paredes exteriores revestidas de una madera oscura. No vio a Caeli por ninguna parte, pero Dylan presintió que le bastaría con recordar la puerta para regresar al archivo.

Se demoró un segundo para memorizar la maceta con flores amarillas y anaranjadas que estaba a la derecha del único escalón, y el número nueve en bronce, clavado justo en el centro de la puerta, encima de un buzón angosto. Segura de que podría volver a encontrar la casa, se volvió nuevamente hacia la calle. Se oía un sonido metálico que se esforzó por reconocer. Tenía un cierto silbido de fondo, pero alcanzó a distinguir una melodía. Era como escuchar una radio que estaba un poco fuera de sintonía. Se encaminó hacia el sonido, avanzando entre los automóviles, hasta que llegó a un par de piernas que sobresalían debajo de un vehículo negro reluciente. Allí el sonido era más fuerte, y Dylan vio que había estado en lo cierto: sobre el coche había una radio antigua, de las que habría usado su abuela. Uno de los pies se movía al compás de la música, una vieja canción que Dylan no reconoció.

Se preguntó si tal vez acababa de encontrar a Jonas.

—¿Hola? —llamó, al tiempo que se inclinaba ligeramente para espiar debajo del coche. No llegó a ver mucho, solo más de las piernas.

El pie dejó de moverse. Un segundo después, hubo un sonido de arrastre y las piernas se estiraron, luego apareció el cuerpo, y por último, un rostro grasiento. Dylan esperó mientras el hombre se ponía de pie.

Tenía rostro aniñado, eso fue lo primero que llamó su atención: mejillas lisas y redondeadas bajo unos brillantes ojos azules; tenía el cabello cuidadosamente peinado con la raya a un lado, pero se le habían escapado varios mechones que ahora estaban erizados en ángulos extraños, lo que le daba un aspecto aún más infantil. Era un rostro que no parecía concordar con el cuerpo de un hombre alto y de hombros anchos.

Dylan estaba segura de que esa era el alma que buscaba. No era como lo había imaginado, pero sin duda era él, Jonas. De pronto recordó que era alemán, y se preguntó si podría hablar con él. Dylan había estudiado francés en la escuela, pero su alemán se limitaba a contar del uno al cinco.

—¿Puedes entenderme? —le preguntó.

Él le sonrió, y al hacerlo reveló dientes no del todo regulares.

—No hace mucho que estás aquí, ¿verdad? —respondió en un inglés perfecto, casi sin acento.

—Ah. —Dylan se ruborizó al darse cuenta de su torpeza—. Lo siento, no. Acabo de llegar.

El hombre sonrió un poco más en gesto solidario.

—Sí, puedo entenderte —le aseguró.

—Eres Jonas —dijo. No fue una pregunta, pero de todos modos él asintió—. Yo soy Dylan.

—Hola, Dylan.

Entonces hubo una pausa. Jonas la observaba con paciencia, con cierta sorpresa en su rostro amable, y un poco de curiosidad. Dylan hizo una mueca y cambió de posición, incómoda. ¿Para qué había pedido verlo? ¿Qué quería preguntarle? Estaba tan confundida, tan desconcertada, que no lograba aclarar su mente.

—Pedí verte —dijo, pues presentía que debía explicarse—. Quería… hablar contigo. Hacerte algunas preguntas. Si te parece bien, claro.

Jonas siguió esperando con paciencia, y Dylan lo tomó como una señal de que prosiguiera.

—Quería preguntarte por tu barquero.

Evidentemente, no era una pregunta que Jonas hubiera esperado. Se sorprendió y frunció el ceño, pero con un movimiento del mentón le indicó que prosiguiera. Dylan jugueteó con la lengua entre los dientes y se mordió hasta que le dolió. ¿Qué quería saber?

—¿Se llamaba Tristan? —preguntó Dylan. Mejor empezar por algo sencillo.

—No —respondió Jonas, meneando la cabeza lentamente, como quien intenta recordar cosas muy lejanas en el tiempo—. No, se llamaba Henrik.

—Ah —logró mascullar Dylan, sin lograr disimular la decepción. Tal vez no había sido él, entonces. Tal vez Caeli se había equivocado.

—¿Qué aspecto tenía?

—No lo sé, normal, supongo. —Jonas se encogió de hombros, como si fuera una pregunta difícil de responder—. Parecía un soldado como cualquier otro. Alto, cabello castaño, de uniforme.

¿Cabello castaño? Eso tampoco coincidía.

—Recuerdo… —Jonas exhaló y sonrió de pronto—. Recuerdo que tenía los ojos más azules que yo hubiera visto. Le hice una broma acerca de eso: con esos ojos, parecía el prototipo de soldado nazi. Tenían un color extrañísimo.

—Azul cobalto —murmuró Dylan, viendo el color en su mente con la misma claridad que si Tristan estuviera delante de ella. El rostro que rodeaba a los ojos estaba un poco borroso, ya empezaba a desdibujarse, pero el calor frío de su mirada aún la quemaba. Era él, era Tristan. Sonrió para sí. Al menos eso sí era real.

Tal vez cambiaba de nombre para cada alma, y elegía uno que pensaba que les agradaría. Dylan recordó lo que él le había dicho, que tenía que hacer que lo siguieran, y se ruborizó al oírlo en su mente decir que pensaba que se sentía atraída por él. A ella le había gustado el nombre Tristan; le había parecido antiguo, misterioso. Muy distinto de los clones de David, Darren y Jordan que había en su escuela. ¿Acaso eso también era parte de su trabajo, un engaño más? Sintió una opresión en el pecho al darse cuenta, con súbita tristeza, de que tal vez ni siquiera conocía el verdadero nombre de Tristan. Si lo tenía.

—Cierto —concordó Jonas, con una sonrisa—. Azul cobalto. Es una buena descripción.

—¿Cómo… cómo era él?

Inconscientemente, Dylan se llevó una mano a la cara y empezó a mordisquearse una uña. Ahora que estaba llegando a las preguntas importantes, de pronto se sentía nerviosa; no estaba segura de querer las respuestas, pues temía oír algo que no le agradara.

—¿A qué te refieres? —preguntó Jonas, confundido.

Dylan exhaló largamente por la nariz, con los labios torcidos hacia un lado. No estaba segura de cómo expresarlo.

—¿Fue... amable contigo? ¿Te cuidó?

En lugar de responderle, Jonas ladeó la cabeza, y sus ojos azules —más apagados que los de Tristan, pero atentos— la observaron con atención.

—¿Por qué me haces estas preguntas?

—¿Qué? —masculló Dylan, retrasando la respuesta. Dio medio paso atrás, hasta que su espalda se topó suavemente con otro automóvil estacionado.

—¿Qué es lo que quieres saber en realidad, Dylan?

Le resultó extraño oír su nombre pronunciado con un acento extranjero. Parecía raro, distinto. No parecía suyo. Inquieta y confundida como estaba, en cierto modo coincidía con su estado de ánimo.

—¿Dylan?

Con un sobresalto, la voz de Jonas la arrancó de su ensimismamiento.

—Lo echo de menos —admitió, mirando el suelo; la turbación la llevó a decir la verdad. Al cabo de unos segundos, levantó la vista y Jonas seguía mirándola, con expresión entre compasiva y confundida—. Pasamos por muchas cosas juntos y... lo extraño.

—¿Cuándo llegaste aquí?—preguntó Jonas.

—Ahora. Es decir, justo antes de venir a verte. Hará una hora, tal vez.

¿Había horas todavía?

Jonas frunció más el ceño, y la pequeña línea que había entre sus ojos se profundizó.

—¿Y has venido directamente a verme? ¿No tienes familiares a los que quieras ver? ¿Personas a las que creíste que no verías nunca más?

Dylan apartó la mirada antes de responder; la avergonzaba un poco la respuesta franca.

—No los quiero a ellos. Quiero a Tristan.

—¿Qué ocurrió en tu viaje?

—¿Qué?

Sorprendida por la pregunta, Dylan se volvió hacia el alemán. Estaba recostado contra el coche en el que había estado trabajando, cruzado de brazos y con el rostro contraído como haciendo un esfuerzo por entender.

—No te sigo. Cuando conocí a Henrik... digo, a tu Tristan —se corrigió, al ver la mueca de Dylan—, yo sabía que estaba muerto. Casi de inmediato me di cuenta de quién era él, de lo que había ocurrido. Me alegró tener su compañía durante el viaje, pero luego, cuando terminó, nos separamos. Y ya. Yo seguí mi camino, él siguió el suyo hacia la siguiente alma. Si pienso en él, lo recuerdo con afecto. Pero no podría decir que lo echo de menos.

Dylan lo miró, decepcionada. Jonas tenía razón: no la entendía. No podía. De hecho, ella podía recurrir a todos los nombres que figuraban en el libro de Tristan y no encontrar una sola alma que hubiera sentido lo mismo que ella, que supiera lo que era sentir ese dolor persistente que le anudaba el estómago, como si le faltara una parte vital de su cuerpo.

Ese pensamiento le resultó reconfortante y deprimente a la vez.

Dylan se volvió hacia un lado, apartándose de Jonas. Él seguía observándola con ojos compasivos, y era doloroso ver reflejado en ellos su rostro abatido. Lo que más quería Dylan en ese momento era apartarse de él, buscar un sitio tranquilo en el que esconderse y entregarse al cúmulo de pensamientos que le paralizaban el cerebro.

—Mira, gracias por escucharme. Te... te dejaré volver a tu coche. ¿Estás reparándolo?

—Sí. —Jonas sonrió con cierta picardía, y sus mejillas regordetas casi hicieron desaparecer sus ojos—. Cuando estaba vivo, siempre quise tener un coche. —Sus palabras le resultaron chocantes a Dylan, pero no se inmutó—. Ahora puedo jugar cuanto quiera. Aunque creo que funcionaría de todos modos, le hiciese lo que le hiciese. Pero me gusta fingir que lo que le hago le sirve. ¡Me entusiasmé tanto cuando crucé y lo vi, que al principio casi no me di cuenta de que estaba otra vez en Stuttgart! —Sonrió a Dylan con cierta tristeza—. Al menos, eso tiene de bueno este lugar… es como volver a casa.

A casa. Allí estaba otra vez esa palabra. Los ojos de Dylan se nublaron, y sus labios se fruncieron con fastidio.

—Yo no voy a casa —replicó.

—¿Cómo dices?

Jonas la miró con los ojos entornados, como si no entendiera.

—La sala de archivos, de allí puedes ir a cualquier parte, ¿cierto? —preguntó Dylan.

—Pues… sí. —Jonas aún parecía perplejo—. Pero cuando cruzaste la línea en el páramo, cuando pasaste a este lado… —Hizo una pausa, ladeó la cabeza y la miró—. ¿No fuiste a tu lugar?

Esta vez fue Dylan quien quedó perpleja.

—Yo estaba aún en lo que parecía el páramo —respondió.

—¿Estás segura? —insistió Jonas.

Dylan alzó las cejas. Claro que estaba segura.

—Absolutamente —respondió—. Estaba parada en el mismo lugar. Solo que Tris… mi barquero había desaparecido.

—Eso no está bien —le dijo Jonas, con la frente arrugada de preocupación—. Todos los demás con quienes he hablado, mi familia, mis amigos… su primer momento a este lado fue en el lugar al que consideraban su hogar.

Dylan no supo qué responder a eso. Debería sentirse mal, supuso, por no haber ido a parar a su antiguo hogar, o a casa de su abuela.

Pero no se sentía mal. Eso la tranquilizó. Su lugar estaba con Tristan: eso era lo que su cerebro estaba diciéndole. Por mucho que odiara el páramo —el frío, el viento, ¡escalar colinas!—, ese era su lugar.

No debía estar donde se encontraba ahora. Allí no encajaba, para variar.

—No debería estar aquí —murmuró, más para sí misma que para Jonas. Se apartó de él. Quería estar sola. Sola para pensar; sola para llorar. Se obligó a disfrazar su voz de optimismo—. Bueno, que te diviertas con tu coche. Gracias otra vez.

Dylan se alejó antes de que la última palabra saliera de su boca. Sus pasos rápidos ya la alejaban, y sus ojos buscaban las macetas y el número nueve de bronce.

—¡Oye! ¡Oye, espera!

Con un susurro de fastidio que escapó por entre sus dientes apretados, Dylan se detuvo en seco. Esperó un segundo y luego se dio la vuelta con recelo.

Jonas se apartó del coche y caminó la mitad de la distancia que los separaba. La preocupación agregaba años a su rostro, casi le daba aspecto de adulto.

—¿No vas a intentarlo? —le preguntó, en voz tan baja que Dylan casi no lo oyó.

—¿Intentar qué?

Antes de responder, Jonas miró a izquierda y derecha. Dylan alzó las cejas, intrigada.

—Volver —dijo Jonas, articulando las palabras pero sin pronunciarlas.

—¿Qué? —exclamó Dylan, y de manera inconsciente se acercó hasta que quedaron cara a cara—. ¿Cómo que volver?

¿Volver a dónde? ¿Al páramo? ¿Acaso estaba diciéndole que se podía?

Jonas la hizo callar y alzó las manos en señal de advertencia, al tiempo que miraba alrededor. Sin hacer caso del temor de él, Dylan bajó la voz y repitió la pregunta.

—¿Cómo que puedo intentar volver? Yo creía que no se podía.

—No se puede —respondió Jonas enseguida, pero con expresión furtiva.

—Pero… —dijo Dylan, instándolo a seguir.

—Pero nada.

Jonas intentó retroceder, pero ella no lo dejó; por cada paso que él retrocedía, ella avanzaba uno.

—Ya lo han intentado —adivinó. Entonces le llegó la inspiración como un rayo—. Los nombres tachados —murmuró.

¿Acaso se había equivocado y no se trataba de almas que se habían perdido durante el viaje hacia allí, sino en el viaje de vuelta? Era posible.

—No puedes volver. —Jonas repitió las palabras de Caeli casi como si la respuesta fuera automática de tan arraigada, pero no pudo mantener la expresión de inocencia ante la obvia incredulidad de Dylan.

—¿Cómo lo hicieron? —le preguntó ella, avanzando otra vez. La respuesta del alemán fue silencio—. ¿Cómo lo hicieron, Jonas?

Jonas apretó los labios y la observó, pensativo.

—No lo sé.

Dylan lo miró; de pronto tenía demasiada esperanza para ser tímida.

—Mientes —replicó, mirándolo con perspicacia.

—No, Dylan. No sé cómo se hace. Pero sí sé que equivale a suicidarse.

Dylan rio con amargura.

—Ya estoy muerta.

Jonas la miró largamente.

—Sabes lo que quiero decir.

Dylan lo pensó un segundo. Muerta. Muerta *de verdad*. Para siempre. Eso la asustaba; con solo pensarlo, su corazón empezó a palpitar con dolorosa intensidad. Pero, por otra parte… ¿qué sentido tenía quedarse allí? Sí, a la larga Joan, su padre, Katie, todos cruzarían. Podía recuperar su vida anterior, o una extraña versión de esa vida. Y podía sentirse tan sola y fuera de lugar como antes; antes del páramo.

Para eso no valía la pena esperar toda una vida. Si supiera que Tristan llegaría, tal vez sí podría soportar quedarse. Pero eso no ocurriría jamás. Él nunca llegaría. Ese pensamiento le produjo una punzada de angustia, y cerró los ojos por tanto dolor. Tristan. Aún recordaba con toda claridad la sensación ardiente de sus labios contra los suyos, sus brazos rodeándola. Qué ironía que en ese momento se hubiera sentido más viva que nunca.

¿Valía la pena arriesgarse al olvido eterno por volver a sentirse así?

Sí.

—¿Cómo puedes estar tan seguro, si ni siquiera sabes cómo se hace? —lo desafió. Se negaba a dejarse abatir por la negatividad de él, ahora que le había dado una esperanza a la cual aferrarse.

—No, Dylan. No lo entiendes. —Jonas meneó la cabeza y alzó las manos, alarmado—. Aquí hay almas que han visto pasar siglos. Han conocido a cientos, quizá miles de almas que han intentado regresar, con su esposa o sus hijos. Ni una de ellas volvió jamás por aquí para contarlo. Tú viste a los espectros, sabes lo que hacen.

Dylan se mordió el labio, pensativa.

—¿Cómo sabes de ellos? ¿De los que lo intentaron?

Jonas hizo un gesto desdeñoso con la mano.

—Rumores.

Rumores. Dylan se adelantó con mirada feroz. Jonas intentó retroceder, pero no tenía a dónde. Dylan lo miró con decisión.

—¿Rumores de quién?

CAPÍTULO VEINTITRÉS

Vivía en un edificio de madera que Dylan solo podía describir como una choza, rodeada por kilómetros y kilómetros de llanura. Era un sitio agreste y aislado, con perros que ladraban y densos nubarrones, aunque la lluvia que estos escondían en su gris acerado permanecía en el cielo. Eliza. El alma más vieja que Jonas conocía. Si había alguien que pudiera darle respuestas, le dijo a Dylan, era Eliza.

Para llegar allí, simplemente habían cruzado otra de las puertas de la calle de Jonas. En un momento estaban rodeados de edificios, y al siguiente, por arena y plantas rodadoras. Dylan observó a Jonas cerrar un portón desvencijado, hecho de trozos de madera deformados, unidos por clavos oxidados.

—¿Has estado aquí antes? —le preguntó, cuando él señaló el camino hacia la casa de la anciana, donde se veía una luz brillante en una ventana. Allí estaba mucho más oscuro, y aquel resplandor cálido era como una bienvenida.

—No. —Jonas meneó la cabeza—. Pero no sé de nadie más que pueda ayudarte.

La miró con expresión extraña, y Dylan cayó en la cuenta de que él esperaba que Eliza intentara disuadirla, más que ayudarla. Un poco nerviosa, miró la casa.

—¿Quién es? —preguntó Dylan—. ¿Cómo sabe de estas cosas?

—Lleva mucho tiempo aquí —respondió Jonas.

Dylan apretó los labios en una línea insatisfecha. Eso no respondía su pregunta, pero presintió que Jonas no sabía más.

Él subió a una galería de aspecto endeble y llamó a la puerta, pero Dylan esperó detrás. Aunque no había vacilado en abordar a Jonas, la perspectiva de hablar con otra alma la hacía sentir insegura y tímida. Tal vez porque se trataba de una anciana, una adulta hecha y derecha. Tal vez porque la mujer no había conocido a Tristan. Por el motivo que fuera, Dylan se mantuvo atrás en lugar de acercarse. Sabía que, si Jonas no la hubiera acompañado, no habría llegado hasta allí.

Pensó en cambiar de idea, en decirle a Jonas que no se molestara. En aquel paisaje ajeno e implacable, Tristan parecía más lejano aún. Pero entonces, desde dentro, una voz dijo «Adelante»; Jonas abrió la puerta y le indicó con la mano que entrara. Dylan no pudo sino acceder.

En el interior, la casa era un poco más acogedora, y eso le calmó un poco los nervios. Había un fuego encendido, y las paredes estaban adornadas con tejidos. Era una cabaña de un solo ambiente; en un extremo, contra la pared, estaba la cama, y al otro lado, bajo la ventana, había una pequeña cocina. En el medio, estaba sentada una anciana envuelta en mantas, meciéndose suavemente en una antigua mecedora de madera. La mujer la miró con curiosidad, pero Dylan siguió observando la habitación y preguntándose si así habrían sido las casas seguras del páramo antes de deteriorarse.

—Eliza, ella es Dylan, y… —la presentó Jonas.

—Quieres saber cómo volver —completó la frase la anciana, con voz leve y débil, pero cuando Dylan giró la cabeza y la miró boquiabierta, sorprendida de que hubiera adivinado tan pronto el motivo de su visita, vio sus ojos atentos y penetrantes.

—¿Cómo ha sabido que…?

Dylan no terminó la pregunta al ver la expresión astuta de Eliza.

—Siempre vienen a verme cuando quieren saber eso. He visto a cientos como tú, querida —respondió, no sin bondad.

—¿Puede decirme cómo se hace? —preguntó Dylan, cruzando a su espalda los dedos de su mano izquierda.

Eliza la observó un largo rato.

—Siéntate —dijo por fin.

Dylan frunció el ceño. No quería sentarse. Estaba agitada, conteniéndose. Quería caminar, moverse y liberar algo de la tensión que le crispaba los músculos. Quería averiguar qué sabía la anciana y luego ponerse en marcha.

Eliza la miró como si supiera con exactitud lo que estaba pensando. Volvió a señalar la única silla que había en la habitación además de la suya.

—Siéntate.

Dylan se sentó en el borde de la silla, con los dedos apretados entre las rodillas para que no tamborilearan ni temblaran. Fijó los ojos en Eliza, sin reparar en que Jonas se acomodaba discretamente a su espalda, contra el borde de la mesa.

—Dígame lo que sabe —le exigió.

—Saber, no sé nada —respondió la anciana—. Pero he oído cosas.

—¿Y qué diferencia hay?

Eliza le sonrió, pero en su expresión había un dejo de nostalgia.

—Certeza.

Eso paró a Dylan en seco, pero solo un momento.

—Entonces, dígame lo que ha oído. Por favor.

Eliza cambió de posición en su silla y se acomodó los chales que tenía sobre los hombros.

—*Oí*—dijo, haciendo hincapié en la palabra— que es posible volver a cruzar el páramo.

—¿Cómo? —susurró Dylan.

—Ya sabes cómo funciona este lugar. Lo único que debes hacer es encontrar la puerta.

—¿Y dónde está?

La pregunta salió de los labios de Dylan incluso antes de que Eliza terminara de hablar. Su ansiedad parecía causar gracia a la anciana, pues se le crisparon las comisuras de los labios como conteniendo una sonrisa.

—Cualquier puerta.

—¿Qué? —preguntó Dylan con impaciencia—. ¿Cómo que cualquier puerta?

—Cualquier puerta te llevará allí. No depende de la puerta, sino de ti.

—No puede ser. —Dylan meneó la cabeza, rechazando la idea—. Si cualquier puerta puede llevar allí, todo el mundo lo intentaría.

—No, no es verdad —la contradijo Eliza con suavidad.

—¡Claro que sí! —explotó Dylan. Empezaba a enfurecerse; era una pérdida de tiempo sentirse así.

—No —repitió Eliza—. Porque cuando la mayoría intenta abrir esa puerta… y tienes razón, muchos lo intentan; cada vez que intentan abrir la puerta, se bloquea.

—Es este lugar —murmuró Dylan—. Es como una cárcel, no te deja salir. Yo sé —prosiguió, al ver que Eliza meneaba la cabeza— que la mayoría no quiere irse. Pero si quieren, deberían permitírselo.

—Te equivocas —repuso Eliza—. No es este lugar. Son las almas: ellas mismas se detienen.

—¿Cómo? ¿Por qué? —preguntó Dylan, acercándose más aún al borde de la silla; de pronto estaba interesada.

—En realidad, no quieren irse. No, no es eso: sí quieren irse, pero más que eso, no quieren morir. En el fondo, saben que si vuelven a cruzar el páramo es probable que mueran, y eso los detiene, los retiene aquí. Porque saben que, si tienen paciencia, si esperan, volverán a ver a sus seres amados. No pueden afrontar el riesgo de intentarlo y fracasar, sabiendo que sería verdaderamente el fin.

Dylan oyó la advertencia en sus palabras: quédate. Espera. Pero lo que Eliza no entendía era que, por más que esperara, Tristan no vendría a ella.

—¿Y cómo se hace para abrir la puerta?

Eliza abrió las manos, como si la respuesta fuera obvia.

—Tu deseo de volver tiene que ser más fuerte que el deseo de que tu alma sobreviva.

Dylan lo pensó. ¿Era así? Creía que sí. Y, según parecía, no perdería nada por probar la puerta y averiguarlo. Pero aunque lograra volver al páramo, ¿después qué? ¿Cómo encontraría a Tristan? Dudaba de que Eliza pudiera decirle eso. ¿Habría habido alguna vez un alma que deseara reunirse con su barquero? A Dylan no le importaba si ella y Tristan se quedaban allí o si regresaban al mundo real. Ni siquiera si vivían en el páramo. Se estremeció al pensar en los espectros, en volver a enfrentarse a ellos, pero lo haría. Lo único que quería… lo único que quería era a Tristan.

Eliza suspiró, y eso arrancó a Dylan de sus pensamientos.

—Siempre son los jóvenes quienes quieren volver —murmuró—. Siempre.

—¿Usted no tuvo esa tentación? —le preguntó Dylan, distraída por un momento.

Eliza meneó la cabeza y sus ojos se ensombrecieron de dolor.

—No, muchacha. Yo era vieja, sabía que no tendría que esperar mucho hasta que llegara mi esposo.

—¿Y él, dónde está? ¿Aquí? —preguntó Dylan, antes de darse cuenta de su poca delicadeza.

—No. —La voz leve, susurrante de Eliza casi desapareció por completo—. No, no logró atravesar el páramo.

—Lo siento —murmuró Dylan con la cabeza gacha, avergonzada.

El rostro de Eliza se había cerrado sobre sí mismo y las lágrimas amenazaban con salir, pero luego pareció armarse de valor, enderezó la espalda e inhaló profundamente.

—Supongo que quieres saber qué sucede cuando vuelves a cruzar —dijo.

Dylan se encogió de hombros. No había llegado a pensarlo. La idea de retomar su vida anterior no se le hacía más atractiva que la de quedarse allí. Pero resultaría extraño que no demostrara interés. No estaba segura de querer confesar a Eliza cuáles eran sus verdaderas intenciones. Contárselo a ella no sería lo mismo que contárselo a Jonas.

—*Oí decir…* —Una vez más, Eliza intentó que Dylan entendiera el riesgo al que se exponía—… que si logras regresar adonde está tu cuerpo, puedes volver a entrar en él.

—¿Todavía estará allá? —Dylan se horrorizó; por un momento, olvidó que eso no era parte de su plan—. Seguramente ya lo habrán retirado. Mi madre me habrá enterrado. Dios mío, no volvería al ataúd, ¿o sí? ¿Y si me mandó incinerar?

El pánico y la repulsión convirtieron las últimas palabras en un chillido.

—Dylan, el tiempo se ha detenido. Para ti, al menos. Tu cuerpo estará exactamente donde lo dejaste.

Dylan asintió. En su mente, el plan iba tomando forma. Se vio remando por el lago, recorriendo un sendero en el valle. Pensó en el suelo color sangre, el cielo abrasado, pero ni siquiera esas imágenes aterradoras lograron disuadirla. Su decisión estaba solidificándose.

Iba a hacer el intento, lo sabía. De algún modo haría que la puerta se abriera, y lo intentaría. Buscaría a Tristan. Sonrió apenas para sí, complacida con su decisión. Levantó la vista y vio que Eliza estaba observándola con atención.

—Hay algo más —dijo la anciana lentamente—. Algo que no estás diciéndome.

Sus ojos escudriñaron el rostro de Dylan. Fue incómodo, como si intentara ver hasta lo más íntimo de su ser. Dylan hizo una mueca, conteniendo el impulso de apartarse.

—No quieres volver —adivinó Eliza—. No hasta el principio del camino. ¿Qué es lo que buscas, Dylan?

¿Qué sentido tenía mentirle? Dylan se mordió los labios un momento, y luego decidió confiar en ella. De todos modos, ya había tomado su decisión, dijera lo que dijera Eliza. Quizá la anciana pudiera ayudarla.

—Quiero encontrar a mi barquero —confesó en voz baja.

Hecha la confesión, Dylan contuvo el aliento, esperando la reacción de Eliza. La anciana se mantuvo impasible; solo los labios ligeramente fruncidos revelaban sus emociones mientras pensaba en las intenciones de Dylan.

—Eso es más difícil —dijo, al cabo de un doloroso minuto.

El corazón de Dylan se aceleró.

—¿Pero no imposible? —preguntó.

—Tal vez no imposible.

—¿Qué tengo que hacer?

—Tienes que encontrarlo.

Dylan parpadeó una, dos, tres veces, confundida. Eso no era difícil. Estaría guiando a otra alma. Bastaría con esperar en una casa segura, y a la larga él llegaría.

Entonces recordó. Recordó las siluetas ensombrecidas que había visto moverse por el páramo. Recordó la horda de espectros negros que no les perdían el rastro. Y las esferas. Las esferas brillantes que alumbraban el camino, que daban a las almas algo que seguir, que las protegían. ¿Acaso Tristan sería solo eso para ella ahora, una esfera? De ser así, ¿cómo haría para diferenciarlo de los otros miles de guías? *Tú lo sabrás*, dijo una vocecita en el fondo de su mente. Pero solo una vez. Muy leve. Porque el resto de su cerebro consciente volcó toda la fuerza de su desdén contra la vocecita. Eso no era una película romántica de esas que empalagan. Era la vida real. Si Tristan era una de esas cosas, si no podía verlo, oírlo, jamás podría reconocerlo entre los demás.

—¿Cómo lo encuentro? —preguntó—. He visto a los otros barqueros en el páramo. No son personas, son solo…

—Luz —completó Eliza. Dylan asintió; era una buena descripción—. Pero —prosiguió— sigue siendo *tu* barquero. Aunque desde entonces haya guiado a otra alma. Aunque haya guiado a mil almas. Si lo ves, deberías verlo como lo has visto siempre.

A Dylan se le iluminaron los ojos con una alegría que no pudo disimular. De modo que sí había una posibilidad. Oyó que Jonas tosía por lo bajo detrás de ella, y lo miró con una gran sonrisa. Había llegado a él solo por un pálpito; ¿cuánto habría tardado en hallar todas esas respuestas ella sola? ¿Cuántos largos años había necesitado Eliza para entender cabalmente el funcionamiento de ese lugar?

—¿Cómo sabe todo esto? —le preguntó Dylan, sin dejar de sonreír.

Sin embargo, en la anciana no vio una sonrisa. Eliza suspiró.

—Ya te lo he dicho, y esto es algo que debes recordar, Dylan: no lo *sé*. En realidad no lo sé. Correrías un riesgo enorme.

Las dudas de Eliza no aplacaron el entusiasmo repentino de Dylan, aunque estaba decidida a intentarlo.

—¿Cuánto tiempo crees poder sobrevivir en el páramo? —le preguntó—. Aunque encuentres a tu barquero. ¿Durante cuánto tiempo crees poder evitar a los demonios?

—Pararemos en las casas seguras —replicó Dylan—. Allí no pueden entrar.

—¿Estás segura? Estás cambiando las reglas del juego, Dylan. ¿Cómo sabes que las casas seguras estarán allí, que te protegerán?

Dylan frunció el ceño; las palabras de Eliza la dejaban confundida.

—Pues entonces, no nos quedaremos en el páramo —afirmó, pero su voz ya había perdido algo de seguridad.

Eliza rio con desdén, pero su expresión era compasiva.

—¿Y a dónde iréis?

—¿Él puede venir conmigo?

Fue una pregunta tímida, un susurro. El corazón de Dylan, que se había acelerado, se detuvo y empezó a palpitar con fuerza y erráticamente, tan nervioso como ella en espera de la respuesta.

—¿A dónde?

—Aquí. Allí. Adonde sea. No importa.

—No le corresponde venir aquí.

—A mí tampoco —repuso Dylan. Intentó hacer caso omiso de la sonrisa compasiva de Eliza.

—Y tampoco le corresponde estar contigo. No es humano, Dylan. No siente como nosotros, no sangra.

—Sí sangra —replicó Dylan en voz baja. Quería decirle a Eliza que también podía sentir, que la quería, pero sabía que la anciana no le creería, y no deseaba tener que defender las palabras de Tristan cuando ella misma no estaba segura de cuánto las creía.

—¿Qué? —preguntó Eliza, confundida e insegura por primera vez.

—Que sí sangra —repitió Dylan—. Cuando… cuando lo atraparon los demonios, cuando lo arrastraron bajo tierra, le hicieron daño. Pero regresó a mí. Y estaba cubierto de magulladuras y rasguños.

—Nunca había oído una cosa así —comentó Eliza lentamente. Miró a Jonas, que seguía detrás de Dylan, y él también meneó la cabeza.

—Yo lo vi —insistió Dylan. Se inclinó hacia adelante y clavó la mirada en Eliza—. ¿Puede venir conmigo? Si no aquí, ¿al menos podemos regresar, volver a cruzar al otro lado?

El alma anciana se meció hacia atrás y hacia adelante mientras lo pensaba. Al cabo de un rato, meneó la cabeza. Dylan sintió un golpe helado en el vientre.

—No lo sé —admitió—. Tal vez. Es lo único que puedo decirte. Es un riesgo. —Miró a Dylan con mucha atención—. ¿Vale la pena?

Tristan estaba inmóvil, sentado en la silla de la casa segura derruida, observando dormir a la mujer. Aunque era bien adulta —hacía apenas un mes que había cumplido treinta y seis años— se la veía muy joven allí, acurrucada en la cama angosta. Su largo cabello castaño caía ondulándose sobre sus hombros, y los mechones cortos del flequillo le hacían cosquillas en las cejas. Bajo el lila pálido de sus párpados, sus ojos se movían hacia uno y otro lado, mirando sus sueños. En el cerebro obnubilado de Tristan no había espacio para preguntarse qué estaría viendo; simplemente se alegraba de que tuviera los ojos cerrados. Cuando los tenía abiertos, cuando estaba mirándolo, tenían el color preciso pero el tono equivocado de verde, y él no soportaba mirarlos.

Suspiró y se puso de pie, se desperezó y se acercó a la ventana. En el exterior estaba oscuro, pero para él eso no era problema. Le resultaba fácil distinguir las formas que se movían, sombras sobre sombras, que rodeaban el edificio diminuto, olfateando, saboreando. Esperando. Estaban frustradas. No habían llegado siquiera a oler al alma a la que Tristan estaba guiando. Ni ese día, ni el anterior, ni antes de ese. De hecho, era el cruce más fácil que había hecho en muchísimo tiempo. Sonrió con ánimo sombrío al pensar cuánto habría preferido Dylan las calles llanas de aquella ciudad desolada. No la habrían perturbado los rascacielos abandonados que hacían que la mujer estirara el cuello cada tres segundos.

Siempre pensaba así en ella: como «la mujer». No quería pensar su nombre. Para él, ella era un trabajo, no una persona, aunque era alegre y de modales apacibles. Su temperamento vivaz y optimista llenaba el aire de calidez y mantenía el cielo azul y brillante. Era mansa, además, y aceptaba sin cuestionar las mentiras que él le contaba. Cada noche, llegaban a la casa segura con tiempo de sobra. Mejor así, pues la mente de Tristan no estaba en ello.

En blanco. Más no podía. En blanco y sin emociones. Sin pensamientos. De haber estado concentrado, quizás habría sentido pena por la mujer. Parecía agradable; era simpática, amable, tímida. Lo que le había ocurrido era injusto: la había asesinado un ladrón mientras dormía. Merecía que sintiera pena por ella, pero Tristan estaba demasiado ocupado compadeciéndose de sí mismo y no le quedaba para los demás.

Un ruido a su espalda lo hizo girar la cabeza, pero se tranquilizó casi antes de completar el movimiento. Solo era ella, que tosía levemente mientras se acomodaba sobre el colchón. Tristan la observó un momento con aprensión, pero la mujer no se despertó. Bien. No creía poder conversar.

Contemplar la noche no bastaba para distraerlo. Tras un largo rato de tamborilear los dedos en silencio en el alféizar de la ventana, Tristan se volvió y reanudó su vigilia en la dura silla de madera. Supuso que faltaba una hora o dos para que saliera el sol. Con suerte, la mujer seguiría durmiendo hasta entonces.

Eso le daba mucho tiempo libre. Seis horas había pasado allí sentado, solo, y había logrado no pensar en ella. Se permitió una sonrisa amarga. Era todo un récord. Y era también lo máximo que lograría. Cerró los ojos y repasó sus recuerdos hasta dar con el que buscaba. Ojos del mismo verde que los del alma que dormía profundamente a su lado, pero en un rostro diferente. La sonrisa de Tristan se hizo más amplia y se permitió acercarse lo más que podía a soñar.

CAPÍTULO VEINTICUATRO

—¿Qué vas a hacer?

Habían dejado a la anciana Eliza en su cabaña y Dylan, sin tener otro lugar adonde ir, había seguido a Jonas de vuelta a la calle que, ahora lo sabía, era una recreación de una parte de Stuttgart, la ciudad donde había vivido hasta su breve carrera en las fuerzas armadas. Estaban sentados sobre el capó del coche de él, y la radio seguía silbando viejas canciones que Dylan no reconocía.

Suspiró, intentando aclarar sus ideas.

—Voy a volver —respondió.

Jonas la miró con expresión sombría.

—¿Estás segura de que es lo correcto? —le preguntó con cautela.

—No. —Dylan sonrió con ironía—. Pero voy a hacerlo de todos modos.

—Podrías morir —la previno Jonas.

A Dylan se le borró la semisonrisa.

—Lo sé —dijo en voz baja—. Lo sé. Debería quedarme aquí, esperar a mi madre, a mis amigos. Buscar a mis parientes. Debería aceptarlo y ya. Sé que eso es lo que debería hacer.

—Pero no vas a hacerlo —completó Jonas.

Dylan hizo una mueca y se miró las manos, que estaban fuertemente entrelazadas. ¿Qué más podía decir? Jonas no lo entendía. No podía culparlo. A ella misma le costaba entender que lo correcto pudiera ser a la vez incorrecto.

—Mi madre siempre me decía que era obstinada —comentó, y luego sonrió—. Tristan me decía lo mismo.

—¿En serio? —preguntó Jonas, riendo.

Dylan asintió.

—Creo que al principio le fastidiaba mucho. No dejaba de decirle que debíamos ir hacia el otro lado.

Ahora resultaba gracioso evocar aquellos primeros días. ¿Cuántas veces lo había obligado a detenerse para convencerla?

—¿Te contó la anécdota de Santa Claus? —preguntó Jonas, riendo entre dientes.

—¡Sí! —Dylan rio. ¡Qué curioso! Cuando Tristan le había contado la historia, ella la había imaginado como algo moderno, como la gruta en el centro comercial de su ciudad. ¿Habría sido igual en… qué año? ¿En los años 30? ¿Antes?—. Él tenía una excelente opinión de ti, ¿sabes? —le informó a Jonas—. Cuando me contó tu historia, dijo que eras admirable. Y noble.

—¿De veras? —Jonas parecía complacido, y esbozó una amplia sonrisa cuando Dylan asintió para confirmar la veracidad de sus palabras—. Yo también creo que él es admirable —musitó—. El trabajo que hace, ir y venir todo el tiempo. No es justo lo que le ha tocado.

—Cierto —masculló Dylan.

Nada era justo. Ni lo que le había sucedido a Jonas, ni a ella. Ni lo que aún le sucedía a Tristan. Él merecía que lo liberaran de su… bueno, «trabajo» no le parecía la palabra más indicada. A uno le pagan por su trabajo. Y además tenía la posibilidad de renunciar, de marcharse. No, lo que tenía Tristan era una obligación. Y ya había sufrido bastante.

—¿Cuándo piensas intentarlo? —preguntó Jonas, y la arrancó de sus pensamientos.

Dylan hizo una mueca. No estaba segura. Su primera idea fue esperar hasta la mañana. Eso sería mejor, pues le daría todo un día de luz para intentar llegar a una casa segura. Pero luego se le ocurrió otra cosa. Tristan le había dicho que ya no necesitaba dormir, ¿y cuánto tiempo llevaba ya despierta? No se sentía cansada. ¿Existía allí la noche? El sol aún estaba en su cenit, como lo había estado antes de que fueran a visitar a Eliza.

Entonces, si el tiempo no era un obstáculo, supuso que la respuesta era: cuando estuviera lista. ¿Y eso cuándo sería?

Nunca.

Ahora.

Pensó en lo que le esperaba: una puerta que se trababa; un páramo; un ejército de espectros; una búsqueda imposible para hallar a Tristan, como encontrar una aguja en un pajar. Era una lista aterradora que la hacía temblar.

¿Y qué podía hacer para prepararse? Absolutamente nada.

Dylan tuvo un momento de puro terror. ¿Realmente podía hacerlo? Vaciló en su decisión; la parte práctica de su cerebro se resistía con desesperación a la idea de ser eliminada, borrada. Los cielos ensangrentados y los demonios que la aguardaban, volando en círculos, al otro lado de la puerta. ¿Por qué estaba haciendo eso?

Por Tristan. Por sus ojos tan azules. Por la tibieza de su mano fuerte tomando la de ella. Por la suavidad de sus labios, que la quemaban hasta el alma.

—¿Qué mejor momento que el presente?

Cualquier puerta, había dicho Eliza. Cualquiera la conduciría adonde ella quería ir, siempre y cuando estuviera segura de querer hacerlo. Pero Dylan sabía a dónde quería ir. Menos de diez minutos más tarde, estaba de pie frente a la puerta, inhalando el aroma embriagador de las flores anaranjadas y amarillas, y entornando los ojos por el brillo del sol que se reflejaba en el número de bronce que estaba justo en el medio de la puerta. Por esa puerta había llegado a ese lugar, dondequiera que estuviese. Le pareció apropiado usar esa misma puerta para abandonarlo.

Dylan contempló, pensativa, el pequeño pomo redondo. Jonas le había explicado cómo funcionaba. Solo tenía que pensar a dónde quería ir, y cuando abriera la puerta, allí estaría. Fijó en su mente una visión del páramo: las colinas altas y onduladas, el viento frío, el cielo cubierto de nubes. Empezó a extender la mano, pero enseguida se detuvo. No, eso no estaba bien. Ese no era el verdadero páramo. Sin Tristan, sabía lo que iba a ver. Con cierto temor, evocó una imagen diferente: la de un paisaje bañado en distintos tonos de rojo. Era allí adonde se dirigía en realidad.

Con los dientes apretados por la concentración, volvió a extender los dedos.

—Dylan.

Jonas la tomó por la muñeca y la detuvo.

Con un breve suspiro de alivio y alegrándose en secreto por la oportunidad de retrasarse, aunque fuera unos instantes, Dylan giró hacia él.

—¿Cómo moriste?

—¿Qué?

Dylan no estaba en absoluto preparada para esa pregunta y no pudo hacer otra cosa que mirarlo boquiabierta.

—¿Cómo moriste? —repitió.

—¿Por qué? —preguntó Dylan, perpleja.

—Bueno, es que… si lo logras, y sinceramente espero que lo hagas… —Le dedicó una sonrisa rápida—… vas a volver a entrar a tu cuerpo, tal como estabas. Lo que te sucedió, te habrá sucedido. Por eso me preguntaba: ¿cómo moriste?

—En un accidente ferroviario —murmuró Dylan casi sin mover los labios.

Jonas asintió, pensativo.

—¿Qué heridas sufriste?

—No lo sé.

Había estado muy oscuro, muy silencioso. Y en aquel momento, ella no había tenido la menor idea de que estaba muerta. De haber habido luz en el vagón, ¿qué habría visto? ¿Acaso su cuerpo había quedado caído en el asiento? ¿Había quedado aplastada? ¿Decapitada?

Si sus heridas habían sido tan graves, ¿podría volver?

Dylan meneó ligeramente la cabeza para apartar de su mente esas ideas morbosas antes de perder el valor. Ya estaba decidida, se recordó. Iba a hacerlo.

—No lo sé —repitió—, pero no importa. —Lo único que importaba era Tristan, pensó—. Adiós, Jonas.

—Buena suerte. —Jonas le sonrió con aire dubitativo, y Dylan comprendió que él no creía que fuera a lograrlo. Le dio la espalda a él y sus dudas—. Oye, una cosa más.

Esta vez Dylan suspiró con verdadera frustración.

—¿Qué? —preguntó, sin darse vuelta, con la mano aún extendida hacia el pomo de la puerta.

—Salúdalo de mi parte, por favor. —Pausa—. Espero que sobrevivas, Dylan. Tal vez volvamos a vernos.

Jonas se despidió al tiempo que retrocedía hacia la calle. Dylan sintió un leve asomo de pánico cuando se dio la vuelta y vio crecer la distancia entre ellos.

—¿No vas a quedarte? —le preguntó.

Lo que en realidad quería hacer era pedirle que fuera con ella, pero no podía hacer eso. No se lo pediría.

Jonas la miró y meneó la cabeza, sin dejar de retroceder.

—No quiero verlo —confesó.

Jonas levantó la mano a modo de despedida y esbozó una última sonrisa; luego se alejó rápidamente. Dylan lo observó cruzar la calle y pasar entre los coches hasta entrar en una casa. Y entonces, quedó sola.

Le pareció que en la calle había un silencio espeluznante. Desagradable. Casi le resultó fácil darle la espalda y enfrentarse a la puerta por tercera y última vez. Con el corazón acelerado y el labio superior cubierto por un fino rocío de sudor nervioso, extendió la mano hacia el pomo de la puerta. En su mente, evocó aquella imagen de pesadilla, bañada de rojo sangre, y mientras sus dedos tocaban el metal fresco, sus labios temblorosos murmuraban: «Páramo, páramo» una y otra vez. Aferró el pomo circular, inhaló profundamente y lo giró.

Dylan pensó que no ocurriría nada. Pensó que se toparía con una fuerza inamovible, una cerradura que jamás podría forzar. Estaba convencida de que tendría que quedarse allí de pie hora tras hora, intentando armarse de coraje, de convicción, hasta estar absolutamente segura de que quería hacer eso.

Pero la puerta se abrió con facilidad.

Atónita, la abrió de par en par y espió por la abertura.

El páramo.

El páramo ardiente, bermellón. El cielo tenía trazos de naranja y violeta. Ya era media tarde. Eso la asustó.

Ante ella se extendía el sendero que había seguido con Tristan aquel último día, cuando aún creía que él iría con ella, cuando el sol aún brillaba. En lugar de tener el color dorado de la arena y la gravilla, la playa estaba negra como la medianoche. Parecía ondular, como si algo bullera bajo la superficie. Y resplandecía ligeramente, como la melaza.

Dylan contuvo el aliento, alzó el pie y lo apoyó ligeramente. El sendero resistió. Tras un instante de vacilación, dio otro paso. Sus dedos soltaron la puerta. No necesitó darse la vuelta para verla: supo que se había cerrado. Lo supo en el mismo momento en el que se cerró. Porque ya no estaba sola.

Almas. Apenas volvió a ingresar en el mundo de los barqueros, estuvo rodeada de almas. Eran tal como las recordaba: transparentes, como sombras. Como fantasmas, desdibujándose ligeramente en el aire. Tenían rostros, cuerpos, pero parecían estar y no estar a la vez. Igual que sus voces. Cuando las había observado desde la casa segura, Dylan no las había oído porque estaba demasiado lejos y las paredes de la casa la protegían. Pero ahora parloteaban en voz alta a su alrededor. Aunque no decían nada con claridad. Era como escuchar debajo del agua, o con un vaso apoyado en la pared. Y además, rodeándolas, volando en círculos, había espectros. Dylan contuvo una exclamación, pero los demonios no amagaron atacarla. Sí la asustaban. Automáticamente, echó un vistazo por encima del hombro a la puerta cerrada. ¿Debía volver?

No.

«Anda, Dylan», se dijo. «Muévete».

Sus piernas obedecieron, y empezó a caminar con pasos tiesos que constantemente amenazaban convertirse en un trote. Tanto como podía, mantenía la mirada fija delante. Tenía los ojos puestos en un aro de colinas, a lo lejos. Colinas que, como sabía, bordeaban un lago en cuya orilla había una casa segura.

El sendero era sulfuroso. Las emanaciones de los gases, que permanecían como una niebla sobre la playa, formaban volutas en torno a sus pies, volutas que parecían capaces de solidificarse en manos si se demoraba demasiado. Dylan no sabía si era su imaginación, pero ya sentía los pies demasiado calientes, como si el calor ascendiera por las suelas de su calzado deportivo. El aire también estaba caliente, hasta el punto de ser incómodo. Así imaginaba Dylan que sería estar parada en medio de un desierto, sin siquiera un soplo de viento que aliviara el calor pegajoso. Sabía a arena y ceniza, y ya sentía la boca seca. Intentó respirar por la nariz y sus pulmones ardieron por falta de oxígeno. Sabía que estaba cerca de la hiperventilación, pero no podía evitarlo.

Solo debía llegar a la primera casa segura. Solo eso tenía que hacer, y no quería pensar más allá. Solo llegar a la primera casa.

Cerró los puños y posó con firmeza la vista al frente. Se sentía tentada, muy tentada, de mirar a las almas, de ver quién pasaba, pero un sexto sentido le indicó que eso era peligroso. De reojo, veía pasar las sombras de los espectros. Por lo que parecía, sin la luz de su esfera guía, no habían reparado en ella. Pero si lo hacían… no tenía un barquero que la protegiera. Sería presa fácil.

«No mires, no mires», repetía por lo bajo mientras se daba prisa.

Adelante, siempre adelante, siguió su marcha, sin mirar nada más que las colinas que se alzaban frente a ella, viéndolas hacerse más y más grandes, y más y más oscuras a medida que bajaba el sol.

Dylan llegó a la casa segura justo cuando el sol, brillante como una brasa, rozaba el filo de la colina más alta. Estaba jadeando, agitada, no por el esfuerzo, aunque había caminado más y más rápido mientras intentaba ir a la misma velocidad que la luz que se retiraba, pero con la tensión de mantener los ojos fijos adelante. Numerosas almas habían seguido pasando a su lado a gran velocidad, pero había tenido demasiado miedo para detenerse a mirarlas y solo había captado fragmentos de conversaciones, palabras sueltas y frases sin sentido, y algún llanto desgarrador.

Pero había observado que cuanto más tarde se hacía, más rápido intentaban viajar las almas. Había percibido su urgencia, visto de reojo destellos deslumbrantes de luz blanca, bellos en la penumbra, que las instaban a seguir. Aquellas almas estaban coqueteando con el peligro, abusando de su suerte. Aún les faltaba viajar mucho para llegar a la línea divisoria antes del anochecer, y sus barqueros lo sabían. Pero también lo sabían los espectros.

Emitían un sonido como Dylan no había oído jamás. Era como una mezcla de gritos y risas. Odio y deleite, desesperación y entusiasmo. Un sonido que la heló hasta los huesos. Y era casi imposible no mirar, no girar hacia el origen del sonido, para ver qué criatura podía ser tan feliz y tan torturada a la vez. Sintió un enorme alivio al divisar la casa segura; en aquel paisaje ensangrentado, le había preocupado la posibilidad de que no estuviera allí, de que no fuera igual. Pero allí estaba, como un oasis en el desierto, y cuando Dylan cruzó por fin la puerta de la casa, casi estaba llorando por el esfuerzo.

Después de eso, la noche pasó lentamente.

Encendió el fuego, se acostó en la cama. Cerró los ojos. Quería dormir. No porque estuviera cansada, sino solo para esconderse. Solo para matar el tiempo. Pero la inconsciencia la había abandonado, de modo que pasó las horas escuchando las risas extáticas de los espectros mientras se daban un festín con las almas que habían sido demasiado lentas, cuyos barqueros habían fracasado.

CAPÍTULO VEINTICINCO

—Estoy muerta.

No era una pregunta, de modo que Tristan no se molestó en responderla. Siguió con la vista al frente, dejando que la luz trémula del fuego lo arrullara hasta hacerlo caer en un semitrance. Detestaba esa parte. Detestaba el llanto, los gemidos y los ruegos. La verdad era que habían avanzado bastante, casi habían llegado al valle sin que la mujer fuera consciente de lo que estaba ocurriendo. Quizás habrían podido llegar hasta la línea divisoria —una hazaña que Tristan nunca había conseguido con las miles de almas que había tenido que acompañar— de no haber sido por los espectros. Esa alma, esa mujer, era tan tímida, tan dócil y obediente que no había cuestionado la palabra de Tristan ni una sola vez. Había llegado a ser algo hasta fastidioso: era como un papel en blanco, completamente vacía. Pero a él le había resultado cómodo.

Sin embargo, los espectros no permitirían que alguien tan ingenuo e inocente cruzara el páramo sin pelear. Se habían arriesgado a salir a la luz del sol, aprovechando la poca sombra que daban los árboles y los arbustos para atacar. Había sido fácil eludirlos, pero sus chillidos habían sido fuertes. Y Tristan no había podido hacer nada para impedir que la mujer mirara hacia el ruido.

—¿Qué me pasó?

La voz de la mujer era un susurro asustado.

Tristan parpadeó una vez, regresó a la habitación y la miró. Ella tenía los hombros levantados, los ojos muy abiertos y los brazos cruzados sobre el pecho, como si intentara abrazarse. La miró, vio su expresión patética y se obligó a no sentir absolutamente nada. No obstante, era su barquero; tenía que responder.

—Hubo un robo en tu casa. El ladrón te apuñaló mientras dormías.

—Y esas… cosas, allí fuera, ¿qué son?

—Demonios, espectros.

No dijo más que eso. No quería tener que dar largas explicaciones.

—¿Qué van a hacerme?

—Si te atrapan, devorarán tu alma y te convertirás en uno de ellos.

Tristan apartó la mirada para no ver el terror en el rostro de la mujer. A su pesar, empezaba a sentir pena por ella, y no podía permitirse eso. Otra vez, no.

Hubo un silencio que se prolongó tanto que Tristan casi se dio la vuelta para observar la expresión de la mujer. Pero oyó su respiración entrecortada. Estaba llorando. Eso era algo que él no quería ver.

—¿Sabes? Al principio pensé que ibas a robarme —comentó ella en voz baja pero más firme de lo que Tristan habría esperado. Rio con amargura—. Cuando te vi frente a mi casa, creí que eras uno de los matones del vecindario y que venías a robarme. Iba a llamar a la policía.

Tristan asintió sin mirarla. Había observado aquello en el rostro de ella cuando lo vio por la ventana, y por un momento se había preocupado. Era por la ropa que llevaba, por su edad, su rostro. Nada era lo indicado para esa mujer. Debería haberse presentado como alguien mayor, un caballero. El tipo de hombre en el que ella confiaría. No como el mismo muchacho al que habían enviado a recoger a Dylan junto al tren.

¿Por qué no había cambiado? No tenía sentido. Nunca antes había conservado una misma forma. Y luego, mientras se alejaban de la casa de ella, Tristan habría jurado que había visto a alguien *mirándolo*. No lo entendió, pero no le gustó. Así era más difícil intentar olvidar a Dylan, dejar atrás el dolor.

—¿Qué habría pasado —preguntó por fin la mujer— si yo hubiera intentado escapar?

Tristan respondió mirando las llamas.

—Yo te habría detenido.

Hubo silencio mientras ella lo pensaba. Tristan intentó relajarse y entrar en un trance, pero no lograba apagar su mente. Empezó a desear que la mujer hablara, con tal de romper el silencio. Un momento después, ella le concedió el deseo.

—¿A dónde vamos?

Por supuesto que tenía que hacer esa pregunta. Tristan tenía preparada una respuesta para eso desde hacía muchos años.

—Estoy guiándote para cruzar el páramo. Cuando termines el viaje, estarás a salvo.

—¿Y dónde estaré entonces? —insistió.

—Más allá.

Más allá. Siempre iban más allá. Y él volvía. Hacía mucho tiempo que había llegado a aceptar esa gran injusticia y ya no le molestaba. Hasta que…

Abrió la boca, pues sus pensamientos empezaban a dar forma a un mensaje. La mujer tenía toda la eternidad por delante; sin duda podría tomarse un momento para buscar un alma si él se lo pedía, ¿verdad? Pero antes de decidir qué quería decir, volvió a cerrar la boca.

Dylan había ido adonde él no podía alcanzarla. Ni con sus manos, ni con sus palabras. ¿Y qué sentido tenía enviarle un mensaje si no había manera de que ella le respondiera?

Suspiró.

—Mañana nos espera un viaje peligroso —dijo.

El valle era un tramo traicionero. Necesitaba concentrarse. Necesitaba ser el barquero.

Con las primeras luces del amanecer, el páramo no estaba más fresco. Dylan estaba de pie en el umbral de la casa. Llevaba un rato allí, indecisa. Ya había espectros en el exterior, revoloteando como aves sobre la superficie del lago. Pero, una vez más, no se le habían acercado. Aparentemente, la casa segura resistía. Podía quedarse allí. Quedarse allí, a salvo, y esperar a Tristan. Pero ¿y si él no llegaba hasta allí? ¿Y si el alma a la que estaba guiando era demasiado vieja, demasiado lenta? Además, estaba ansiosa por verlo. La idea de esperar, fuese por el tiempo que fuese, se le hacía insoportable. Tenía que ir a buscarlo.

Pero el lago… Había estado a punto de ahogarse allí. Había caído al agua y se había encontrado en problemas. Las criaturas que allí moraban habían jugado con ella, la habían tironeado, desgarrado. De no haber sido por Tristan, que había conseguido aferrarla por el dobladillo de sus jeans y la había llevado a un lugar seguro, jamás habría podido salir del agua. Recordaba su sabor. Podrida, estancada, contaminada. Densa, como aceite en la lengua. Y eso había sido en su propio páramo, cubierto de brezos.

En este nuevo páramo ardiente, era peor. El agua se revolvía, venenosa y humeante. La superficie era como una bruma; no parecía capaz de soportar el peso de la canoa destartalada, y sin embargo allí estaba, flotando suavemente en el agua. Eso fue un alivio. Se había dado la vuelta, y Dylan temía que se hubiera hundido, o que estuviera en la orilla, hecha pedazos. Pero allí estaba, justo donde la había dejado.

En medio del lago.

Suspiró, contemplándola. Había solo dos opciones: entrar al agua y subir a la canoa, o rodear el lago a pie. Le atraía mucho más la idea de caminar que la de entrar en el agua negra y oleosa, con las cosas que se ocultaban en sus profundidades turbias. Pero estaba muy lejos. Sería una carrera contra el sol, y Dylan no estaba en absoluto segura de poder ganarla.

De modo que, en realidad, se trataba de decidir qué era peor, si el agua o la noche.

Tristan había considerado que lo mejor era usar la pequeña canoa, a pesar de los peligros que acechaban bajo la superficie. Seguramente quedaba demasiado lejos —y, en esta versión del páramo, hacía demasiado calor— para completar el trayecto antes del anochecer. Además, ella ya había sobrevivido una vez a las aguas heladas del lago. Pero nunca había estado en el exterior por la noche.

Sería el lago, entonces. El crujir de sus pies sobre la gravilla que cubría la playa era lo único que se oía mientras bajaba trotando el leve declive hacia la orilla. A esa hora tan temprana del día, no había almas a la vista. Todas estarían saliendo de las casas seguras, igual que ella, y listas para cruzar el lago. Había pensado en ellas durante las largas horas de la noche, mientras esperaba el amanecer e intentaba en vano dejar de oír los gritos. No podía ver las otras casas seguras, pero debían de estar cerca, refugiándose de la oscuridad, de los demonios. En cierto modo, Dylan se había alegrado de estar sola. Las otras almas la hacían sentir incómoda. Eran espeluznantes… extrañas. Y aunque sabía que era ridículo, las envidiaba porque aún tenían a su barquero, mientras que ella aún no había encontrado al suyo.

Y no tenía ni idea de cómo hacerlo. Pero se negaba a pensar en eso por el momento. Daría un paso cada vez: ese era el modo de sobrevivir allí. Y el siguiente paso era cruzar el lago.

Casi se echó atrás cuando llegó a la orilla. El oleaje tiñó las puntas de su calzado. Si se internaba más en el agua, el líquido repugnante le tocaría la piel, y daría a las criaturas que allí se escondían la oportunidad de atacarla. Dylan vaciló, mordisqueándose el labio inferior, pero en realidad no tenía alternativa. Era seguir adelante o volver atrás. Respiró hondo y obligó a sus pies a moverse.

Frío helado. Calor abrasador. Las dos sensaciones invadieron a Dylan al mismo tiempo, y ella ahogó una exclamación. El líquido, más espeso que el agua, le dificultaba cada paso. Le envolvió las rodillas, luego los muslos. Aunque no llegaba a ver el lecho del lago, iba tanteando el camino con los pies, sobre la mezcla de arena y piedras. De momento, todo bien. Era de lo más desagradable, pero aún hacía pie y no sentía las garras de las criaturas que allí moraban. Unos pasos más y tuvo que levantar las manos para no tocar la superficie. El agua como alquitrán le lamía el centro del cuerpo, y Dylan sintió náuseas. Esperó poder alcanzar la canoa sin tener que nadar.

Fijó los ojos en la pequeña embarcación. Había exagerado: no estaba en el medio del lago, pero sí al menos a una distancia equivalente a la longitud de una piscina. Su esperanza de llegar caminando se desvaneció cuando, al dar un paso más, el agua le llegó al pecho, y luego, al cuello. Alzó el mentón para no mojarse la boca, pero las emanaciones tóxicas subieron por su nariz y le produjeron arcadas. Estaba temblando de frío, tanto que no sintió que algo se deslizaba suavemente rodeando su pierna izquierda, luego el tobillo. El centro de su cuerpo.

Casi.

«¡Mierda! ¿Y eso qué es?», chilló.

Sus brazos, aún levantados, palmearon el agua para espantar lo que fuera que se hubiera apoderado de su abrigo. Sintió el roce áspero de escamas contra su piel y la criatura se alejó. Pero se dio la vuelta, le lanzó un mordisco desde atrás y apresó la capucha del abrigo, de modo que el cuello de este empezó a apretarle la garganta.

Dylan giró en el agua, pataleando y agitando los brazos. Con su palmoteo, se levantaron gotitas negras y oleosas que caían en su cabello y sus mejillas. El rocío llegó a entrar en sus ojos y su boca. Escupiendo y sin poder ver, tiró de su abrigo hasta arrancarlo de las fauces de la criatura y se lanzó hacia la canoa, intentando nadar y pelear al mismo tiempo. Eran movimientos torpes y agotadores, pero logró impedir que las criaturas la atraparan, y la canoa estaba cada vez más cerca. Casi había llegado. Extendió una mano y sus dedos buscaron el borde de la embarcación. Lo tenía. Sus dedos lo aferraron con fuerza hasta dolerle, pero de pronto no podía respirar. Tres de aquellas cosas habían clavado los dientes en su abrigo, y la fuerza combinada de las tres era demasiado para Dylan.

Se zambulleron hacia el fondo del lago helado y la arrastraron consigo. Dylan abrió la boca para gritar justo en el momento en que el agua le cubría el rostro. Se le llenó la boca de agua espesa y tóxica. Entró en pánico y exhaló todo el aire que tenía en los pulmones, tan desesperada por vaciar su boca que no podía pensar. En cuanto sus pulmones se contrajeron, empezaron a luchar por inflarse. Dylan apretó los labios y resistió el deseo de respirar. La llevaban más y más hacia el fondo. Acudieron a su mente imágenes de la vez anterior, aunque esta vez no estaba Tristan para salvarla.

Tristan. Vio el rostro de él en su mente con total claridad. Eso le dio fuerzas para pelear. Bajó el cierre del abrigo y se retorció hacia aquí y hacia allí hasta quitárselo; luego pataleó con desesperación para subir a la superficie. Arriba, arriba, arriba. Le pareció que estaba tardando demasiado. ¿Acaso estaba nadando en la dirección contraria, hacia el fondo? No podía resistir por mucho más tiempo el impulso de respirar.

Justo cuando pensaba que iba a desmayarse por falta de aire, su cabeza salió a la superficie y pudo respirar a grandes bocanadas.

Buscó la canoa a tientas, con el rostro bañado en lágrimas que dejaban huellas en la sustancia negra y pegajosa que le cubría la piel. Se aferró con ambas manos, se alzó y subió a la pequeña embarcación.

Por un momento, Dylan quedó tendida, jadeando, tanteando para ver si tenía algo adherido a los tobillos antes de tener que darse la vuelta y hacer frente a los horrores, pero no sentía otra cosa que el frío. Se incorporó con dificultad y se acomodó en el duro asiento de madera. Le temblaba todo el cuerpo, tanto por el susto como por el frío, y la cabeza le daba vueltas. Además, estaba empapada y tenía la ropa recubierta por el agua viscosa del lago. Pero estaba viva.

Ahora tenía que remar. No había remos, pero recordó que la última vez tampoco los había… al principio. Dylan cerró los ojos, bajó la mano entre las rodillas y tanteó con los dedos.

«Vamos, vamos», murmuró, recorriendo las tablas de madera. «Por Tristan lo hicisteis. Si no, ¿cómo diablos voy a cruzar?».

Nada. Dylan abrió los ojos y miró hacia el otro lado del lago. La otra orilla estaba a por lo menos ochocientos metros, y el aire estaba en total calma; no había ni siquiera una brisa para impulsarla, aunque tampoco tenía vela. Y de ninguna manera pensaba intentarlo a nado. Nada la convencería de bajar de esa canoa.

«¡A la mierda!», gritó, y su voz resonó con una fuerza increíble en el silencio. «¡Odio este lugar! ¡Quiero unos putos remos, joder!».

Golpeó el lateral de la canoa; luego volvió a sentarse, sin saber qué hacer.

Los remos estaban acomodados con cuidado en los escálamos, esperándola.

Dylan se quedó mirándolos, estupefacta.

«Ah», dijo. Luego alzó la vista al cielo, insegura. «¿Gracias?».

No sabía bien a quién le estaba hablando, si es que le hablaba a alguien, y se sintió tonta por haber explotado así, a pesar de que no había nadie que pudiera verla. Tomó los remos, los sumergió en el humo color tinta y empezó a remar.

Le resultó de lo más difícil. Recordó vagamente que Tristan se había reído cuando ella le había preguntado si quería que se turnaran, y le había hecho algún comentario sarcástico acerca de que no quería quedarse a vivir en el agua. Al verlo remar, no le había parecido muy difícil, pero a Dylan se le estaba haciendo casi imposible. La canoa se negaba a ir en la dirección que ella quería, y tratar de avanzar, con aquella extraña neblina que flotaba sobre el agua, era como querer jalar el peso del mundo. Para empeorarlo, se le resbalaban las manos en la empuñadura de los remos, y en los primeros diez minutos se le peló la piel de la cara interna del pulgar y tenía toda esa zona dolorida. Pero ese dolor era apenas perceptible en comparación con el que sentía en las piernas y en la espalda. Era un avance muy muy lento.

Como a mitad de camino, sin embargo, se topó con algo que la distrajo momentáneamente de su lentitud. Pasó un bote en la dirección contraria. Iba deslizándose lentamente, y sus ocupantes parecían desdibujarse contra la luz. Luego, una vez que pasó la primera embarcación, apareció otra, y otra más. Pronto la superficie del lago estuvo cubierta de canoas pequeñitas, como una flotilla brumosa que creaba niebla sobre el lago.

Era mucho más difícil no mirar a esas almas, y a los espectros que las sobrevolaban, listos para arrancarlas de los botes y arrastrarlas bajo la superficie turbia del agua. La única manera de remar era de frente en la dirección de la que ella venía, de modo que Dylan no tuvo otra opción que clavar los ojos hacia donde se dirigían los botes e intentar no mirarlos. Trató de mantener la mirada en la popa de su propia canoa, pero era difícil. Veía los movimientos en los límites de su campo visual y tenía que resistir constantemente el impulso de alzar la mirada.

Especialmente cuando uno de los botes tuvo problemas. Alrededor de su canoa, el agua seguía en calma, pero Dylan supo, sin siquiera levantar la cabeza, lo que estaba sucediendo. Primero cambió el ruido. En lugar del chapoteo suave del agua contra el lateral de la embarcación y el rumor deformado de cientos de conversaciones, se oyó un lamento agudo. No fue el sonido áspero y gutural de los espectros; provenía de un alma, de eso estaba segura. Luego fue la luz. El suave resplandor blanco de las esferas destacaba poco y nada contra el brillo rojizo del sol. Pero en la dirección de la que había provenido el grito, la esfera más cercana adquirió un brillo mucho más intenso. Fue como si, de pronto, le hubieran quitado unas gafas tintadas y, por un momento, el mundo pareciera tener sus colores normales.

Vio el bote de inmediato. Estaba directamente frente a ella, quizás a unos cien metros, y se mecía de lado a lado como si estuviera en medio de un huracán. Era difícil mirarlo, pues la esfera que flotaba en el medio de la canoa brillaba tanto que le hacía daño en los ojos. Aun así, no lograba apartar la mirada. No debía. Estaba llamándola. No, se dio cuenta. Estaba llamando a su alma... pero el alma no le hacía caso.

El alma estaba mirando el agua.

Ante los ojos de Dylan, el agua se levantó y tomó una forma retorcida que, desde donde ella estaba, se asemejaba a una garra. La garra se desprendió del lago, se dividió. Se convirtió en una docena, no, dos docenas de seres más pequeños. Como murciélagos.

Las criaturas del lago.

Se lanzaron como un enjambre sobre el alma, y la canoa empezó a sacudirse y ladearse peligrosamente. Como si hubieran estado esperando permiso, los espectros que la sobrevolaban se unieron al ataque.

«¡No!», exclamó Dylan al darse cuenta, un segundo antes de que ocurriera, de que el bote iba a volcar.

En cuanto salió la palabra, se cubrió la boca con la mano, pero era demasiado tarde. La habían oído. Las criaturas del lago siguieron intentando arrastrar al alma hacia las profundidades del lago, sin prestar atención a la esfera, que ahora palpitaba furiosamente. Entonces los espectros se lanzaron hacia ella. En ausencia de una esfera, de un barquero, no necesitaban esperar a la oscuridad para darse un festín con ella.

«¡Maldición! ¡Maldición! ¡Qué idiota eres!».

Dylan empezó a remar con frenesí, a impulsar los remos por el agua con todas sus fuerzas. No fue suficiente. En absoluto. Los espectros volaban, rozando los vapores como si se alimentaran de ellos. En el tiempo que le llevó a Dylan dar tres brazadas apresuradas, ellos habían cruzado la mitad de la distancia. Ya podía oír sus gruñidos de placer.

Se había acabado. Iba a morir.

Dylan dejó de remar, dejó de respirar. Se quedó mirándolos, esperando. Sabía con exactitud lo que sentiría cuando le perforaran el pecho: como hielo en el corazón. En sus últimos segundos, se preguntó cuánto duraría, cuánto le dolería.

Mientras los espectros cubrían los últimos metros, Dylan cerró los ojos. No quería ver sus rostros.

Pero no ocurrió nada.

Seguían allí, lo sabía. Los oía sisear, gruñir y chillar, pero no sentía nada. Nada más allá del golpeteo de su corazón acelerado y el sudor helado que le corría por la espalda, a pesar del intenso calor del sol ensangrentado. Perpleja, Dylan abrió los ojos apenas lo suficiente para ver un asomo de rojo.

Aún estaban allí, los vio a su alrededor. Volvió a cerrar los ojos con fuerza, frunciendo todo el rostro. ¿Por qué no estaban atacándola? Era difícil de entender, difícil de creer que estuvieran tan cerca y no la tocaran... ¿solo porque tenía los ojos cerrados? Pero no veía otra explicación. Casi sin atreverse a respirar, Dylan extendió las manos a ciegas en busca de los remos. Brazada a brazada, empezó a avanzar. Los gruñidos se convirtieron en un rugido, pero fue un rugido de frustración, y siguieron sin atacarla.

«No mires, no mires, no mires», recitaba Dylan, murmurando las palabras al ritmo de los remos.

Estaba temblando por el esfuerzo de no espiar. Lo peor era que no veía hacia dónde iba, y sabía que le costaba mucho remar en línea recta. ¿Quién sabía a dónde iría a parar? Pero mientras pudiera salir del agua, se daría por satisfecha. Intentó recordar a qué distancia de la playa estaba la casa segura de la colina. No le había parecido que estuviera muy lejos; solo una colina. Solo una colina. Se concentró en ese pensamiento. En eso, y en mantener los ojos cerrados.

Una sacudida a su espalda casi arruinó todo su esfuerzo. Por un segundo, pensó que los espectros estaban atacando y abrió los ojos, asustada, pero volvió a cerrarlos al instante. Antes de apretar los párpados y fruncir toda la cara para que no se abrieran, alcanzó a ver brevemente algo negro que se lanzaba hacia ella. Intentó remar, hundir los remos en el agua, pero dieron contra algo duro con un golpe que le sacudió las manos e hizo que le dolieran ambas muñecas. Luego hubo un fuerte sonido de raspadura que le produjo otra descarga de adrenalina, hasta que su cerebro pudo razonar.

El bajío. Había llegado al bajío. La canoa ya no se mecía suavemente: estaba encallada en la costa.

Fue difícil bajar de la embarcación con los ojos tan cerrados. A pesar de estar encallada, esta se inclinaba y se sacudía con los movimientos de Dylan, que gritó y perdió el equilibrio. Luego, al pasar por encima del lateral de la canoa, se alarmó al ver que la caída era larga. Sus pies tocaron el suelo con una sacudida, y Dylan sintió dolor y frío que le subían por ambas piernas.

Estaba en el agua.

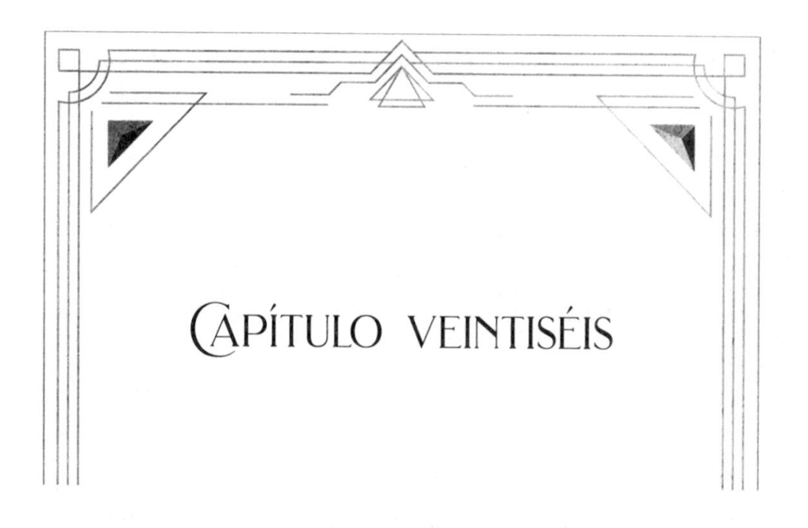

CAPÍTULO VEINTISÉIS

El terror que sintió al darse cuenta casi volvió a condenarla. Abrió los ojos y vio a los espectros volando en torno a su cabeza como un enjambre de moscas. Volvió a cerrarlos de inmediato, pero aún sentía que el agua helada del lago le llegaba a las rodillas. ¿Era su imaginación o algo se deslizaba contra su tobillo, enroscándose como una serpiente a punto de apretarla? Horrorizada, levantó el pie izquierdo y lo sacó del agua, pero lo que fuera que estaba debajo pasó suavemente a la otra pierna. Esta vez no le quedaron dudas: había algo allí.

Con un chillido, Dylan se puso en acción. Empezó a correr hacia la orilla con los ojos cerrados y con andar torpe, porque a cada paso tenía que levantar el pie y sacudir el tobillo para quitarse lo que fuera que se le había adherido. No debía mirar, e igual que en el vagón del tren donde todo había empezado, su mente iba llenando los espacios en blanco. Imaginaba cosas que eran un híbrido de anguila y cangrejo, con pinzas que intentaban aferrarla, o un pez con una bocaza enorme, llena de dientes afilados como navajas. Asqueada y presa del pánico, siguió corriendo y no se detuvo hasta oír el crujido seco de las piedras bajo sus pies.

Abrumada y exhausta, se dejó caer al suelo y se quedó a cuatro patas, removiendo las piedras con los dedos. *Tierra firme*, se dijo. *Es tierra firme. Estás a salvo.*

Pero como aún tenía miedo de abrir los ojos, estaba totalmente perdida. Sabía que había un sendero que subía la colina, pero eso era en *su páramo. Aquí no sería necesariamente lo mismo. Y aunque así fuera,* ¿cómo demonios iba a encontrarlo si no podía abrir los ojos?

Sin ideas, Dylan frunció el rostro, angustiada, y por entre sus párpados apretados se escapó una lágrima que cayó y explotó en su mano. Su boca se curvó hacia abajo, le temblaron los labios y sus hombros se sacudieron cuando empezó a llorar. Estaba atascada. Atrapada. ¿Sería ese el punto hasta donde habían llegado las otras almas?

Se quedó allí diez minutos, diez valiosos minutos de luz de día, hasta que tuvo una idea. Quizá podría ver… siempre que no *mirara*. Si podía mantener la cabeza abajo y la vista fija en nada más que el suelo, y resistir a toda costa la tentación de mirar las cosas que intentaban llamar su atención. Si lograba hacer eso…

Era una idea mejor que quedarse allí a esperar a que la noche se la llevara. La oscuridad, el frío, los gritos; a eso, sabía que no sobreviviría.

Respirando con cautela, hizo la prueba de abrir los ojos. Sin concentrarse en nada más que en mirar hacia abajo, en *no* mirar en realidad, esperó. Pasaron apenas tres segundos. Un espectro bajó hacia el suelo, rozando las piedras, y se lanzó directamente hacia su rostro. Dylan parpadeó —una reacción automática— pero logró impedir que sus ojos siguieran el movimiento y los mantuvo enfocados en el suelo. En el último segundo, el espectro se desvió; al pasar junto a su oído gruñó con malicia, y el viento que produjo le agitó un mechón de cabello que estaba suelto.

«¡Sí!», susurró Dylan.

Pero un solo espectro era fácil. Al darse cuenta de que había abierto los ojos, los demás demonios intentaron lo mismo y se lanzaron en picada uno tras otro. El aire era un remolino negro que le dificultaba la vista, pero Dylan los ignoró y se puso de pie con torpeza. Tuvo que extender las manos para no perder el equilibrio, desorientada por tanto movimiento, y la vibración del aire a su alrededor le erizó la piel.

Giró la cabeza lentamente a izquierda y derecha, en busca del sendero. Debía de estar cerca del cobertizo donde habían encontrado la canoa, pero aunque esta había estado allí, no vio la caseta ruinosa que la había albergado. Si no estaba el cobertizo significaba que no había camino, pero ¿lo necesitaba en realidad? Sabía que tenía que subir; eso debería bastar. Tendría que bastar, porque la tarde caía a una velocidad alarmante.

Con los ojos fijos en el suelo, se concentró en las piedras negras y lisas, y luego, a medida que fue alejándose de la playa, en la tierra de color bermellón. En la ladera crecían algunas plantas como penachos, pero no los brezos y las hierbas altas a los que se había acostumbrado. Estas eran púrpuras y negras, con hojas que iban afinándose como espigas y ramas armadas con espinas irregulares. Además, olían mal: cuando sus jeans las rozaban al pasar, se levantaba un fuerte hedor a podredumbre y descomposición. Ahora que estaba alejándose del lago, el calor la atacó con renovado fervor. Su ropa se secó y se puso tiesa, teñida de negro por el agua, y luego empezó a adherirse a su cuerpo por el sudor. Le ardía la coronilla de la cabeza bajo el sol ardiente.

Era una situación deprimente. No podía respirar, estaba exhausta, y cada varios segundos los espectros volvían al ataque, intentando tomarla desprevenida. Dylan no se atrevía a alzar la cabeza para ver cuánto le faltaba, pero le dolían las piernas y la espalda de tanto estar inclinada hacia adelante. Asustada, dolorida y agotada, hizo una mueca y se echó a llorar. Los espectros rieron, como si percibieran que ella estaba a punto de rendirse, de sucumbir, pero no lograba recuperar la compostura. Las lágrimas le nublaban la vista y su ascenso por la colina se volvió errático.

Cuando al fin terminaron las piedras y llegó al suelo rocoso que marcaba el comienzo de la cima de la colina, el pie de Dylan se topó con una piedra que no se movió, y tropezó. Extendió los brazos por delante, ahogando una exclamación, y al enfocar la mirada vio que el suelo se le acercaba a toda velocidad.

Sus manos soportaron lo peor de la caída. Luego su pecho dio contra el suelo, y el golpe la hizo levantar la cabeza. Se encontró cara a cara con un espectro. Apenas tuvo tiempo para ver su carita fruncida deformándose en una expresión maliciosa, pues al instante se lanzó sobre ella, y Dylan sintió frío en todo el cuerpo, como si la hubieran sumergido en el lago helado.

Una vez que vio a uno, se le hizo imposible dejar de mirar a los demás, y la atacaron en masa, la tironearon y penetraron hasta sus huesos. Con Dylan caída, los espectros ya tenían media batalla ganada. Sintió que se hundía, que se deslizaba hacia abajo como si la tierra dura y compacta fuera arena movediza.

«¡No!», exclamó, con la garganta apretada. «¡No, no, no!».

No había llegado hasta allí para morir. Una vez más, apareció ante sus ojos el rostro de Tristan, y el azul vívido de su mirada fue el remedio perfecto para aquel infierno. Fue como un soplo de aire fresco que le dio fuerzas. Con un esfuerzo monumental, se apoyó en sus pies y se irguió, y al hacerlo apartó a los espectros que se aferraban a sus manos, a su cabello. Entonces, echó a correr.

Le dolían las piernas, le ardían los pulmones, y las garras de incontables espectros se hundían en su camiseta empapada de sudor y en su cabello. Con la mirada fija en la cima, luchó contra ellos. Los espectros aullaban y gruñían, girando en torno a su cabeza como abejas enfurecidas. Pero Dylan no se detuvo. Llegó a la cima, y sabía que el descenso sería mucho más fácil.

De hecho, fue demasiado fácil. Demasiado rápido… demasiado. Sus pies no alcanzaban a seguirla y la gravedad la atraía colina abajo. A diferencia de los espectros, esa era una batalla que no podía ganar… ni quería hacerlo. En lugar de resistirse, optó por aprovechar el impulso de la gravedad y siguió adelante, concentrándose únicamente en mover las piernas a la mayor velocidad posible para mantenerse erguida. Si se caía allí, estaría perdida. Si rodaba, si se zarandeaba intentando recobrar el equilibrio, no podría pensar en dónde enfocaba los ojos.

De pronto, apareció la casa segura. Estaba allí, justo delante de ella. El suelo se niveló, con lo cual le resultó más fácil controlar su velocidad. Estaba muy cerca, iba a lograrlo. Los espectros también lo sabían. Redoblaron sus esfuerzos, y empezaron a volar tan cerca de su rostro que Dylan sentía que sus alas le rozaban las mejillas, y le rodeaban las piernas para hacerla tropezar otra vez. Pero era demasiado tarde. Dylan pudo centrar su mirada en la casa segura, y nada que pudieran hacer los espectros la haría apartar los ojos de allí.

Dylan rodeó la casa a toda velocidad y se lanzó por la puerta. Sabía que no era necesario, pero al entrar la cerró de un golpe. De inmediato se hizo la calma. Se quedó de pie en el centro de la única habitación, cargando de oxígeno sus pulmones doloridos, temblando.

«Lo he logrado», murmuró. «Lo he logrado».

Se sentía tan exhausta como después de cruzar el lago la vez anterior. Durante un rato sintió que ardía; la quemaban por dentro el pánico y la adrenalina, que era como ácido en sus venas, pero a la luz tenue que había en la casa, el aire se enfrió rápidamente. Pronto empezó a temblar de frío.

Dylan se frotó los brazos desnudos. Pero no temblaba solo por el frío. Veía sombras que se movían por el suelo mientras los espectros rondaban la ventana. Intentó hacer caso omiso de ellos, pero no era fácil. Sus aullidos llegaban hasta el centro de su cerebro, y sin nada más que silencio en la casita de piedra, no había mucho con qué distraer sus oídos.

Se dejó caer en una de las sillas y levantó las piernas para apoyar los pies en el asiento; luego apoyó el mentón en las rodillas y se abrazó para abrigarse. Pero no fue suficiente, y pronto empezaron a castañetearle los dientes. Dylan se puso de pie y se acercó al hogar con pasos tiesos. No había cerillas para encender el fuego, como en la casa anterior, pero recordó cómo lo había hecho la última vez, y cómo habían aparecido los remos en la canoa. Con leña que había en un cesto pequeño a un lado, construyó una pirámide torcida y concentró la mirada en el centro.

«¿Por favor?», dijo, con un hilo de voz. «Por favor, necesito esto».

No sucedió nada. Dylan cerró los ojos y volvió a pensar en su ruego lastimoso, contuvo el aliento y cruzó los dedos. Hubo un chasquido, y luego un chisporroteo. Cuando volvió a abrir los ojos, había llamas.

«Gracias», murmuró automáticamente.

Era incómodo estar de rodillas en el frío suelo de piedra, pero no se movió. Aunque el fuego no daba muestras de apagarse, era pequeño e irradiaba poco calor. Tuvo que sostener los dedos justo por encima de las llamas diminutas para sentir su delicioso calor. Además, se quedó allí por la luz, mientras las sombras crecían en el exterior. Deseó que hubiera velas para encender.

A medida que el fuego iba en aumento, el frío fue disipándose. Poco a poco, fueron cesando los temblores que le sacudían todo el cuerpo. Frunció la nariz al sentir el olor pútrido del agua del lago, que se levantaba de su ropa al entibiarse esta con el calor del fuego. Se sentía sucia, y solo podía imaginar el aspecto que tenía. Miró alrededor y vio el gran fregadero cuadrado y la cómoda. Esa era la casa donde había podido lavar su ropa. Sabía que había usado todo el jabón, pero si podía siquiera enjuagarla, se sentiría mejor. Más limpia. Y esta vez no estaría Tristan para verla vestida con la mezcla desigual de prendas que él había encontrado en uno de los cajones.

Sonrió para sí al recordar la vergüenza que le había dado andar por la casa semidesnuda, con su ropa interior colgada sobre una de las sillas, a la vista.

Sin los relatos de Tristan, le pareció que el fregadero tardaba mucho más en llenarse, y sin jabón, no estaba segura de poder quitar muchas de las horribles manchas negras que cubrían su ropa. Aun así, la lavó lo mejor que pudo y la colgó en los respaldos de las sillas. Se puso la ropa inmensa que había en la cómoda y luego, ignorando la cama donde se había arrimado a la tibieza de Tristan, se acurrucó sobre un trozo de alfombra que había junto al fuego. De todos modos, no tenía sentido que se acostara. Allí, sola, con los aullidos incesantes de los espectros allá afuera, nunca podría dormir.

La noche se hizo larga. Dylan intentaba no pensar; prefirió dejar que las llamas la condujeran a una especie de sopor, como le había dicho Tristan que hacía en los primeros días del cruce, cuando las almas aún dormían. No era fácil: con cada ruido se sobresaltaba y giraba la cabeza para espiar por las ventanas; pero el tiempo pasó lentamente hasta que un amanecer rojo sangre la despertó. Rezongando, rodó para salir de la alfombra y se puso de pie. Durante la noche se había quedado tiesa, y tenía los músculos muy doloridos. Con dificultad, intentando moverse lo menos posible, se quitó el atuendo prestado y volvió a ponerse su ropa desgarrada y casi rígida. Aún se la veía horriblemente sucia, pero olía un poco mejor, pensó, mientras levantaba el dobladillo de su camiseta hasta su nariz y la olfateaba con cautela. Pasó un rato dando forma a sus jeans, reacomodando los dobladillos para que el lodo sulfúrico no los mojara tan pronto. Luego jugó con su cabello, intentando recogérselo con pulcritud.

Sabía que, en realidad, lo que estaba haciendo era procrastinar. Ya hacía tiempo que se podía salir de la casa, y estaba desperdiciando horas de luz. Pero ese día iba a ser difícil. Había cruzado el lago, sí, pero ahora tenía que tratar de orientarse en el páramo para hallar la siguiente casa segura. El páramo, tal como lo veía ahora, sin Tristan, casi todo parecía igual y era sumamente extraño con su arenisca roja y sus arbustos chamuscados. Además, tenía que viajar sin mirar a las otras almas, a las esferas que las guiaban ni a los espectros que se congregaban en torno a ellas. Ah, y de algún modo, ingeniárselas para hacer todo eso a la vez que buscaba a su propia esfera, que podía o no tener el aspecto de Tristan.

Imposible. Absolutamente imposible.

Se aferró a la silla que tenía delante, presa, de pronto, de un pánico abrumador, y cerró los ojos con fuerza para contener las lágrimas. De nada servía llorar; ella misma se había puesto en esa situación. Seguir adelante o volver atrás. Esa era la alternativa. La canoa seguía allí, aún encallada en la costa. Podía cruzar el lago a remo, refugiarse en la última casa segura y volver a cruzar la línea divisoria al día siguiente.

Y quedarse total, completa y *eternamente* sola.

Dylan inhaló profundamente, contuvo el aire y se obligó a exhalar despacio. Tragó en seco y se obligó a hacer a un lado el miedo y la incertidumbre. Imaginó el rostro de Tristan cuando la viera, cuando descubriera que había vuelto a por él. Imaginó la sensación de sus brazos apretándola contra su pecho. Su aroma. Con esa imagen firme en la mente, cruzó la habitación angosta y abrió la puerta. Iba a hacerlo.

Apenas salió de los confines protectores de la casa, los espectros que estaban a la espera iniciaron su danza cruel, volando en círculos, lanzándose en picada e intentando hacer que los mirara. Dylan los ignoraba y mantenía la mirada fija en el horizonte; se concentraba en ver pero no en mirar. Era como mirar a través del parabrisas de un coche mientras caían miles de gotas de lluvia sobre el cristal. Era difícil no permitir que sus ojos enfocaran algo, y le producía jaqueca, pero era más fácil que ir todo el tiempo mirando hacia abajo. El sol rojo sangre aún no había salido del todo, y el cielo era una mezcla de gris humo y bermellón. Los ojos vidriosos de Dylan recorrieron las cimas y los valles, en busca de algo que pudiera reconocer: un sendero, algún rasgo distintivo del paisaje, cualquier cosa.

Nada. Estaba casi convencida de que nunca había estado en ese lugar. El terror volvió a apoderarse de ella, y estuvo a punto de perderlo todo cuando la desequilibró un demonio que pasó silbando peligrosamente cerca de su oído, con un susurro amenazador. Aunque se amilanó, logró resistir el impulso de correr hacia él. *Piensa*, se dijo. *Tiene que haber algo.*

Pero no había nada. Nada más que las rocas escarpadas e inhóspitas y el suelo ensangrentado. Eso, y las primeras almas que flotaban hacia ella, a lo lejos.

«¿De dónde vienen?», se preguntó en voz alta.

De una casa segura. Seguramente habían pasado la noche en una casa segura. Y todas parecían provenir de la misma dirección. Lo único sensato que podía hacer, razonó, era caminar hacia allí con la esperanza de que ese rumbo la llevara adonde necesitaba llegar.

Complacida por haber tomado por fin una decisión, Dylan empezó a avanzar con paso seguro. Intentaba no pensar en el hecho de que estaba abandonando la única casa segura cuya ubicación conocía con certeza. Con ese pensamiento, regresaba el miedo, y este hacía que fuera más difícil resistirse a los espectros.

Tristan. Hoy podía encontrar a Tristan. Repetía esa idea una y otra vez, como un mantra mudo. Le daba fuerzas. Fuerzas para avanzar cuando el terreno se volvió empinado frente a ella, y fuerzas para seguir adelante cuando el sol alcanzó su cenit con un calor implacable. Fuerzas para ignorar a las sombras que veía revolotear todo el tiempo por el rabillo del ojo.

Cuando el sol estaba en su punto más alto en el cielo y lanzaba sobre ella una lluvia de fuego, Dylan empezó a cruzarse con las primeras almas que avanzaban con fatiga en la dirección contraria. Era difícil mirarlas: muchas iban lamentándose y llorando, y cada ser que veía titilar, de rostro liso o cuya sombra era demasiado corta en el suelo, era un alma que se había perdido demasiado pronto. Un niño que no estaba listo para morir. La hacían pensar en el pequeño al que Tristan había guiado, el que había muerto de cáncer, aunque tuvo que recordarse que aquella pobre alma había caído en las garras de los espectros ávidos y quizá fuera ahora una de esas sombras condenadas.

Sin embargo, se obligó a mirar a cada una. Tenía que hacerlo. Porque cualquiera de ellas podía ir con su esfera, su barquero. Pero ninguno de aquellos globos de luz pulsátil la llamaba, y a medida que se cruzaba con un alma tras otra, empezó a perder las esperanzas. La verdad, estaba buscando una aguja en un pajar. Si lograba llegar hasta el tren sin haber encontrado a Tristan, no sabía qué haría.

Fue una gran sorpresa para ella toparse con la casa segura. No había esperado estar cerca aún si, en efecto, estaba yendo en la dirección correcta. Aún faltaba mucho para que se pusiera el sol, que seguía quemándole la frente con su ira. Dylan seguía observando las almas que pasaban, pero ya no eran tan frecuentes. En su mayoría, ya estaban cerca de llegar a su siguiente refugio. La casita de piedra estaba casi escondida a la sombra de dos picos montañosos que se alzaban sobre ella. De haber estado prestando atención, Dylan habría visto la depresión que había más allá y se habría dado cuenta de dónde se encontraba. Tal como había dicho Tristan, el valle siempre estaba.

En cambio, la aparición del edificio la sorprendió. Dylan lanzó una exclamación de alivio al ver sus paredes derruidas, sus ventanas rajadas y podridas. Era tan poco atractiva como acogedora le resultaba, y apretó el paso hasta cubrir los últimos metros en un trote irregular, a pesar de sus piernas doloridas. Agotada, Dylan casi cayó hacia el interior, y se acercó a la cama. Apoyó los codos en las rodillas, el mentón en las manos, y miró alrededor.

Por mucho que se alegrara de haber llegado, no le gustaba estar allí otra vez. Esa era la casa donde había pasado un día y dos noches sola, aguardando con desesperación el regreso de Tristan. Tan solo con ver el hogar de hierro fundido y la silla en la que había pasado un día entero, observando pasar el verdadero páramo (la primera vez que lo había visto tal como era en realidad), le trajo una avalancha de recuerdos y emociones. Pánico. Miedo. Soledad.

No. Se sacudió la desesperación que amenazaba estrangularla. Esta vez era diferente. Ella era diferente. Se obligó a ponerse de pie, luego tomó la silla y la acercó a la puerta. Abrió y se sentó casi en el umbral, mirando hacia afuera, hacia los espectros y el valle rojo sangre.

Por la mañana, saldría a buscar a Tristan. Esta vez, se juró, no se dejaría dominar por el miedo. Esta vez sería ella quien lo encontrara a él.

Capítulo veintisiete

—Vamos a tener que ir un poco más rápido.

Tristan hizo una mueca al mirar a la mujer, que iba detrás, y luego al cielo, que iba oscureciéndose. Habían tardado mucho en cruzar el pantano. Demasiado. No quedaba mucha luz y aún les faltaba cruzar todo el valle. Ella no tenía la culpa; le había costado mucho caminar por el lodo espeso, rodeando las hierbas altas. Había necesitado ayuda, pero Tristan no había querido tocarla.

Sin embargo, ahora deseaba haberlo hecho. El aire que los rodeaba estaba cargado de aullidos. Aún no se los veía, pero allí estaban. La luz también era diferente. Había una gruesa capa de nubes sobre ellos, y por eso la luz del día duraría mucho menos. Tristan supuso que era de esperar. Era demasiado pedir que la mujer conservara la calma y la buena disposición, ahora que sabía que estaba muerta.

Ella no había dicho mucho al respecto. Había llorado, pero en silencio. Como si no hubiera querido molestarlo. Otra cosa por la que estaba agradecido. Lo cierto era que esa alma le había facilitado mucho las cosas. Se sentía mal por haberse mostrado tan frío con ella, tan indiferente. Pero había sido la única manera de seguir adelante. Si no, ni siquiera habrían llegado hasta allí.

—Por favor, Marie —dijo Tristan, a su pesar. Odiaba llamarla por su nombre—. Tenemos que ir más rápido.

—Lo siento —se disculpó ella con docilidad—. Lo siento, Tristan.

Tristan hizo una mueca. Estúpidamente, le había dado el mismo nombre. Había estado demasiado abrumado por el dolor para buscar un nuevo nombre, y era apropiado para la forma de la que no parecía poder despegarse. Pero era un fastidio. Cada vez que Marie decía su nombre, él oía la voz de Dylan.

Esta vez, Marie empezó a caminar con más ánimo, pero a Tristan le bastó un vistazo a las sombras que iban alargándose ominosamente frente a ellos para saber que no era suficiente.

Suspiró y apretó los dientes.

—Vamos —dijo, y la tomó por el codo al pasar, con lo que la obligó a acelerar hasta que empezó a trotar. Tristan también corrió, y como era más fácil, le soltó el codo y la tomó de la mano. Los aullidos se intensificaron y el aire empezó a moverse con espectros que descendían, liberados por el avance de la oscuridad y las sombras cada vez más densas. La mujer percibió el cambio, y sus dedos estrecharon los de Tristan con más fuerza. Él podía sentir su dolor, la confianza total que depositaba en él. Cada respiración iba acompañada por un pequeño sollozo que atravesaba los omóplatos de Tristan y se le clavaba en el pecho. Era doloroso. Tuvo que contener el impulso de soltarle la mano y echar a correr, aunque no para escapar de los espectros, sino de ella.

—Ya falta poco, Marie —la alentó—. La casa segura está justo entre esas dos colinas. Vamos a llegar.

La mujer no respondió, pero Tristan oyó que sus pasos se aceleraban, y el peso de su brazo tironeando el de él disminuyó cuando ella pasó del trote a la carrera. Aliviado, apretó el paso él también.

—¡Tristan! —La palabra casi se perdió en el viento antes de llegar a sus oídos, pero alcanzó a oírla y alzó la cabeza al instante—. ¡Tristan!

¿Acaso su mente estaba engañándolo? ¿O se trataba de una nueva treta de los demonios para distraerlo, para desconcentrarlo? Porque de otro modo, era imposible que esa voz existiera en el páramo. Ya no estaba. *Ella* ya no estaba.

—¡Tristan!

—No es ella, no es ella —murmuró, al tiempo que aferraba la mano de la mujer con más fuerza. Dylan se había ido, y él tenía un trabajo que hacer. Tenía que llevar a la mujer a la casa segura. Faltaba poco. Muy poco. Levantó la cabeza y fijó la mirada en la casa. La puerta estaba abierta.

—¡Tristan!

Había una figura de pie en la entrada, haciéndole señas con la mano. Apenas una silueta, no era más que eso, pero Tristan sabía quién era. No podía ser, era imposible. Pero allí estaba.

Atónito, Tristan soltó la mano de la mujer.

Dylan se cubrió la boca con la mano al darse cuenta, un segundo demasiado tarde, de lo que había hecho.

Lo había visto desde el otro lado del valle. Una esfera, mucho más brillante que todas las demás. Le había llamado la atención, había atraído su mirada como la llama a una polilla. Al centrarse en ella, habían sucedido cosas extrañas. El rojo violento del paisaje árido, los bermellones y púrpuras oscuros del anochecer, habían desaparecido por un momento, como cuando se pierde el color en la imagen de un televisor mal sintonizado. El rojo sangre se convirtió en los verdes, castaños y malvas apagados de su páramo escocés.

Dylan se había levantado como un rayo y se había lanzado hacia la puerta hasta rozar el umbral. Los espectros habían chillado con expectación, pero ella se había detenido justo antes de salir y se había quedado mirando hacia afuera.

Tristan. Podía verlo. A él. No como una esfera de luz pulsátil sino como una persona, un cuerpo, un rostro. Dylan sonrió e inhaló una gran bocanada de aire como si no hubiera respirado desde… desde que él la había dejado. Venía corriendo, y a medida que se aclaraba la imagen vio que venía tirando de algo. El paisaje dejó de cambiar y se solidificó en la naturaleza poblada de brezales que había conocido. Las otras almas desaparecieron y los espectros se redujeron a sombras. Solo sus chillidos y graznidos la disuadieron de salir corriendo a su encuentro.

Al observarlo, se dio cuenta de que estaba llevando a otra alma. No alcanzaba a ver de quién se trataba. La veía distorsionada, no tan transparente como las otras almas que había visto, pero aun así, no del todo real. Solo a medias. Una mujer. Ella también venía corriendo. Dylan sintió una punzada de celos al ver que venían tomados de la mano.

Entonces había gritado, lo había llamado. Había tenido que hacerlo una, dos, tres veces para estar segura de que la había oído, pero por fin él había alzado la vista hacia la casa. Había agitado la mano con frenesí, contenta y frenética —porque Tristan y la mujer venían con muy poco margen, igual que ella— y él la había visto. Se dio cuenta por su rostro. Conmoción. Horror. Alegría. Todo a la vez.

Y Tristan soltó la mano de la mujer.

Fue instantáneo. Las sombras que se retorcían, que venían siguiéndolos como un nubarrón personal, descendieron sobre la mujer como un enjambre furioso. Ella entró en pánico y empezó a dar manotazos al aire vacío. Dylan observó, aún con la mano sobre la boca, cómo la atrapaban. Fue más horrendo, más sólido y más real que ver cómo arrastraban aquella alma a las profundidades del lago.

Y todo por su culpa.

La aferraron del cabello, los brazos, atacaron su torso, todo en un abrir y cerrar de ojos. Tristan se dio la vuelta casi de inmediato y vio lo que estaba ocurriendo, y Dylan observó cómo intentaba salvarla. Alzó las manos como intentando aferrar el aire, pero no ocurrió nada; los demonios siguieron atacando a la mujer. Hubo un asomo de estupefacción en el rostro de Tristan, pero un segundo después apareció una mirada torva que lo borró. Se lanzó contra ellos y arrancó a un espectro tras otro de encima de la mujer, pero estos daban la vuelta y volvían al ataque desde otro ángulo. Dylan se quedó en la puerta, con la mano extendida con compasión, mirando cómo arrastraban al alma bajo la superficie.

La invadió un sentimiento de culpa que la aplastó. Acababa de matar a aquella mujer. Quienquiera que fuera, Dylan la había matado. ¿Tenía esposo? ¿Hijos? ¿Acaso contaba con que volvería a verlos? Recordó a Eliza, eternamente esperando a alguien que nunca llegaría. Y todo porque ella había gritado. Apretó la mano contra su boca para no volver a llamarlo. Pero era demasiado tarde: el daño ya estaba hecho. La mujer estaba muerta.

¿Qué había hecho?

Tristan no se dio la vuelta para mirarla, sino que se quedó con la mirada fija en el punto, entre la hierba alta, donde había desaparecido el alma. No parecía advertir a los espectros que quedaban, volando en círculos sobre él como tiburones, mostrando los dientes, listos para desgarrar a su presa.

No reaccionó cuando uno intentó desgarrarle el hombro al pasar. Ni cuando otro se lanzó de lleno contra su rostro. Dylan lo miró boquiabierta. ¿Era sangre eso que le corría por la mejilla? ¿Por qué no se movía? ¿Por qué no hacía nada para defenderse?

¿Por qué no corría hacia la casa? ¿Hacia ella?

Otro espectro lo atacó, y otro. Y luego otros tantos más. Parecían deleitarse con su apatía. Sin pensarlo, Dylan se lanzó por la puerta y corrió por el sendero antes de que su cerebro fuera consciente de sus actos. Ya estaba muy oscuro. El fuego que ardía en la casa, a sus espaldas, brillaba mucho más que la luz mortecina del día. Si Tristan no se movía, si ella no lo alcanzaba…

—¡Tristan! —exclamó, corriendo hacia él a toda velocidad—. Tristan, ¿qué estás haciendo?

Los espectros volaban rápidamente en torno a su rostro, pero nunca le había resultado más fácil ignorar sus movimientos de ataque.

—¡Tristan!

Por fin reaccionó. Se dio la vuelta, aún bajo el ataque de las sombras negras y humeantes, y su rostro, inexpresivo al principio, pareció cobrar vida, como si despertara de un trance. Extendió los brazos justo en el instante en que ella llegaba como una tromba.

—Dylan —susurró. Luego se puso en movimiento—. ¡Vamos!

Lo que lo había paralizado antes desapareció. La tomó del brazo con tanta fuerza que le hizo daño, y echó a correr en la dirección de la que ella había llegado. Los espectros chillaron y gruñeron, pero Tristan iba tan rápido que no lograban apresarlo, y sus garras no alcanzaban a tocar a Dylan, que lo seguía como una estela. De metro en metro, Tristan fue repeliendo los espolones que intentaban atacarlos y los dientes que les lanzaban mordiscos. Con la cabeza baja, la mandíbula apretada y la mano firme en la muñeca de Dylan, encabezó la carrera hacia la casa segura.

—¿Qué demonios estás haciendo aquí?

Se volvió hacia ella tan pronto como entraron. El clamor de los espectros pasó a segundo plano, y en la casa reinaba el silencio y la tranquilidad, salvo por la ira que parecía emanar de cada poro de Tristan.

—¿Qué?

Dylan lo miró, confundida. ¿Acaso no se alegraba de verla? El fuego helado de sus ojos le decía que no. Resplandecían al mirarla fijamente. No era un efecto de la luz; resultaba aterrador.

—¿Qué haces aquí, Dylan?

—Yo…

Ella abrió la boca y volvió a cerrarla, pero no le salió ningún sonido. No había imaginado así esa conversación, con tan pocos abrazos y tanta frialdad.

—No deberías estar aquí —prosiguió Tristan. Empezó a pasearse por la habitación, agitado; se pasó una mano por el cabello y aferró un mechón—. Te hice cruzar, te llevé hasta el límite. No tenías que regresar.

Una extraña sensación se apoderó de Dylan. Sintió calor en las mejillas y se le revolvió el estómago. Su corazón latía a intervalos erráticos y le dolía. Bajó los ojos antes de que Tristan pudiera ver las grandes gotas que resbalaban hacia su mentón.

—Lo siento —murmuró, mirando el suelo de lajas—. Me he equivocado.

Ahora se daba cuenta. Las palabras que él le había dicho no habían sido más que mentiras para hacerla cruzar. No las había dicho en serio. Dylan pensó en el alma que él acababa de acompañar, la mujer a la que ella acababa de matar sin querer, tan solo por su propia estupidez; pensó en cómo venían de la mano, huyendo del peligro. ¿Acaso ella también había creído las mentiras de Tristan con la misma facilidad? Con la mirada clavada en el suelo, de pronto se sintió increíblemente infantil.

—Dylan.

Tristan repitió su nombre, pero en tono mucho más suave. El cambio en su voz le dio coraje para levantar la vista. Él había dejado de caminar y estaba observándola con ojos mucho más suaves. Avergonzada, se secó las mejillas e inhaló para detener las lágrimas que aún quedaban. Intentó apartar la mirada mientras él se acercaba, pero Tristan se le acercó hasta el punto de apoyar la frente en la de ella.

—¿Qué haces aquí? —murmuró.

Las mismas palabras, pero esa vez era una pregunta, no una acusación. Esa era más fácil de responder, si cerraba los ojos, si no tenía que mirarlo.

—He vuelto.

Tristan suspiró.

—No debías hacer eso. —Pausa—. ¿Por qué has vuelto, Dylan?

Ella tragó en seco, confundida. Ahora que él ya no estaba enfadado, ahora que estaba tocándola, su rostro justo frente al de ella, si se armaba de coraje para alzar la vista, volvía a turbarse. Había una sola manera de descubrir la verdad. Respiró hondo.

—Por ti. —Esperó una reacción, pero no la hubo. Al menos, nada que pudiera oír. Aún no se atrevía a abrir los ojos—. ¿Hablabas en serio? ¿Algo de lo que me dijiste era verdad?

Otro suspiro. Pero podía ser de frustración, de vergüenza, de arrepentimiento. Dylan tembló, esperando. Algo tibio se apoyó en su mejilla. ¿Una mano?

—No te mentí, Dylan. En eso, no.

La respiración de Dylan se aceleró mientras procesaba las palabras. Él no le había mentido. Sí sentía lo mismo que ella. Curvó los labios en una sonrisa tímida, pero no dejó que se disparara aquella sensación cálida que empezaba a formarse en su pecho. No estaba segura de poder confiar en ella, aún no.

—Abre los ojos.

Dylan vaciló un momento con súbita timidez; luego separó lentamente los párpados. Respiró hondo y levantó la vista hasta mirarlo a los ojos. Tristan estaba más cerca de lo que había pensado, tan cerca que el aliento de los dos se confundía. Aún con la mano en la mejilla de Dylan, la hizo acercarse hasta que sus labios se unieron; sus ojos azules seguían horadando los de ella. La sostuvo allí un momento, luego se apartó y la acomodó contra su pecho.

—No te mentí, Dylan —le susurró al oído—, pero no deberías estar aquí.

Ella se tensó e intentó apartarse, pero él no la soltó, se negó a dejar que se moviera.

—Nada ha cambiado. Yo sigo sin poder ir contigo, y tú no puedes quedarte aquí. Ya has visto lo que le ha pasado a esa mujer. Tarde o temprano, te pasaría a ti también. Es demasiado peligroso.

Dylan se quedó sin aliento al asimilar sus palabras, y la invadió una avalancha de culpa.

—He matado a esa mujer —murmuró contra el hombro de Tristan. No pronunció las palabras, pero de alguna manera Tristan la oyó.

—No. —Meneó la cabeza, y con el movimiento sus labios rozaron el cuello de ella. A Dylan se le erizó la piel—. Yo la he matado. Le he soltado la mano.

—Por mí…

—No, Dylan —la interrumpió Tristan, esta vez con más firmeza—. Ella estaba bajo mi responsabilidad; yo la he perdido. —Inhaló profundamente y los brazos que rodeaban a Dylan se tensaron casi hasta el punto de la incomodidad—. Yo la he perdido. Eso es este lugar. Un pozo del infierno. No puedes quedarte aquí.

—Quiero quedarme contigo —imploró Dylan.

Tristan meneó suavemente la cabeza.

—Aquí no.

—Entonces, ven conmigo —rogó.

—Te lo he dicho, no puedo. Nunca podré ir allí. Yo…

Tristan apretó los dientes con frustración.

—¿Y al otro lado? —Dylan volvió a apartarse y se resistió cuando él intentó retenerla—. A mi mundo. Vuelve a cruzar el páramo conmigo, volvamos al tren. Podríamos…

Tristan la miró y sus cejas se juntaron con exasperación. Meneó la cabeza lentamente y le apoyó un dedo en los labios.

—Tampoco puedo hacer eso —dijo.

—¿Alguna vez lo has intentado?

—No, pero…

—Entonces, no lo sabes. El alma con la que hablé dijo que…

—¿Con quién hablaste? —Tristan la miró con recelo.

—Con una anciana, Eliza. Fue ella quien me dijo cómo podía regresar aquí. Dijo que tal vez podríamos, si…

—*Tal vez* —repitió Tristan, dubitativo—. Dylan, no se puede volver.

—¿Cómo lo sabes? —insistió.

Tristan vaciló. No lo sabía, se dio cuenta. Lo creía. No era lo mismo.

—¿No vale la pena intentarlo? —preguntó Dylan. Se mordió el labio con ansiedad. Si de verdad él no le había mentido, si realmente la quería, ¿por qué no intentarlo?

Tristan movió la cabeza de lado a lado con expresión sombría, apesadumbrada.

—Es muy arriesgado —respondió—. Tú le crees a esa mujer porque te dijo lo que querías oír, Dylan. Lo único que sé es que aquí no estás a salvo. Si te quedas en el páramo, tu alma no sobrevivirá. Mañana cruzaremos otra vez el lago.

Dylan se estremeció por algo más que la idea de volver a cruzar el agua. Dio un paso atrás y se cruzó de brazos. Su rostro parecía una máscara de obstinación.

—No quiero volver allí. Sola, no. Voy a volver al tren. Ven conmigo. ¿Por favor?

Pronunció la última palabra como un ruego. Y lo era. No tenía intención de regresar al tren sola; sin él, no tenía ningún sentido. Todo aquello, todo lo que había arriesgado, había sido para volver con él. De eso tampoco había estado segura, pero aun así lo había hecho. ¿Acaso él no estaba dispuesto a arriesgarse? ¿Por ella?

Vio que Tristan se humedecía los labios y tragaba; vio la vacilación en su rostro. Estaba dudando. ¿Qué podía decir para terminar de convencerlo, para que cediera?

—Por favor, Tristan. ¿Podemos intentarlo? Si no da resultado… —Si no daba resultado, pues que la atraparan los espectros. No pensaba volver a cruzar sola aquella línea divisoria. Pero sería mejor no mencionar eso—. Si no da resultado, puedes traerme de vuelta. Pero ¿podemos intentarlo?

Tristan frunció el rostro, indeciso.

—No sé si puedo —respondió—. Yo no elijo… Es decir, no tengo libertad para elegir, Dylan. Mis pies no son míos. A veces me llevan adonde tengo que ir. Como… —Bajó la cabeza—. Como cuando me hicieron alejarme de ti.

Dylan lo observó, pensativa.

—Todavía eres mi barquero. Si me escapara de ti, si no me convencieras de ir contigo y huyera, ¿tendrías que seguirme?

—Sí —respondió Tristan lentamente, sin comprender a dónde quería llegar.

Dylan le sonrió.

—Entonces, iré por delante.

Ella sabía que Tristan no estaba del todo convencido, pero él no intentó disuadirla. Se quedaron sentados, muy juntos, en la cama, y él la escuchó describir todo lo que le había ocurrido desde que la había dejado en la línea divisoria. Cada detalle lo fascinaba, pues nunca había visto ninguna de las cosas que ella había experimentado. Sonrió cuando le relató su visita a Jonas, aunque sus ojos se ensombrecieron cuando ella confesó que había sido el soldado nazi quien la había llevado a ver a Eliza y la había ayudado a abrir la puerta para regresar al páramo. Caeli también le interesó mucho, y sus ojos se dilataron con sorpresa cuando Dylan le contó lo de los libros de la sala de archivos.

—¿Viste un libro de mis almas? —preguntó.

Dylan asintió.

—Así encontré a Jonas.

Tristan pensó un momento en eso.

—¿Quedaban muchas páginas en blanco?

Dylan lo miró, desconcertada por la pregunta.

—No estoy segura —dijo—. Tal vez una tercera parte.

Tristan asintió, y luego vio la expresión confundida de ella.

—Solo me preguntaba si… cuando mi libro esté lleno, habré terminado —explicó.

Dylan no supo qué responder a eso, ni a sus palabras ni a la expresión dolorosamente triste que veló sus ojos al pronunciarlas.

—Es extraño —observó Tristan, al cabo de un largo silencio—. Ni siquiera puedo decidir si me gustaría verlo. Si tuviera la oportunidad, digo. ¿Qué sentiría al ver todos esos nombres?

—Orgullo —respondió Dylan—. Debes estar orgulloso. Todas esas almas, todas esas personas, están vivas gracias a ti. Tú me entiendes —añadió, al tiempo que daba un codazo a Tristan en las costillas, cuando él la miró divertido por la palabra que había elegido. Al fin y al cabo, si aún pensaban y sentían, pues estaban vivas, ¿no?

—Supongo que sí. Si hacemos las cuentas, he logrado cruzar más almas de las que perdí.

Dylan contuvo el aliento, pensando en los registros tachados.

—Vi nombres que estaban tachados —comentó en voz baja.

Tristan asintió.

—Son las almas perdidas. Almas capturadas por los espectros. Me alegro de que queden registradas en alguna parte, y es justo que sus nombres queden cerca del responsable de haberlas perdido.

Un pequeño sollozo ascendió hasta los labios de Dylan, pero lo contuvo rápidamente. Tristan se volvió hacia ella con ojos preocupados, curiosos, y ella tuvo que confesar sus pensamientos.

—En ese caso, debería haber un libro para mí —murmuró.

—¿Por qué?

Tristan estaba perplejo; no entendía qué la había angustiado.

—Por lo de hoy —respondió con voz ronca—. Ha sido por mi culpa. El alma de esa mujer debería registrarse a mi nombre.

—No. —Tristan giró hacia ella y tomó su rostro entre las manos—. No, ya te lo he dicho. La culpa fue *mía*.

Unas lágrimas grandes y calientes resbalaron por las mejillas de Dylan y mojaron los dedos de Tristan cuando ella meneó la cabeza.

—Culpa mía —murmuró.

Tristan le enjugó las lágrimas con los pulgares y la hizo girar con suavidad hasta que sus rostros quedaron juntos, frente contra frente. Dylan tenía el estómago revuelto por la culpa, pero de pronto no le resultaba tan abrumadora. Porque no podía respirar, se le erizaba la piel en todos los puntos donde él estaba tocándola; le hervía la sangre y circulaba a toda velocidad por su cuerpo.

—Shh —la tranquilizó Tristan, al interpretar su respiración entrecortada como llanto. La miró con una semisonrisa, y luego se acercó los últimos milímetros que los separaban. Lentamente, con suavidad, le abrió la boca, y sus labios rozaron los de ella. Contra la voluntad de Dylan, él se apartó un instante y la miró con fuego de color cobalto; luego la empujó contra la pared y buscó besos más profundos, más ávidos.

Cuando amaneció, el cielo estaba despejado y azul. Dylan estaba de pie en el umbral de la casa, contemplándolo con gratitud. Ese páramo era mil veces mejor que el horno desierto que había soportado antes. Tristan también esbozó una sonrisa ladeada cuando salió y vio el tiempo.

—Está soleado —observó, mirando el cielo brillante.

Dylan se limitó a sonreírle con picardía. Sus ojos estaban brillantes, de un verde mucho más vivo, mucho más bello que los tonos del páramo. Tristan no pudo sino sonreírle a su vez, a pesar del peso que sentía alojado con firmeza en la boca del estómago.

Aquello no iba a dar resultado. Pero Dylan se negaba a creerlo. Tristan temía que la desilusión la hiciera añicos, la desilusión que sabía en lo más profundo que vendría, pero por el momento intentaba no pensar en eso. Ella estaba allí, por el momento estaba a salvo, y él debía tratar de disfrutar el tiempo extra que podía pasar con ella. Era más de lo que se había atrevido a esperar.

Solo esperaba que esa historia no terminara con una pluma tachando delicadamente el nombre de ella en una página de su libro.

—Vámonos —dijo Dylan, y empezó a alejarse por el sendero. El valle se veía ancho y atractivo, bañado por la luz de la mañana, pero Tristan se retrasó en la puerta, observándola irse.

Dylan habría caminado unos cien metros cuando reparó en que no oía pasos que hicieran crujir las piedras a su espalda. Tristan la vio detenerse, con la cabeza ladeada, esperando oírlo. Tras un segundo, ella se dio la vuelta. Sus ojos se dilataron, alarmados, hasta que lo vio, justo donde lo había dejado.

—Vamos —lo llamó, con una sonrisa de aliento.

Tristan apretó los labios, que formaron una línea fina.

—No sé si puedo —respondió—. Esto va en contra de todo, de todas las reglas.

—Inténtalo —insistió Dylan.

Tristan suspiró, exasperado. Le había prometido que lo intentaría. Cerró los ojos un momento y se concentró en sus pies. *Muévete*, pensó. No esperaba que ocurriera nada; pensó que se quedaría clavado al suelo, sujeto en su sitio por una presión inexorable.

En lugar de eso, salió fácilmente al sendero.

Al instante, Tristan se detuvo. Casi no se atrevía a respirar, esperando que lo golpeara un rayo, una punzada de dolor. Algo que lo castigara por desobedecer sus órdenes tácitas. Pero no ocurrió nada. Lleno de incredulidad y recelo, siguió caminando hacia Dylan.

—Esto es raro —confesó en voz baja cuando estuvo cerca de ella—. Todo el rato estoy esperando que algo me detenga.

—¿Pero todavía nada?

—Todavía nada —dijo.

—Bien.

Envalentonada, Dylan lo tomó de la mano. Empezó a caminar y, tras un leve tirón, Tristan la siguió.

El valle no les presentó dificultades. De hecho, fue agradable. Podría haber sido cualquier pareja joven, paseando de la mano por el campo. No se veían ni se oían espectros. A Dylan la ponía nerviosa saber que estaban allí, rondando su hombro, esperando que se desconcentrara y apartara la mirada de su esfera. Quería preguntar a Tristan qué veía él, si las colinas verdes cubiertas de brezos o el páramo tal como era en realidad. Pero algo la hizo callar. La inquietaba la posibilidad de que, si lo mencionaba, el espejismo se desintegrara y volvieran a estar bajo el ardiente sol rojo. Aquel paisaje, lo sabía, sería mucho más difícil de recorrer. No, era mejor no saberlo.

Más allá del valle se extendía el pantano. El tiempo benigno no había logrado secar los charcos de agua maloliente ni el barro en el que se hundían los pies. Dylan lo observó con disgusto. Olía mal, y recordó cómo solía hundirse en él hasta los tobillos, sin poder moverse. Después de la tranquilidad del valle, era un crudo recordatorio de que estaba en el páramo, de que el peligro aún la rondaba.

A su lado, Tristan lanzó un suspiro exagerado. Dylan lo miró, confundida, y vio diversión en sus ojos. Tristan la miró con una sonrisa indulgente.

—¿Caballito? —sugirió.

—Eres una maravilla —respondió ella.

Tristan simuló exasperación, pero se dio la vuelta para que ella pudiera acomodarse sobre su espalda.

—Gracias —le murmuró Dylan al oído cuando estuvo en posición.

—Ajá —respondió Tristan secamente, pero ella vio que sus mejillas se elevaban con una sonrisa.

Ella le pesaba en la espalda y sus brazos pronto se cansaron de sostenerla, pero Tristan no se quejó y fue caminando con cuidado por lo peor del lodo. Aun con el peso extra, no parecía hundirse en él. Pronto el pantano fue apenas un recuerdo lejano, y ante los ojos de Dylan estaba la pared vertical de una colina inmensa, esperándola con paciencia. Frunció la nariz y rezongó con fastidio; dudaba de poder convencer a Tristan de que la cargara colina arriba.

—¿Qué estás pensando? —le preguntó Tristan.

Dylan no quería admitir sus maquinaciones, de modo que optó por preguntar algo que la intrigaba desde hacía un tiempo.

—Estaba pensando… ¿A dónde fuiste? Después de dejarme.

La noche anterior, ella le había contado toda su historia, pero había evitado a propósito preguntarle por la suya. No había querido tocar el tema de lo que él había hecho, de cómo la había engañado. Traicionado.

Tristan oyó la verdadera pregunta.

—Lo siento —dijo—. Lamento haber tenido que hacer eso.

Dylan inhaló en silencio, decidida a no alterarse. No quería que se sintiera culpable; no quería que supiera cuánto le había dolido. Al menos no había estado allí para verla hecha pedazos, pensó.

—Está bien —susurró, al tiempo que le apretaba los hombros con afecto.

—No, no está bien —replicó Tristan—. Te mentí, y lo siento. Pero pensé… pensé que era lo mejor para ti. —Las últimas palabras salieron forzadas, y a su pesar, Dylan sintió que se le cerraba la garganta—. Cuando te vi llorando, cuando te oí llamándome…

—Se le entrecortó la voz—. Me dolió más que cualquier cosa que hubieran podido hacerme los espectros.

—¿Me viste? —preguntó Dylan, con un hilo de voz.

Tristan asintió.

—Solo un minuto o dos. —Soltó una risita amarga—. Por lo general, esa es mi parte preferida. Todo un minuto durante el cual no soy responsable de nadie más que de mí. Y alcanzo a vislumbrar lo que hay más allá. Apenas un instante. Lo que sea que esa alma consideraba su hogar.

Dylan se tensó a su espalda. Recordó que Jonas le había dicho lo mismo. Que se había visto transportado instantáneamente a su hogar, a Stuttgart.

—Para mí no fue así —recordó—. Yo seguía en el páramo.

—Lo sé —suspiró Tristan.

—¿Por qué no? —se preguntó—. ¿Por qué no fui a ninguna parte?

Contó tres de los pasos largos y seguros de Tristan hasta que él le respondió.

—No lo sé —murmuró, pero sus palabras no sonaron a verdad.

En cuanto el suelo empezó a volverse firme bajo sus pies, Tristan la bajó. Al principio, Dylan hizo pucheros, pues echaba de menos estar cerca de él —y el lujo de no tener que caminar— pero él volvió a tomarla de la mano y le sonrió. Ella le devolvió la sonrisa, pero esta se le borró al ver la pendiente empinada que les esperaba.

—¿Sabes? Odio escalar —declaró.

Tristan le apretó los dedos a modo de consuelo, pero en su mirada había cierta tristeza.

—Podríamos volver —sugirió, señalando hacia el pantano.

—No llegaríamos —repuso Dylan. El sol, que brillaba en el cielo sin nubes, ya había pasado el punto más alto de su arco.

—No —coincidió Tristan en voz baja—. No llegaríamos.

—Y hacia allí no hay nada para mí —concluyó—. Si no puedo ir contigo, no quiero regresar allí.

Tristan hizo una mueca, pero no intentó discutir.

—Vamos, entonces —dijo, y se puso en marcha.

Caminaron, caminaron, caminaron. Subieron, subieron, subieron. Pronto, a Dylan le dolían las pantorrillas y tenía la respiración agitada. Cuanto más trepaban, más aumentaba el viento, y conforme caía la tarde, empezaron a formarse unos gruesos penachos grises encima de sus cabezas. A pesar del frío del tiempo cambiante, Dylan estaba sudando, y tuvo que soltar la mano de Tristan, avergonzada por tener las palmas húmedas. Aunque la mañana había sido templada y soleada, aún quedaba rocío bajo la hierba y los brezos que cubrían el suelo, y Dylan sintió la incomodidad ya conocida cuando el agua fría empezó a subir por sus jeans.

—¿Podemos ir más despacio? —preguntó, jadeando—. ¿Descansar un poco, tal vez?

—No.

La respuesta de Tristan fue seca y cortante, pero cuando Dylan se dio la vuelta, sorprendida, vio que él estaba mirando el cielo, no a ella. Tenía el rostro fruncido con inquietud, los labios curvados hacia abajo.

—Pronto será de noche. No quiero que te sorprenda aquí.

—Solo un minuto —rogó—. Ni siquiera los oímos aún.

Pero en cuanto las palabras salieron de su boca, el susurro del viento cambió. Se le sumó una segunda melodía, más aguda. Aullidos y chillidos. Los espectros.

Tristan también los oyó.

—Vamos, Dylan —ordenó. Sin hacerle caso cuando ella intentó apartarse, la tomó de la mano con firmeza y empezó a caminar.

Capítulo veintiocho

Tristan sabía que Dylan estaba cansada. Lo oía en sus pasos pesados, en su respiración trabajosa; lo sentía en su brazo, que lo retenía a cada paso. Lo sabía, y se sentía mal por ello, pero si el anochecer los sorprendía en esa colina, los espectros no les darían tregua. Dylan casi parecía haberles perdido el miedo —o quizás era solo que creía que él podía protegerla de su voracidad— pero era una tontería jugar con el peligro. Se daba cuenta de que ella no lo percibía, pero los espectros estaban furiosos. No solo no habían podido capturarla durante el cruce del páramo, sino que había regresado. Había regresado y los había vencido. Sola. Sin un guía que se interpusiera entre ella y sus garras ávidas.

Estaban decididos a hacerle pagar por su arrogancia.

Tristan pensó en todo lo que alguna vez le había asegurado: que nunca la perdería, que no dejaría que los espectros la atraparan. Se había confiado mucho; ahora no estaba tan seguro. Gracias a Dylan, el juego había cambiado, él había cambiado, y no conocía todas las reglas de este nuevo juego. Pero empezaba a sospechar cuáles eran, y eso no contribuía a aplacar sus dudas.

Cuando llegó a la cima de la colina, se detuvo un momento para que Dylan lo alcanzara y recobrara el aliento. No era la cima más alta que escalarían si ella se salía con la suya y completaban el viaje hasta el tren, pero sí era lo bastante alta como para que Tristan pudiera contemplar el paisaje ondulado que se extendía muchos kilómetros en todas las direcciones.

Hacia él se dirigían, bajando por las laderas y subiendo por los valles sinuosos, los corazones palpitantes de otros barqueros, que instaban a sus almas a seguir el viaje hacia un lugar seguro, igual que él. Era curioso: por lo general, no reparaba en ellos. Pero ahora se sentía como un guijarro en el océano, empujando contra la corriente. Todos sus instintos le decían que se diera la vuelta, que se uniera a aquella peregrinación hacia el límite del páramo, pero Tristan se resistió.

Ahora que la noche se acercaba, ir hacia allí sería la muerte para Dylan.

—Vamos —la alentó, al tiempo que reanudaba la marcha—. Falta muy poco, Dylan. La casa está al pie de esta colina.

—Lo sé —respondió ella en voz baja, respirando otra vez con normalidad.

Claro que lo sabía: ya había estado allí. Tristan sonrió para sí con aire sombrío y luego siguió caminando, trazando una ruta segura por la ladera pedregosa.

A pesar de las dudas de Tristan, bajaron la última colina en buen tiempo, y él pudo cerrar la puerta a los aullidos frustrados de los espectros antes de que se hiciera tarde y ellos aparecieran para atacar a Dylan. Tristan suspiró con alivio y apoyó la cabeza un momento contra el marco de madera combada de la puerta; luego fue a encender el fuego. Dylan se quedó junto a la ventana, mirando hacia fuera. No se movió, ni siquiera cuando él se le acercó por detrás, ya encendido el fuego, y le rodeó la cintura con los brazos.

—¿Qué estás mirando? —le murmuró al oído.

—Nada —respondió en voz baja, con el ceño fruncido—. Pero esto no está bien, ¿cierto? Tienen que estar allí. ¿Puedes verlos?

—¿A los espectros?

—No. —Dylan meneó la cabeza—. A las otras almas, a los otros guías.

Tristan calló un largo rato.

—Los veo —dijo por fin.

Dylan asintió con aire sombrío, asimilando la respuesta. Con la cabeza apoyada en el hombro de ella, Tristan alcanzó a ver de reojo la curva descendente de sus labios.

—Es tarde —observó Dylan.

—Así es —concordó Tristan. La estrechó contra su cuerpo—. Pero aquí estamos a salvo.

Sus palabras no borraron el gesto de preocupación del rostro de Dylan.

—No pueden entrar, Dylan. Los espectros. Ya lo sabes. Estamos completamente a salvo, te lo prometo.

—Lo sé —murmuró.

—Entonces, ¿qué te pasa?

—¿Cuántas almas hay todavía allí fuera? —preguntó Dylan, al tiempo que se volvía hacia él; la luz vacilante del fuego se reflejó en sus ojos.

Tristan la miró un momento; luego sus ojos se desviaron hacia la ventana y escudriñaron el paisaje.

—No muchas —respondió—. Casi todas han llegado ya a una casa segura.

Dylan volvió a mirar por la ventana. Levantó una mano y la apoyó lentamente contra el cristal. En el exterior estalló un coro de siseos, y Tristan tuvo la tentación de apartarle el brazo. No quería que los espectros pensaran que estaba provocándolos.

—¿Puedes ayudarme a verlos? —le preguntó de pronto—. ¿Como los veía antes, cuando estaba sola?

—¿Por qué quieres verlos?

Dylan se encogió de hombros.

—Me gustaría.

Parecía una petición inocente, pero Tristan estaba alarmado por la expresión extraña que aún fruncía el ceño y apretaba los labios de Dylan. Suspiró; luego la acercó más a él y apoyó la sien contra la de ella. Se concentró en la ventana y obligó a su mente a retirar el paisaje verde y revelar el infierno que había debajo. Dylan ahogó una exclamación, y Tristan supo que había dado resultado.

—¡Los veo! —exclamó—. ¡Es igual que antes! —Hubo una pausa—. ¿Qué están haciendo?

Tristan respondió con voz sombría.

—Corriendo.

Apenas llevaban unos minutos en la casa; el fuego aún no había prendido del todo, pero en ese lapso la tarde se había convertido en noche, y la luz, en oscuridad. Quedaban solo tres almas visibles, que iban saltando y esquivando obstáculos furiosamente mientras sus barqueros las exhortaban a cubrir el último tramo. Tristan apretó los labios con una mueca; no todas iban a llegar.

De pronto, se apartó de Dylan, y con él desapareció el páramo rojo.

—¡Oye, no! —Dylan se volvió hacia él al instante—. ¡Muéstramelo!

—No.

—¡Tristan, muéstramelo!

—No querrás ver eso, Dylan, te lo prometo.

Ella palideció. La observó tragar en seco mientras procesaba sus palabras.

—¿Quién está allí? —preguntó, con voz ronca.

Tristan apretó los labios, reacio a responder.

Dylan dio un paso adelante, hacia él, y repitió la pregunta.

—¿Quién está allí fuera, Tristan?

Tristan suspiró y volvió a mirar hacia afuera, donde aún podía ver con claridad a los tres rezagados, para no ver la reacción de ella.

—Un viejo, una mujer y… —No concluyó la frase.

—¿Y? —insistió Dylan.

—Una niña.

Dylan se cubrió la boca con la mano, corrió hacia la ventana y apretó el rostro contra el vidrio.

—¿Dónde está? —preguntó—. ¿Sigue allí? ¡Quiero ver, Tristan! ¡Muéstramelo!

Tristan meneó la cabeza, y ella vio el gesto reflejado en la ventana.

—¡Tristan!

—No, Dylan.

Cruzó los brazos sobre el pecho con decisión. Ya era bastante malo que él pudiera verlo. No quería que Dylan fuera testigo del horror. La mujer había desaparecido, a salvo donde debía estar. Pero el viejo ya se había hundido bajo tierra, y no quedaban más que dos o tres espectros en el sitio donde lo habían atrapado.

Solo quedaba la niña, aunque seguramente no por mucho tiempo.

—¿Qué está ocurriendo? —preguntó, en tono imperioso, y Tristan se sobresaltó cuando ella aplastó la mano contra la ventana. El cristal se sacudió con la fuerza del golpe, pero resistió—. ¡Déjame ver, Tristan! Quiero saber qué está pasando.

¿Qué estaba pasando? Que la niña estaba tan rodeada por los espectros que Tristan casi no llegaba a verla. Apenas veía su silueta, envuelta en los brazos de su barquero. Y aunque estaba demasiado lejos, podía ver su expresión asustada, su boca abierta y gritando, sus ojos llenos de lágrimas. Su carita aterrada se le grabó a fuego en el cerebro: otro recuerdo que sabía que nunca se le borraría.

—¡Tristan! —El grito agudo de Dylan logró que la mirara—. ¿Qué está pasando?

—Están rodeados —murmuró.

Dylan se mordisqueó el labio, con el rostro lleno de desesperación, y presionó más contra el vidrio como si pudiera alcanzarlos. De pronto se dio la vuelta y lo miró fijamente. Tristan alzó ambas manos y retrocedió dos pasos. Sabía lo que ella iba a decir.

—¡Tienes que ayudarlos! —dijo Dylan.

La miró y meneó la cabeza.

—No puedo.

—¿Por qué no?

—No puedo. Cada guía es responsable del alma que está trasladando. Nadie más.

Dylan lo miró con incredulidad.

—Pero ¡eso es ridículo!

—Así son las cosas —replicó él con impaciencia.

Dylan le dio la espalda, y a Tristan le dolió que lo juzgara así. Él no tenía la culpa, no hacía las reglas.

—¿Les falta mucho? —preguntó Dylan en voz baja.

Tristan volvió a mirar por la ventana. Aún estaban allí.

—No —respondió—. Pero no van a llegar. Hay demasiados espectros.

Demasiados. Dylan cerró los ojos; sentía que el cristal frío le insensibilizaba la frente. Recordó lo que había sentido bajo el ataque de los espectros: sus tirones, sus arañazos, sus mordiscos. Los golpes que la habían atravesado y habían dejado un rastro helado de horror. Pensó en la niña sufriendo todo eso y se le llenaron los ojos de lágrimas. No era justo. No estaba bien.

¿Cómo era posible que Tristan lo permitiera?

De pronto, tuvo una idea loca. No estaban lejos, había dicho Tristan. O sea que no necesitaban mucho tiempo. Apenas un minuto o dos. Quizás incluso unos segundos, nada más. Lo único que necesitaban era que algo distrajera a los espectros…

Retrocedió y se lanzó hacia la puerta, con el cuerpo inundado de adrenalina; la decisión fue más fuerte que el miedo. Unos segundos de distracción, eso era todo lo que necesitaban. Y ella podía dárselos.

—¡Dylan!

Tristan la llamó, y ella lo oyó moverse, sintió que sus dedos le rozaban la espalda intentando detenerla, pero fue demasiado lento. Ella ya había salido.

Dylan no sabía a dónde iba, dónde se encontraba el alma en problemas, de modo que optó por correr en línea recta alejándose de la casa. Oyó pasos pesados a su espalda al perseguirla Tristan. Aún lo oía llamándola, con una mezcla de pánico y enfado en la voz. Pero un milisegundo después, sus oídos no pudieron captar más que gruñidos y susurros de desprecio. A su alrededor, el aire se llenó de movimiento, y Dylan sintió como si la hubieran sumergido en agua helada. Se le erizó la piel de los brazos. Pero siguió corriendo. Si los espectros estaban atacándola, significaba que su plan estaba dando resultado.

De la nada, algo la atrapó y la sostuvo con la fuerza de unas tenazas, pero era mucho más sólido que cualquier cosa que hubiera sentido con los espectros. Además, era tibio. Dylan comprendió de qué se trataba un segundo antes de oír a Tristan gritarle al oído, lleno de furia.

—¿Qué diablos estás haciendo, Dylan?

Ella lo ignoró y se resistió cuando intentó arrastrarla hacia la casa. Sus ojos escudriñaban en vano la oscuridad.

—¿Siguen aquí? ¿Los ves?

—¡Dylan! —Tristan la jaló, y tenía demasiada fuerza. La obligó a retroceder paso a paso mientras ella seguía forcejeando—. ¡Dylan, basta!

Era difícil distinguir qué provenía de los espectros y qué, de Tristan, pero Dylan sentía que la atacaban desde todos los lados. Le ardía el rostro, le tironeaban el cabello hasta arrancarle algunos mechones diminutos, y no podía respirar porque Tristan le rodeaba la cintura con los brazos con una fuerza que le resultaba dolorosa. Tropezó porque en el forcejeo, se le enganchó un pie en la pierna de Tristan y sintió que caía al suelo. Los espectros rieron con deleite, y por primera vez Dylan cayó en la cuenta de lo que estaba haciendo, de lo que estaba arriesgando.

Su vida. Su tiempo con Tristan.

¿Cuánto tiempo llevaba allí afuera? ¿Un minuto? ¿Unos segundos más, quizás? Eso tendría que bastar. Súbitamente, dejó de forcejear con Tristan y permitió que la llevara de vuelta hacia la casa y hacia la luz del fuego.

Por segunda vez, Tristan cerró la puerta de un golpe. Se apoyó contra la madera, agitado, intentando calmar el pánico que le descontrolaba el pulso. Dylan había llegado al centro de la habitación, y Tristan sentía sus ojos sobre él. Pero él mantuvo los suyos al frente mientras intentaba dominar la ira.

—¿Han conseguido llegar? —preguntó Dylan en voz baja.

—¿Qué?

Tristan giró la cabeza y la miró, furioso.

—La niña y su guía. ¿Han llegado? Pensé… pensé que si creaba una distracción…

Tristan la miró boquiabierto.

—¿*Eso* era lo que estabas haciendo? ¿Sacrificándote por una perfecta extraña? —Su voz se elevó tanto en tono como en volumen—. ¡Dylan!

Tristan pareció quedarse sin palabras, y calló.

—¿Han llegado? —repitió ella, en un tono suave que fue como un regaño leve.

—Sí —murmuró con los dientes apretados.

Una sonrisa tímida cruzó los labios de Dylan. El gesto enfadó aún más a Tristan. Para ella, la supervivencia de la niña y su guía lo justificaba todo; era la prueba de que había hecho lo correcto. Apretó los dientes.

—¡Nunca, jamás vuelvas a hacer algo así! —le ordenó—. ¿Te das cuenta de lo cerca que has estado de que te llevaran?

Dylan bajó la cabeza, por fin contrita.

—Lo siento —susurró. Ahora temblaba; la asustaba más la ira de Tristan que lo que había temido dejar de existir—. Pero tenía que hacer algo. No podía dejar que se llevaran a alguien más.

Se le llenaron los ojos de lágrimas antes de que llegara a ver suavizarse la expresión de Tristan.

CAPÍTULO VEINTINUEVE

A Dylan le pareció que el enfado de Tristan no se disipaba con facilidad. Estaba sentado en una de las sillas de respaldo duro que había en la casa, de brazos cruzados, con la mirada fija en el fuego. Ella había hecho uno o dos intentos de conversar, pero no habían prosperado y había optado por retirarse a la cama angosta e incómoda. Se tumbó de costado, con su brazo como única almohada, y observó la silueta de él.

No estaba arrepentida. Se había disipado parte del sentimiento de culpa que había tenido desde que aquella pobre mujer había caído por el descuido de Dylan. Nunca podría traer de vuelta a aquella alma, lo sabía, pero al menos su presencia allí había producido *algo* bueno. Y no había salido herida, no la habían atrapado. Así que, en realidad, Tristan no tenía por qué enfadarse.

Pero él no estaba enfadado. Con la mirada fija en el hueco del hogar, no sentía el calor de la furia, sino solo el frío de la duda y la incertidumbre. Estaba preocupado. Estaban a mitad de camino hacia el tren, ya habían superado los obstáculos más peligrosos, y ninguno de ellos había bastado para convencer a Dylan de que cesara, de que renunciara a ese plan temerario y regresara a la seguridad de su nueva vida más allá del límite del páramo, donde estaría a salvo. Se preguntó por qué no estaba discutiendo con ella, por qué estaba permitiendo que lo alejara más y más de donde ella debería estar. La respuesta era obvia, y eso lo irritaba más aún.

Quería que Dylan tuviera razón.

Debilidad, eso era. Había sido débil al ceder ante ella y permitirse la esperanza de que, al final del viaje, pudieran estar juntos. Debilidad. Y esa noche ella había estado a punto de morir por eso. Pero al mirar por encima del hombro y ver el modo en que ella lo miraba fijamente, con ojos grandes y desafiantes, con todo su cuerpo pidiendo a gritos un poco de consuelo, supo que no podía decirle que no. Asumir el control y obligarla a seguirlo. Podía hacer eso, lo sabía. Lo había hecho al principio.

Podía, pero no lo haría.

Tristan suspiró, se levantó y empujó la silla a un lado con el pie.

—¿Hay sitio ahí para dos? —preguntó, mientras se acercaba a ella y señalaba la cama desvencijada.

Dylan le sonrió con expresión llena de alivio; luego se movió hacia la pared, con lo que quedó apenas el espacio justo para que él se acostara. Cuando se tendió a su lado, sus cuerpos se tocaron de la cabeza a los pies, y Tristan tuvo que sostenerse de la cintura de ella para no caerse de la cama. Pero a ella no le molestó. Su sonrisa se hizo más ancha y un rubor tiñó sus mejillas.

—De verdad que lamento lo de hoy —susurró. Luego hizo una mueca ligera y aclaró—: Lamento haberte preocupado.

Tristan sonrió de lado. No era lo mismo. Pero probablemente era la única disculpa que obtendría.

—Y no volveré a hacerlo —añadió—. Te lo prometo.

—Bien —gruñó Tristan. Luego le apoyó los labios en la frente con suavidad—. Descansa —murmuró—. Mañana nos espera un largo viaje.

Cambió de posición en la cama; se acomodó boca arriba y atrajo a Dylan contra su pecho. Ella apoyó la cabeza en su hombro, sonriendo para sí. ¿Qué diría Katie si la viera ahora? No le creería. Si ella y Tristan realmente regresaran, vaya conversación que tendrían ellas por chat. Y después, el instituto. Trató de imaginar a Tristan sentado a su lado en clase, escribiendo una redacción, viendo pasar avioncitos de papel por encima de su cabeza. ¿Qué pensaría de los imbéciles de Kaithshall? Dylan imaginó su cara de horror. Rio por lo bajo, pero no se lo explicó cuando Tristan alzó la cabeza y la miró con curiosidad.

Por la mañana, un fino velo de niebla cubría el páramo y escondía las cimas más altas. Tristan no hizo ningún comentario al respecto, pero estiró las mangas largas de su jersey para cubrirse los brazos. Entonces miró a Dylan. Su camiseta era fina y tenía algunos desgarros. No le daría mucha protección contra el aire frío de la mañana.

—Toma —dijo, al tiempo que se quitaba el jersey—. Ponte esto.

—¿Estás seguro? —le preguntó Dylan, pero ya estaba alargando la mano para aceptarlo. Con gratitud, se calzó el grueso abrigo por encima de la cabeza y pasó los brazos por las mangas hasta que le cubrieron por completo las manos—. Aah, así está mejor —observó, y se estremeció un poco al sentir el calor del cuerpo de él contra su piel.

Tristan le sonrió, y sus ojos la recorrieron de arriba abajo. Ella le sonrió con picardía; sabía que probablemente parecía una niña con ropa de adulto. El jersey le quedaba ridículamente grande, pero era cómodo y, al bajar el mentón para calentarse la nariz con el cuello del abrigo, se dio cuenta de que olía a él.

—¿Lista? —preguntó Tristan.

Dylan miró hacia la colina más cercana, cuya cima seguía oculta por la nube baja, y asintió lentamente.

Caminaron sin pausa, ladera arriba durante toda la mañana. Aunque la niebla se levantó un poco más hacia el cielo, no llegó a disiparse del todo, de modo que el día se mantuvo frío. A pesar de que Dylan había dicho que ella iría por delante, era Tristan quien encabezaba la marcha. Tenía que ser así: ella no tenía ni idea de hacia dónde ir. Intentó recordar la primera vez que habían hecho ese recorrido, en la dirección contraria. ¿Sabía ella entonces que estaba muerta?

Se sorprendió cuando sus ojos detectaron algo que le resultó conocido, algo que sí recordaba.

—¡Ah! —exclamó, y se detuvo de pronto.

Tristan dio uno o dos pasos más; luego se paró y la miró con curiosidad.

—¿Qué?

—Conozco este lugar —respondió—. Lo recuerdo.

Una pradera. Cubierta de espesa hierba verde y salpicada de flores silvestres violetas, amarillas y rojas. Había un sendero de tierra, angosto y sinuoso, que la atravesaba con elegancia.

—Estamos llegando a la casa segura —observó Dylan.

Y en efecto, apenas las palabras salieron de su boca, alzó la cabeza y allí, justo donde terminaba la pradera, estaba la casa. La pequeña cabaña de madera donde se había enterado de por qué había sido la única en salir del vagón del tren.

Aunque no se veía el sol, aún había luz y por una vez no necesitaron darse prisa. Tristan parecía conforme caminando con tranquilidad, con los dedos fuertemente entrelazados con los de Dylan. En realidad, el sendero era demasiado angosto para ir de a dos, pero mientras sus piernas rozaban suavemente las flores silvestres, sus aromas delicados se elevaban y perfumaban el aire. Era perfecto, como un sueño.

Ese pensamiento disparó algo en el fondo de la memoria de Dylan. Otro sueño, en el que caminaba de la mano con un apuesto desconocido. El último sueño que había tenido antes de que empezara toda esa locura. El entorno era diferente: la tranquilidad exquisita de la pradera en lugar de la humedad pesada del bosque, pero la sensación de felicidad, de plenitud, era la misma. Y aunque el hombre del sueño no había tenido rostro, Dylan supo instintivamente que había sido Tristan. ¿Acaso su mente había tenido algún indicio de lo que iba a ocurrir? ¿De que ese era su destino? Parecía imposible, pero aun así…

—¿Sabes? Tengo una teoría —dijo en voz baja; no quería alterar la paz del momento.

—Cuéntamela —la alentó Tristan, con apenas un asomo de cautela en la voz.

—Sobre lo que pasó cuando crucé la línea.

—Ajá.

—Bueno, creo que… —Aferró un poco más la mano de Tristan—. Creo que me quedé en el páramo porque era donde debía estar.

—Este no es tu lugar —se apresuró a replicar Tristan.

—No, eso lo sé. —Le sonrió; se negó a dejarse amilanar por el ceño fruncido de él—. Pero sí creo que mi lugar era contigo.

Se hizo el silencio tras la revelación. Dylan no volvió a mirar a Tristan para evaluar su reacción, sino que miró alrededor, disfrutando la belleza de la escena. Estaba en lo cierto, lo sabía. Y con esa certeza llegó una paz interior, una sensación de satisfacción. De pronto, se sintió como en su casa, en un lugar en el que no tenía derecho a estar.

—Va a ser extraño, ¿sabes? —murmuró. Siguió hablando para llenar el silencio de Tristan; no quería oír su negación, si en eso estaba pensando.

—¿Qué?

Tristan le soltó la mano, pero alzó un brazo y lo apoyó en los hombros de ella, donde sus dedos se pusieron a jugar con un mechón de cabello que se le había soltado.

A Dylan le costaba concentrarse por los escalofríos que le recorrían la piel y le erizaban la nuca, pero Tristan giró el rostro hacia el de ella, esperando una respuesta.

—Volver a ser normal —dijo—. Ya sabes, comer, beber y dormir. Hablar con la gente. Retomar mi vida anterior, simulando que esto nunca ocurrió. —Entonces se le ocurrió algo—. Yo… recordaré esto, ¿verdad?

Tristan tardó un momento en responder, y luego lo sintió encogerse de hombros.

—No lo sé —admitió Tristan—. Estás intentando hacer algo que nunca se ha hecho. No sé qué va a suceder, Dylan.

—*Estamos* intentando hacer algo que nunca se ha hecho —lo corrigió.

Tristan no dijo nada, pero ella vio que sus labios se crispaban y que su ceño amenazaba con fruncirse.

Dylan suspiró. Tal vez sería mejor no recordar nada. Sería mucho más fácil volver a ser alumna en Kaithshall, ser una chica que discutía con su madre, que tenía que codearse con los imbéciles de su vecindario. Ahora no se imaginaba haciendo nada de eso.

Tal vez sería mejor.

Entonces, cayó en la cuenta de que había una cosa que necesitaba recordar. Giró la cabeza y vio que Tristan la observaba. Su expresión la hizo preguntarse si él podía leer los pensamientos que volaban por su cerebro.

—A ti te recordaré —susurró.

No estaba segura de si lo decía para tranquilizarlo a él, o a sí misma.

Tristan sonrió con tristeza.

—Eso espero —respondió. Luego la besó: bajó la cabeza y rozó los labios de ella con los suyos. Cuando se apartó, Dylan vio que tenía algo en la mano, algo que sostenía con cuidado entre el pulgar y el índice. Una flor, cuyo tallo delicado casi se curvaba bajo el peso de los pétalos de un violeta intenso—. Toma. —Hundió el tallo entre los gruesos pliegues de su cabello—. Resalta el color de tus ojos.

Le acarició el rostro al bajar la mano; Dylan se ruborizó furiosamente, y sus mejillas adquirieron un color escarlata. Tristan se rio de ella y volvió a tomarla de la mano. Con una suave presión, la instó a caminar un poco más rápido hacia la cabaña. Por si acaso.

Para Dylan, esa noche pasó demasiado rápido, y a la vez, no con suficiente rapidez. Quería saborear cada instante con Tristan, pero le preocupaba que cada vez que se detenían así, él fuera a buscar otras maneras, otros argumentos para convencerla de dar la vuelta. Sin embargo, Tristan estaba de buen humor: reía y hacía chistes, y aunque ella no estaba del todo segura de que fuese genuino, no podía sino dejarse llevar. Incluso la convenció de que bailara con él, cantando una canción —solo un poquito desentonado— ya que no había otra música más que los silbidos y aullidos de los espectros, que estaban fuera, en el frío y la oscuridad.

Se sorprendió cuando en el exterior empezó a clarear, pero en cuanto se hizo evidente que se acercaba el amanecer, Dylan empezó a acosar a Tristan, ansiosa por ponerse en marcha. Sin embargo, él se tomó su tiempo para apagar las últimas brasas que quedaban en el hogar y correr con el zapato las cenizas rebeldes. Luego, aunque ya no había motivos para seguir demorándose, se negó a dejar que Dylan abriera la puerta hasta que el sol coronó la primera de las colinas, hacia el este.

—¿Y ahora, podemos irnos *ya*? —rezongó Dylan cuando al fin entraron unos rayos de luz por las ventanas de la cabaña.

—¡Está bien, está bien! —respondió Tristan, pero le sonrió con indulgencia al tiempo que meneaba la cabeza por la ansiedad de ella—. Antes me costaba hacerte arrancar por las mañanas. Casi tenía que sacarte por la puerta a rastras.

Dylan lo miró con una enorme sonrisa al recordar cómo él se había quejado, había protestado, rezongado.

—Seguramente al principio te hice la vida imposible —admitió.

Tristan rio.

—Imposible quizá sea demasiado decir. Una pesadilla, tal vez…

Dejó la frase inconclusa y le guiñó un ojo.

—¡Una pesadilla! —Dylan abandonó su puesto de vigilancia junto a la puerta y fue a darle un empujón en el brazo con ánimo jocoso—. ¡Yo no soy una pesadilla! —Luego se dio la vuelta y miró por la ventana hacia las colinas interminables del páramo que la aguardaba—. Pero parece más fácil ir hacia allí. Como ir cuesta abajo. —Se encogió de hombros y volvió a mirarlo con un enfado simulado—. ¡En marcha, pues!

El entusiasmo de Dylan duró hasta más o menos la mitad de la primera colina. Luego empezaron a dolerle las pantorrillas y comenzó a sentir una puntada en el costado izquierdo, que se agudizaba con cada inhalación. Ahora, sin embargo, parecía que Tristan quería apretar el paso y hacía oídos sordos a sus quejas y constantes peticiones de descanso.

—¿Te acuerdas de cuánto tardamos en llegar a la casa la primera vez? —ladró cuando los rezongos de ella atravesaron por fin la última capa de su paciencia—. Los espectros nos alcanzaron y casi te perdí. Tenemos mucho que andar, y esto ha sido idea tuya —le recordó.

Dylan hizo una mueca mirando sus hombros anchos, y le sacó la lengua. En realidad, ella tampoco estaba ansiosa por llegar a la última casa segura, porque recordaba que estaba casi en ruinas: no tenía techo y quedaba una sola pared en pie. Además, era el último obstáculo verdadero entre ellos y el túnel, y Dylan sabía, lo sabía, que Tristan aprovecharía esa última oportunidad para intentar disuadirla.

No se equivocaba. Apenas estuvieron a salvo en la «casa» segura, una vez que los espectros se redujeron a meros susurros que les pisaban los talones gracias a la velocidad implacable con que Tristan había llevado la marcha, y que el fuego estuvo encendido y crepitando alegremente, Tristan se sentó frente a ella y la miró muy serio.

Ella suspiró por dentro, pero no dejó entrever la emoción.

—Dylan... —Tristan vaciló, mordisqueándose la cara interna de la mejilla—. Dylan, hay algo que está mal.

Ella frunció los labios y contuvo un gruñido.

—Mira, ya hemos hablado de esto. Me prometiste que lo intentarías. Tristan, mira hasta dónde hemos llegado. No podemos volver ahora, no sin...

Se interrumpió. Tristan había alzado una mano para hacerla callar.

—No me refiero a eso —aclaró.

Dylan iba a proseguir donde se había quedado, pero luego frunció el ceño, sorprendida.

—¿Qué es, entonces?

—Hay algo que no está bien... en mí.

—¿De qué hablas? —Lo miró con ojos dilatados, súbitamente nerviosa—. ¿Qué te pasa?

—No lo sé.

Tristan lanzó un suspiro ligeramente tembloroso.

—¿Te encuentras mal? ¿Estás enfermo?

—No...

Pero Tristan parecía indeciso, inseguro. Dylan sintió un frío helado en el estómago.

—Mira esto —dijo Tristan en voz baja.

Se levantó la camiseta y le enseñó el abdomen. Al principio, Dylan se distrajo con un fino trazo de suave vello rubio que le bajaba desde el ombligo, pero enseguida vio a qué se refería Tristan.

—¿Cuándo te hiciste eso? —murmuró.

Tenía un arañazo rojo que bajaba formando una línea irregular por su costado derecho. La piel que rodeaba la herida estaba inflamada y enrojecida, y alrededor había otros arañazos más superficiales.

—El otro día, cuando estaban atacándote los espectros.

Dylan lo miró boquiabierta. No se le había ocurrido que sus actos podían hacer daño a Tristan, pero al verlo hacer una mueca mientras se acomodaba en la silla, le resultó obvio que estaba dolorido. ¿Cómo se las había ingeniado para ocultarle eso durante dos días enteros? ¿Acaso era tan egocéntrica que no lo había notado? Sintió asco de sí misma.

—Lo siento —murmuró—. La culpa es mía.

Tristan se bajó la camiseta y ocultó la herida.

—No. —Meneó la cabeza—. No me refería a eso, Dylan, sino a la herida.

Ella lo miró sin comprender.

—No está sanando —explicó Tristan—. Ya debería haber desaparecido. Incluso la vez anterior que me atacaron, me curé en pocos días. Pero ahora… es como si… como si yo fuera…

Hizo una mueca.

Dylan siguió mirándolo, atónita. ¿Acaso había estado a punto de decir *humano*?

—Y eso no es todo —prosiguió—. Cuando te d… dejé —dijo, balbuceando un poco—, cuando fui a recoger a la siguiente alma, a Marie, no cambié.

—¿Qué? —articuló Dylan, pero no emitió sonido alguno.

—Me quedé así, exactamente con esta forma. —Hizo una pausa—. Nunca me había sucedido.

Durante un largo rato, hubo silencio mientras Dylan pensaba.

—¿Qué crees que significa eso? —preguntó por fin.

—No lo sé —murmuró Tristan, intentando contener la esperanza que sentía, esperanza que no le agradaba admitir siquiera para sí mismo. Rio—. Yo ni siquiera debería estar aquí.

—¿Por qué no? —preguntó Dylan con el ceño fruncido por la confusión.

Tristan se encogió de hombros como si la respuesta fuera obvia.

—Cuando perdí a Marie, deberían haberme apartado, haberme enviado hacia la siguiente alma.

—Pero… pero yo estaba allí.

—Lo sé. —Tristan asintió—. Y al principio pensé que tal vez era por eso por lo que aún seguía aquí, que tenía que quedarme hasta volver a entregarte sana y salva. Pero tal vez no sea así. Tal vez… —Vaciló, buscando la palabra indicada—. Tal vez estoy roto o algo así. —Le sonrió brevemente—. Es decir, no debería poder retroceder así. No está bien, Dylan.

—Tal vez no es que estés roto —sugirió lentamente—. Tal vez estás reparado. Tal vez es como dijiste, que una vez que hubieras hecho lo suficiente, transportado a suficientes almas, ya no tendrías que hacerlo.

—Son demasiadas suposiciones. —Le sonrió suavemente—. No lo sé. No sé lo que significa.

Dylan no parecía compartir su incertidumbre, su cautela. Se enderezó en su silla, sus labios se extendieron en una sonrisa y se le iluminaron los ojos.

—Bueno… aparte de eso… —Señaló con la cabeza hacia el costado de Tristan, que, ahora se dio cuenta, él estaba protegiendo con su brazo derecho—... Todo parece estar yendo a nuestro favor. Quizá simplemente debamos dejarnos llevar.

—Puede ser —respondió Tristan, pero sus ojos seguían dubitativos.

No quiso decírselo a Dylan, pero en el fondo de su mente había un pensamiento que le preocupaba. Cuanto más regresaban por el páramo, peor parecían ponerse sus heridas. Dylan creía estar luchando por volver a la vida. Tristan no podía sino preguntarse si a él no le aguardaba algo diferente.

Capítulo treinta

A pesar de sus palabras para tranquilizar a Tristan, a Dylan la ponía nerviosa regresar al túnel y al tren, tratar de volver a entrar en su cuerpo. Pensó en lo que le había dicho Jonas, en su advertencia de que estaría volviendo a su cuerpo tal como estaba. Deseó que el vagón del tren no hubiera estado tan oscuro. No tenía ni idea de la gravedad de sus heridas, de qué era lo que había arrancado su alma de su envoltura física. No tenía ni idea de cuánto le dolería cuando despertara.

Y por último, y lo peor de todo: tenía miedo de despertar en el tren, sola. De volver al mundo, a la vida, tan solo para descubrir que Tristan había estado en lo cierto: no podía ir con ella. No sabía qué haría en ese caso. Solo le quedaba esperar, rezar por que el destino no fuera tan cruel.

Era una apuesta muy arriesgada, y cada vez que lo pensaba se le revolvía el estómago, pero no tenía alternativa. Tristan estaba empecinado en que no podía —no podía físicamente— cruzar el límite del páramo, y tampoco permitiría que ella se quedara allí. ¿A dónde más podía ir?

A ninguna parte.

Eran muchas preocupaciones, y sin embargo, a pesar de todo, mientras recorrían el último tramo del viaje, el sol se mantenía alto en el cielo y no había nubes. A Dylan no se le ocurría otra explicación más que el hecho de que estaba con Tristan. No importaba lo que ocurriera: mientras estuviera con él, podría sobrevivir. Además, el brillo del sol la apaciguaba. La ayudaba a impedir que afloraran esos pensamientos inquietantes; los desterraba a las sombras, donde debían estar.

Dylan supuso que reconocería el paisaje en esa última etapa del viaje, que podría distinguir detalles que le indicarían que ya estaban cerca y le permitirían filtrar la inquietud y los nervios. Sin embargo, la última colina era igual a la anterior, y a la anterior a esa, pero de pronto estaban de pie en la cima, contemplando unas vías de ferrocarril oxidadas.

Habían llegado. Era el lugar donde había muerto. Dylan observó las vías, esperando sentir algo. Una sensación de pérdida o tristeza, incluso dolor. En lugar de eso, solo sintió el malestar que poco a poco le iban produciendo el miedo y la ansiedad, el mismo nerviosismo al que se había resistido durante todo el día. Tragó en seco para contenerlo; su decisión ya estaba tomada.

Hundió la mano en el bolsillo de sus jeans y sus dedos acariciaron la suavidad satinada de los pétalos de la flor silvestre que Tristan le había regalado. Ya estaba bastante marchita, pero se había negado a tirarla y se había aferrado a ella como a un talismán, algo que la unía al páramo, a Tristan. Solo esperaba que eso fuera suficiente para que siguieran juntos.

Respiró profundamente para serenarse.

—Hemos llegado —anunció innecesariamente. Era imposible que Tristan no hubiera visto las vías del tren: eran lo único que destacaba en el paisaje ondulado.

—Hemos llegado —coincidió él.

No parecía nervioso, como lo estaba ella. Ni ansioso. Parecía triste. Como si estuviera convencido de que aquello no funcionaría y no quisiera que Dylan se decepcionara. Ella no dejó que el cinismo de Tristan la desalentara; bastante le costaba ya silenciar sus propias dudas.

—Entonces, ¿seguimos las vías y ya? —preguntó.

Tristan se limitó a asentir.

—Está bien. —Meció los brazos hacia atrás y adelante un par de veces, como intentando retrasar lo que venía—. Hagámoslo, pues.

Tristan no se movió, y Dylan se dio cuenta de que esperaba que ella tomara la delantera. Respiró hondo una vez, y otra. Parecía que sus pies no querían moverse. Los sentía como si fueran de plomo, demasiado pesados para levantarlos de la hierba mojada por el rocío. ¿Era solo miedo, o acaso el páramo se resistía a dejarla ir?

—Va a salir bien —murmuró al aire, en voz demasiado baja para que Tristan pudiera oírla—. Vamos a volver.

Sus labios formaron una línea decidida, y Dylan se puso en marcha. Con una mano aferró con fuerza la de Tristan y, paso a paso, lo llevó con ella. Ahora él iba cojeando, y con una mano adherida permanentemente a su costado. Pero estaría bien. Solo con que Dylan consiguiera hacerle atravesar esa última parte, pasar con él a su mundo, Tristan estaría bien. Dylan se obligó a creer eso.

Caminaron colina abajo hasta que Dylan pudo subirse a los manderos transversales que convertían las vías en una escalera. Luego se dio la vuelta —tras verificar con Tristan que estaba encaminada en la dirección correcta— y empezó a seguir las vías hacia la boca del túnel. Las vías trazaban una curva, de modo que al principio no lo vio, pero después, de la nada, doblaron y allí estaba. En su camino había una colina inamovible. Las vías parecían ir directamente hacia ella y luego desaparecer: un camino hacia ninguna parte. Pero a medida que se acercaban, iba haciéndose más grande un arco oscuro en la base de la colina, hasta que Dylan pudo ver con claridad por dónde había entrado el tren a la montaña. Entrado, pero no salido.

Un agujero negro, abierto, parecía llamarla. Dylan se estremeció y se le erizó el vello en la nuca. ¿Y si… y si… y si…? Una vez más, las dudas susurraron con ferocidad desde el fondo de su mente, pero ella intentó ignorarlas. Alzó el mentón y caminó con decisión hacia allí.

—Dylan. —Tristan la detuvo y la hizo girar hacia él—. Dylan, esto no va a funcionar.

—Sí, va a salir bien…

—No. No puedo pasar a tu mundo. No es mi lugar. Mi único lugar es este.

Parecía estar intentando convencerla, entre enfadado y desesperado.

Dylan jugó con la lengua entre los dientes mientras lo miraba fijamente. Por primera vez le parecía un chico de dieciséis años, joven e inseguro. Pero en lugar de asustarla, la inseguridad de él le dio coraje.

—Pues entonces, ¿por qué has venido? —lo desafió.

Tristan levantó un solo hombro, con todo el aspecto de un adolescente incómodo.

—¿Tristan? ¿Por qué has venido?

—Porque… porque… —Suspiró con exasperación—. Porque te quiero. —Bajó la cabeza al decirlo y no llegó a ver la conmoción y la alegría en el rostro de Dylan. Un segundo después, volvió a levantar la vista—. Quiero que tengas razón, Dylan. Pero no la tienes.

—Me prometiste que lo intentarías —le recordó ella—. Ten fe.

Al oír eso, él soltó una carcajada sombría.

—¿Y tú la tienes? —le preguntó.

—Tengo esperanza. —Se sonrojó—. Y amor. —Dylan lo miró con ardor en sus ojos verdes—. Confía en mí.

Había recorrido un largo camino para tener esa oportunidad, y no pensaba dar la vuelta ahora. No sin intentarlo, al menos. Además, no podían quedarse allí. Tristan estaba herido. No sabía qué le había ocurrido, pero ahora el páramo estaba *haciéndole daño*. Tristan se equivocaba: ese no era su lugar. Necesitaba salir de allí. Eso fue lo que Dylan se dijo y trató de no escuchar la voz que susurraba en el fondo de su mente, que sugería que las heridas y el dolor de Tristan se debían a que ella intentaba *obligarlo* a abandonar el páramo. Enderezó los hombros y se encaminó hacia la oscuridad. Tristan no pudo sino seguirla; ella se negaba a soltarle la mano.

Al principio, la oscuridad del túnel la desorientó, y los pasos de ambos resonaron contra las paredes cercanas. El aire olía a humedad. Dylan se estremeció.

—¿Hay espectros aquí? —susurró.

El aire estaba en silencio, pero sin duda ellos estarían escondidos en un lugar tan húmedo y desolado como ese.

—No —respondió Tristan—. No se les permite acercarse tanto a tu mundo. Estamos a salvo.

Fue un pequeño consuelo, pero no bastó para ahuyentar el frío que erizaba la piel de los brazos de Dylan y le hacía castañetear los dientes.

—¿Ves algo? —preguntó Dylan; no le gustaba el silencio—. ¿Ya estamos cerca del tren?

—Casi hemos llegado —respondió Tristan—. Está un poco más adelante. Solo unos metros más.

Dylan aminoró la marcha. Estaba tan oscuro que casi no llegaba a ver su mano frente a su cara, y no quería toparse con el parachoques delantero del tren.

—Alto —exclamó Tristan. Ella obedeció de inmediato—. Extiende la mano. Ya has llegado.

Dylan tanteó con las puntas de los dedos. Justo antes de que su brazo se extendiera del todo, su mano tocó algo frío y duro. El tren.

—Ayúdame a encontrar la puerta —le ordenó.

Tristan la tomó del codo y la guio varios metros.

—Aquí —dijo por fin, al tiempo que tomaba la mano de Dylan y la alzaba en el aire, justo a la altura del hombro de ella.

Dylan tanteó y percibió la textura de suciedad y goma bajo sus dedos. El borde del suelo en la puerta abierta. Notó que estaba alto. Tendrían que trepar.

—¿Listo? —preguntó. No hubo respuesta, pero aún sentía la mano de él en su brazo—. ¿Tristan?

—Listo —susurró él.

Dylan se acercó a la puerta, lista para encaramarse. Tomó la mano de Tristan, tras apartarla de su codo. No iba a correr ningún riesgo: no iba a soltarlo. No le importaba que fuera incómodo. No se dejaría engañar otra vez.

—Espera. —Tristan tiró de su mano con suficiente fuerza como para hacer que Dylan se diera vuelta. Con el otro brazo, la rodeó por la cintura y la atrajo hacia él. El suelo del túnel era irregular, de modo que, por una vez, sus caras quedaron a la misma altura. Dylan sintió que el aliento de él le hacía cosquillas en la mejilla—. Mira, yo… —empezó a decir, pero calló. Ella lo oyó respirar hondo una vez, y luego otra. La tomó del mentón y se lo levantó un poco—. Por si acaso —susurró.

Tristan la besó como si estuviera despidiéndose. Su boca presionó la de ella con avidez, y la abrazó con tanta fuerza que le dificultaba la respiración. Le soltó la cara y deslizó los dedos entre su cabello para acercarla más aún. Dylan cerró los ojos con fuerza e intentó contener las lágrimas que amenazaban salir. No era una despedida, no. No sería la última vez que sintiera el calor de su abrazo, que percibiera su aroma, que se aferrara a él. No lo era.

Iban a compartir un millón de besos como ese.

—¿Listo? —volvió a preguntar Dylan, esta vez sin aliento.

—No —susurró Tristan en la oscuridad, con voz ronca; casi parecía asustado. Dylan sintió que se le retorcía el estómago por los nervios.

—Yo tampoco.

Intentó sonreír, pero su boca no la obedeció. Volvió a buscar la mano de Tristan, a ciegas. No iba a perderlo.

Sin soltarlo, trepó y cruzó la puerta entreabierta, y luego se dio la vuelta para ayudar a Tristan a subir. Fue difícil, y se golpeó la mano con la puerta combada, con lo que le quedaron los nudillos doloridos, pero al cabo de un momento estaban los dos de pie en la entrada, ciegos y sin aliento.

—Dylan —murmuró Tristan junto a su oído—. Espero que tengas razón.

Ella sonrió en la oscuridad. Esperaba lo mismo.

—No sé cómo se hace esto —dijo en voz baja—. Creo que tenemos que encontrarme. Si no me equivoco, estaba más o menos en el medio.

Con cautela, empezó a caminar. El vagón estaba en silencio, pero el pulso atronaba en sus oídos, tan fuerte que casi no alcanzaba a oír la respiración de Tristan, que la seguía un paso más atrás. Sentía un nudo en el estómago. ¿Y si no lo conseguía? ¿Y si su cuerpo estaba tan golpeado y quebrado que era imposible sanarlo?

¿Y qué había en el suelo, entre su alma y su cuerpo? ¿Por encima de qué tendrían que pasar? ¿Sangre? ¿Partes de cuerpos? ¿Las bolsas de aquella estúpida mujer? Dylan rio al pensar en eso, una risa tensa. Se dio la vuelta para compartir el chiste con Tristan, y sintió que su calzado giraba con demasiada facilidad. Estaba pisando algo resbaladizo. Y no era zumo derramado, de eso estaba segura. Asqueada, intentó levantar el pie, pero se le enganchó el talón con algo. Perdió el equilibrio e intentó equilibrarse con el otro pie, pero había algo en medio. Se inclinó hacia atrás, intentando enderezarse, hasta que la inclinación fue demasiada.

Dylan no tuvo tiempo más que para una inhalación rápida, y luego cayó. Estiró los brazos, desesperada por frenar la caída hacia el suelo de aquel cementerio. Extendió dos manos. Dos manos vacías.

CAPÍTULO TREINTA Y UNO

Gritos.

Debería haber silencio. Un silencio tranquilo, mortal, solemne.

Pero no había más que gritos.

Dylan abrió los ojos y quedó cegada al instante. Una brillante luz blanca le horadó el cerebro. Intentó apartar la cara, pero la luz la siguió una fracción de segundo después y eclipsó la oscuridad que había detrás. La miró, aturdida.

Tan repentinamente como había llegado, la luz desapareció, y dejó a Dylan parpadeando para borrar los puntos de colores que bailaban en su campo visual. Se sobresaltó cuando vio aparecer un rostro. Muy cerca. Estaba pálido, bañado en sudor y manchado de rojo. Un hombre, de bigote y barba incipientes, cuyos labios se movían con urgencia. Dylan intentó concentrarse en lo que estaba diciendo, pero tenía un zumbido agudo en los oídos y no alcanzaba a oír nada más.

Meneó la cabeza y obligó a su mente a concentrarse en los labios del hombre. Poco a poco, entendió que estaba repitiendo la misma frase, una y otra vez.

—¿Puedes oírme? Mírame. ¿Puedes oírme? ¿Puedes oírme?

Ahora que entendía lo que el hombre estaba diciendo, Dylan cayó en la cuenta de que sí podía oírlo. De hecho, él estaba gritando, con voz ronca y forzada. ¿Cómo era posible que no lo hubiera oído antes?

—Sí —murmuró, con la boca llena de un líquido demasiado caliente, demasiado espeso para ser saliva. Tragó y sintió un sabor metálico en la lengua.

El hombre parecía aliviado. Volvió a alumbrarle la cara con la pequeña linterna, lo que la hizo entornar los ojos por el intenso brillo blanco, y luego la enfocó hacia el resto de su cuerpo. Dylan lo observó alumbrar sus piernas, con expresión preocupada. Volvió a mirarla.

—¿Puedes mover los brazos y las piernas? ¿Puedes sentir esto?

Dylan se concentró. ¿Qué podía sentir?

Un fuego intenso. Dolor. Un dolor lacerante. Una tortura. Dejó de respirar, temerosa del más ligero movimiento de su pecho. ¿Qué le ocurría?

Le dolía todo. Absolutamente todo. Sentía un dolor palpitante en la cabeza, y las costillas atrapadas por un puño de hierro demasiado apretado. Donde debería estar su estómago había un estanque de lava derretida que la quemaba como ácido. ¿Y más abajo? Cerró los ojos e intentó sentir las piernas. ¿Dónde estaban? Tal vez no podía sentirlas por las intensas oleadas de dolor que llegaban desde todo el resto de su cuerpo. Entró en pánico y sintió que su corazón se aceleraba, y que cada dolor aumentaba al compás de sus latidos furiosos. Trató de mover los pies, de cambiar de posición; estaba muy incómoda.

—¡Ayyy!

Fue una mezcla de exclamación y gemido. Apenas pudo mover las piernas un poquito, un centímetro quizás, pero el estallido de dolor que la recorrió fue suficiente para quitarle el aliento.

—Tranquila, tranquila, querida.

El hombre tenía el ceño fruncido, la linterna entre los dientes, y sus manos se movían en alguna parte por debajo de la cintura de Dylan. Dejó lo que estaba haciendo y se limpió la mano en la chaqueta. Dylan observó el feo contraste de amarillo reflectante y verde moho de su chaqueta. Tenía un emblema cosido en el hombro, pero no pudo centrarse en él. ¿Era sangre lo que acababa de limpiarse? ¿Sangre de sus piernas, que había estado tocando? Empezó a respirar con jadeos entrecortados que escapaban entre sus labios, y cada inhalación era como una puñalada en los pulmones.

—¿Me oyes? —El hombre estaba aferrándola por el hombro y sacudiéndola. Dylan se obligó a mirarlo e intentó pensar a pesar del terror—. ¿Cómo te llamas?

—Dylan —gimoteó.

—Dylan, tengo que irme. Solo un momento. Pero volveré enseguida, te lo prometo.

Le sonrió, se puso de pie y se alejó por el vagón rápidamente, esquivando obstáculos. Mientras lo observaba alejarse, se dio cuenta de que el angosto vagón estaba lleno de hombres y mujeres con chaquetas: bomberos, policías, paramédicos. Casi todos estaban inclinados sobre los asientos o en espacios que acababan de abrir, hablando, atendiendo, consolando, muy serios.

Parecía que solo Dylan estaba sola.

—Espere —pidió con voz ronca, demasiado tarde.

Levantó la mano hacia donde el hombre había desaparecido, pero ese pequeño esfuerzo la agotó. Dejó que su brazo se doblara en dos y apoyó la mano en su cara. Estaba mojada. Sus dedos encontraron una mezcla de lágrimas, sudor y sangre. Apartó la mano y observó la mezcla, que brillaba a la luz artificial de linternas y equipos de emergencia.

¿Qué había ocurrido? ¿Dónde estaba Tristan?

Recordaba que había caído, que había intentado sostenerse estirando los brazos, sin pensar en otra cosa que en no sumarse a los cuerpos que había en el suelo.

Lo había soltado. Lo había soltado para salvarse, para no hundir la cara en la sangre, en los despojos de la muerte.

Lo había soltado.

Le dolían los pulmones, pero no pudo evitar una arcada. Le ardían los ojos y sentía que su garganta se estrechaba dolorosamente. Las heridas que tenía, fuesen cuales fuesen, pasaron a segundo plano y las lágrimas empezaron a caer por su rostro.

Lo había soltado.

—No —murmuró por entre sus labios agrietados—. No, no, no.

Frenéticamente, cambió de posición en el suelo y luego hundió la mano en el bolsillo, sin hacer caso del dolor lacerante que le provocaba cada movimiento. Sus dedos hurgaron con desesperación. Su corazón se detuvo por un instante doloroso. Allí estaba. La flor. Si eso había logrado cruzar…

Pero ¿dónde estaba Tristan? ¿Dónde estaba? ¿Por qué no estaba tendido a su lado?

¿Acaso lo había perdido al soltarle la mano?

—Bien, esta es. ¿Dylan? —Se distrajo un momento al oír su nombre—. Dylan, vamos a subirte a esta camilla, cielo. ¿De acuerdo? Necesitamos sacarte de aquí para examinar bien tus heridas. Una vez que te subamos a la ambulancia te daremos algo para el dolor. ¿Me entiendes? Dylan, asiente si puedes entenderme, cielo.

Dylan asintió, obediente. Lo entendía. Una ambulancia. Unos calmantes le irían bien, apagarían el fuego que sentía en el vientre. Pero no harían desaparecer el agujero que tenía en el pecho, el dolor de sentirse tan vacía. ¿Qué había hecho?

Los hombres tardaron un momento en cargarla en la tabla amarilla. Le pusieron un cuello alto de plástico que la obligaba a mirar el techo. Los hombres la trataban con cuidado y todo el tiempo intentaban tranquilizarla, preocupados por no hacerle más daño. Dylan casi no los oía. Apenas podía responder a sus preguntas, obligarse a decir *sí* y *no*. Se alegró cuando empezaron a levantarla, pues ya no tenía que escuchar, ya no tenía que hablar.

Tardaron mucho tiempo en sacarla del vagón, pero una vez que lo consiguieron y que sus pies empezaron a hacer crujir las piedras del suelo del túnel, Dylan sintió que se movían a buen paso. Parecían querer sacarla de allí lo antes posible. No pudo siquiera alarmarse por eso.

El aire empezó a cambiar mientras la bamboleaban en su avance por el túnel. Una leve brisa atravesó la humedad encerrada; un fino rocío de gotas de lluvia se enredó en los mechones desgreñados de su flequillo y refrescó el fuego que sentía en la frente. Dylan intentó mirar atrás, hacia donde la llevaban los paramédicos con la cabeza hacia adelante para sacarla del túnel, pero el cuello ortopédico y las correas que le sujetaban los hombros no le permitieron moverse mucho. Intentó girar los ojos, pero eso le produjo aguijonazos en el cráneo. No obstante, pudo vislumbrar un halo borroso de luz natural antes de volver a hundirse en la camilla, jadeando por el leve esfuerzo. Casi estaban fuera.

Caminando hacia atrás con cuidado, paso a paso, los dos hombres sacaron a Dylan al anochecer gris de otoño. Vio la arcada de piedra, recortada con elegancia en la ladera de la colina, que iba alejándose poco a poco mientras la boca negra del túnel se hacía más y más pequeña. A unos diez metros de la entrada del túnel, la giraron y empezaron a subir el terraplén empinado. Entonces lo vio.

Estaba sentado a la izquierda de la entrada del túnel, con las manos en torno a las rodillas, observándola. Desde tan lejos, Dylan solo pudo ver que se trataba de un chico, probablemente adolescente, de cabello rubio arena revuelto por el viento.

—Tristan —murmuró. Su pecho se llenó de alivio y de alegría. No podía apartar los ojos de él, allí, en su mundo.

Había cruzado.

Alguien se interpuso entre ellos. Un bombero. Dylan vio que el hombre se inclinaba y colocaba una manta sobre los hombros de Tristan. Le decía algo, una pregunta. Vio que Tristan meneaba la cabeza. Lentamente, con cierta incomodidad, se puso de pie. Dijo una última palabra al bombero y empezó a caminar hacia ella. Justo antes de llegar a su lado, sonrió.

—Hola —murmuró, al tiempo que extendía una mano y acariciaba suavemente la manta que la cubría. Bajó los dedos por el costado de Dylan y la tomó de la mano.

—Hola —respondió ella en un susurro. Sus labios se crisparon en una sonrisa temblorosa—. Estás aquí.

—Estoy aquí.

Agradecimientos

Un inmenso y sentido «gracias» a las siguientes personas que han hecho que *El barquero de almas* llegara a existir:

A mi esposo, Chris, por creer en mí y ser mi «crítico» oficial. Te quiero. Les estoy eternamente agradecida a Clare y Ruth por leerlo todo con tanta rapidez, ¡y por decirme que les encantó! Amor y gracias a mis padres, Cate y John, por apoyarme y enseñarme a amar las historias.

A Ben Illis, mi agente, por acompañarme y alabarme a viva voz. Gracias también a Helen Boyle y a toda la gente de Templar porque tuvieron fe en *El barquero de almas* y me ayudaron a hacer de esta historia mucho más de lo que yo habría podido conseguir sola.

Para quienes sean del 'Gow y estén leyendo esto: hola, os echo de menos. Portaos bien (y no olvidéis acomodar vuestras sillas). Gracias por enseñarme a llevar a otros al mundo de la fantasía.

Y por último, gracias a Dylan y a Tristan por aparecer en mi mente e insistir en que los escribiera.

Claire McFall
Marzo de 2013

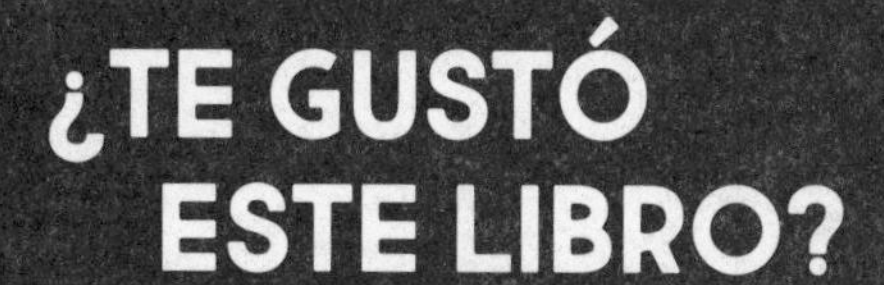

Escríbenos a

puck@edicionesurano.com

y cuéntanos tu opinión.

ECOSISTEMA DIGITAL

NUESTRO PUNTO DE ENCUENTRO

www.edicionesurano.com

2 AMABOOK
Disfruta de tu rincón de lectura y accede a todas nuestras **novedades** en modo compra.
www.amabook.com

3 **SUSCRIBOOKS**
El límite lo pones tú, **lectura sin freno**, en modo suscripción.
www.suscribooks.com

DISFRUTA DE 1 MES DE LECTURA GRATIS

1 **REDES SOCIALES:**
Amplio abanico de redes para que **participes activamente**.

4 **APPS Y DESCARGAS**
Apps que te permitirán leer e **interactuar con otros lectores**.